往智利的難民船

Largo pétalo de mar

伊莎貝・阿言德 Isabel Allende——著
葉淑吟——譯

目次

導讀　缺角的牛皮與狹長的花瓣　陳小雀　5

第一部　戰爭與離鄉

1　一九三八年　17
2　一九三八年　48
3　一九三九年　71
4　一九三九年　100

第二部　流亡、愛情和失散

5　一九三九年　137
6　一九三九至一九四〇年　165
7　一九四〇至一九四一年　188

8 一九四一至一九四二年 211

第三部 返鄉與落地生根

9 一九四八至一九七〇年 247
10 一九七〇至一九七三年 280
11 一九七四至一九八三年 309
12 一九八三至一九九一年 336
13 故事說到這裡，一九九四年 359

謝辭 393
伊莎貝·阿言德年表 397

導讀　缺角的牛皮與狹長的花瓣

陳小雀（淡江大學全球政治經濟學系教授、淡江大學國際事務副校長）

伊比利半島位於地中海之西、庇里牛斯山以南，長久以來便被視為天涯海角。自西元前兩千年起，不同族群陸續入主，並各自帶來生活形態、社會組織、法律規章、農業模式、商業活動、礦產利用和宗教信仰。然而，不同族群或彼此廝殺、或相互合作，在衝突與共存之間，伊比利半島儼然大熔爐，吸收異同文化，鍛鍊出一個豐富的多元文化。

西元前一世紀末，希臘地理學家因伊比利半島的地形輪廓，而以「一張攤開的牛皮」形容之。在大航海時代，這張「牛皮」由西班牙及葡萄牙這兩大天主教王國所占據，一個向西擴張，一個往東探險，僅半世紀光景，兩國搖身一變，成為帝國強權與通商大國。雖然被葡萄牙占去了一角，但西班牙仍稱自己的國家為「我們的牛皮」。即便是缺角的牛皮，卻是相當勇猛，甚至以寡擊眾，從加勒比海到墨西哥，再一路南下到智利、阿根廷，在美洲建立廣袤殖民地。

位在美洲西南邊的智利，地形十分狹長，北部是乾旱沙漠，南部則為冰川地形，其原名「Chile」的起源，說法眾多。普遍認為，源自印加（Inca）官話克丘亞語（quechua），係「冰寒」之意。另有一說，「Chile」乃擬聲字，源自當地一種鳥類的叫聲。尚有一說，該字源自智利艾伊瑪拉（Aimara）原住民語，為邊疆之意。聶魯達（Pablo Neruda, 1904-1973）在詩中，將智利描繪為「海上的狹長花瓣」（largo pétalo de mar）。

缺角的牛皮與狹長的花瓣，曾經是宗主國與殖民地的關係，在智利獨立建國後，兩國之間的交集不多。隨著時光巨輪的轉動，當年西班牙征服者在智利所留下的血緣，經過不斷的混血而逐漸疏遠；同樣，西班牙征服者所帶來的語言及文化也因環境而遞嬗，呈現新貌。在意識形態的作祟下，兩國分別在二次大戰前夕與冷戰時期，經歷了政變，並先後實軍事獨裁。智利作家伊莎貝・阿言德（Isabel Allende, 1942-）以史實為藍本，於二〇一九年出版《往智利的難民船》，藉仇恨、政變、戰爭、流亡、離散、獨裁、酷刑等集體創傷，讓兩國再度交集，引領讀者跨越新舊大陸之間，在綜觀歷史之際，同時禮讚動亂中彌足珍貴的溫情。

《往智利的難民船》以西班牙內戰爭掀開序幕，擴及薩爾瓦多·阿言德（Salvador Allende, 1908-1973）執政前夕的智利，再到右翼軍政府時期的智利。阿言德總統是伊莎貝的堂叔，政變後，伊莎貝與家人流亡委內瑞拉。的確，戰火無情，那是讓亡者與生者都備受煎熬的年代，生與死，勝與敗，愛與恨，聚與散，小說充滿對比意象，正如豪華遊輪（太平洋王后號）對照難民船（溫尼伯號），而這正是人生際遇，在繁華與蒼涼中交替，在安定與動盪中更迭。

這部小說的原文標題係借用聶魯達的詩句：「海上的狹長花瓣」，出自《何時再回智利》（*Cuándo de Chile*）這首詩，是聶魯達流亡海外時所作，詩中以花瓣、大海、白雪勾勒出智利的地景，以葡萄酒傳遞家鄉的珍饈美饌，淡淡流瀉出聶魯達的鄉愁，以及對國家社會的改革渴望。此外，小說藉聶魯達的詩句開啟每個章節，呼應故事情節。不必諱言，聶魯達讓西班牙及智利再度相遇，聶魯達支持西班牙共和政府與共產主義，他的一生宛如大海，時而碧波蕩漾，時而波瀾壯闊，正如他的政治色彩一般，十分鮮明，而這一切彷彿飛瀑，全藉詩作傾瀉而下。伊莎貝筆下的聶魯達多了幾分真實感，讓你我認識真正的聶魯達。

身為女性作家，伊莎貝有其細膩的一面，善於描寫情與愛。於是，她以一道墨魚飯觸發主人翁的鄉愁，巴塞隆納地景縈迴腦海，食物滋味喚醒記憶。此外，她賦予主人翁勇氣，從救治垂死小兵，到流亡他鄉，到陷入瘋狂愛情，再到遲暮之愛，主人翁一次又一次揚帆，堅持置之死地而後生的信念，反應出人生無時無刻都是一場冒險。與男性作家相較之下，伊莎貝絲毫不遜色，以文字闢建視野廣闊、氣勢磅　的歷史脈絡，帶領讀者攤開缺角的牛皮，登上狹長的花瓣。

闔上《往智利的難民船》，不由驚呼連連，這是一部如此有深度的作品。

獻給我的弟弟胡安・阿言德（Juan Allende），
和維克多・佩伊・卡沙多（Víctor Pey Casado）。
以及其他在希望中前進的航行者。

……異鄉客，這是，

這是我的故土，

我在這裡誕生，在這裡孕育我的夢想。

聶魯達，《航行與返鄉》（*Navegaciones y regresos*），〈返鄉〉（Regreso）

編輯室前言

一九三六年，西班牙內戰爆發，一方是出納粹德國、法西斯義大利支持的佛朗哥反共和武裝軍，另一方是蘇聯與墨西哥支持的左翼政府軍。在佛朗哥命令下，軸心國對巴塞隆納、格爾尼卡等地進行轟炸。彼時部分西班牙人民也期待美國或是同盟國介入，阻止法西斯主義蔓延。

小說中，維克多．達爾茂一家來自伊比利半島東北部的加泰隆尼亞地區，此地於二十世紀初期曾取得自治權，一九三九年後自治權遭到佛朗哥取消，並禁用加泰隆尼亞語……

往智利的難民船

第一部

戰爭與離鄉

1 一九三八年

請就緒，孩子們，再殺戮一次，再死去一回，披戴鮮血之花。

——聶魯達，《大海與吊鐘》（*El mar y las campanas*），〈遍染鮮血的人間大地〉（Sangrienta fue toda tierra del hombre）

那個小兵來自童兵團，當再也找不到年輕人或老人上戰場，這麼一支童兵團就成立了。維克多．達爾茂負責照顧這位小兵，還有其他從貨車廂裡抬出來的傷患，但沒特別注意他，因為事出突然，他們像柴薪一般躺在北方車站水泥地的蓆子上，等待其他車輛載他們到東營的醫療中心。他僵直不動，表情寧靜，彷彿見過天使之後已經無所畏懼。沒有人知道他躺了多少天，換過多少擔架，遷過多少營站，直到搭上這輛火車抵達了加泰隆尼亞。車站裡有好幾位醫生、保健員和護士，他們接下士兵，把傷勢比較嚴重的送到醫院，再依照受傷部位將剩下的士兵分類：第一組是手臂傷患，第二組是腿部傷患，第三組是頭部傷患，在他們脖子掛上組別數字，一一送到正確位置。送達的傷患有數百人；他們得接受診斷，儘管只花短短幾分鐘，還是免不了混亂和騷動。每個人都受到照顧，一個都沒漏掉。需要開刀的送到曼雷沙的聖安德烈醫院的古老大樓，需要治療的送到別的醫療中心，至於其他只能放棄救治的就留在原地，因為真的愛莫能助。義工替他們擦溼嘴唇，陪伴他們輕聲說話，像對待自己的孩子輕輕搖晃，而在他處一定有個女人也這麼抱著他們的兒子或兄弟。不久，來了人將他們用擔架抬到停屍間。那個小兵的胸膛開著一個窟窿，醫生慎重地檢查過後，找不到他的脈搏，判定任何救治都無效，他不需要嗎啡或任何安慰，因為再也於事無補。他胸前的傷口敷著布，還倒蓋一個銅盤防止摩擦，軀幹則包紮著繃帶，但是這究竟是多久前的急救處理？幾個小時前？幾天前？是在火車上嗎？一切已經無從得知。

維克多．達爾茂在這裡協助醫生；他服從指令，準備把小男孩丟在那兒任他待到隔天，不過他想，這個孩子既然熬過腦震盪、出血，克服了沿途勞頓來到這個月台上，那麼求生意志應該相當強烈，如果他在最後一刻向死神投降也太可惜。他小心翼翼地揭開男孩胸口上的布，驚恐地發現那傷口簡直就像畫上去的，裂口那樣大而乾淨俐落。他無法想像心臟如何在肋骨和部分胸骨都震傷的情況下毫無損傷。維克多・達爾茂在西班牙內戰實習將近三年，起先在馬德里和特魯埃爾的前線，後來在曼雷沙的疏散醫院，他自認看遍一切，對他人的苦難已經免疫，但他從未看過活跳跳的心臟。他中蠱似的目睹心臟的最後幾次跳動，速度愈來愈緩慢，間隔愈來愈長，直到完全靜止，小兵連一聲嘆息都沒有，直接斷了氣。一時間，達爾茂愣住了，他凝視著那個不再有任何跳動的鮮紅窟窿。這會是他對這場戰爭最難磨滅的記憶，往後將不斷縈繞在他的腦海：這個差不多十五、六歲的孩子還沒冒鬍子，滿身戰爭的髒污和乾涸的血漬，躺在蓆子上，心臟朝空中敞開。達爾茂始終無法解釋自己為什麼會想要伸出右手的三根手指，探進那個可怕的傷口，摸一圈那個器官，再帶著節奏按壓幾次，他記不得到底持續多久，或許是三十秒，或許是永恆。這一刻，他感覺心臟在他的指間重新活過來，首先是幾乎難以察覺的輕顫，接著突然恢復有力而規律的跳動。

「孩子，如果不是親眼目睹，我一定不會相信這件事。」一位醫生用莊嚴的口吻說，達爾茂根本沒發現他靠了過來。

這位醫生大喊兩聲，叫人抬擔架過來把傷患盡快送走，這是特殊案例。

「您是在哪兒學到這一招的？」他問達爾茂，小兵剛剛被抬走，雖然膚色依然灰白，但脈搏已恢復跳動。

維克多・達爾茂是個不多話的人，他簡短兩句話交代自己曾在巴塞隆納讀過三年醫學，之後上前線當保健員。

「你是在哪兒學到這招的？」醫生再問一次。

「不是學的，我只是想反正死馬當活馬醫……」

「我看您跛腳。」

「左股骨問題。在特魯埃爾發生的意外。還沒復元。」

「好。從現在開始您跟在我身邊工作，在這裡是浪費時間。您叫什麼大名？」

「兄弟，我叫維克多・達爾茂。」

「別跟我稱兄道弟。尊稱我醫生，一定要用敬稱。可以嗎？」

「沒問題，醫生。那麼讓我們平等以待。請叫我達爾茂先生，但是其他弟兄可能不會太開心。」

醫生低聲笑開。隔天，達爾茂開始在這一行業嶄露頭角，命運自此決定。

維克多．達爾茂跟所有聖安德烈醫院以及其他醫院的人都聽說，外科醫生團隊花十六個小時搶救一名死者，最後將他活著推出手術室。許多人說這是個奇蹟。科技的進步和那孩子跟馬一樣健壯的體魄，擊退背離天主和聖人的人。維克多想去探訪他，不論他被移送到哪裡去，但是這段時間太過忙碌，他已經數不清自己遇見又錯過多少人，有哪些人出現，又有哪些人失蹤。有一段時間，他以為他已經遺忘那顆曾握在手裡的心臟，因為他的生活變得複雜，不停忙著接踵而來的其他急事，但是幾年過後，他在世界另一端做噩夢看見他，自此偶爾會夢見他，夢中的他端著一個放著自己心臟的托盤，看起來蒼白而悲傷。達爾茂不記得他的名字，或其實從不知道他的名字，他給他取個符合他境遇的外號，叫他拉薩羅[1]，不過這位小兵從未忘記自己的救命恩人。等他能自行坐起也能喝水，有人跟他說起北方車站的醫護人員的壯舉，一個叫維克多．達爾茂的男人將他從鬼門關前拉回。大

1　拉薩羅（Lázaro），這個名字源於拉丁文，意味「上帝是我的幫助者」。

家不斷追問他問題；每個人都想知道天堂與地獄是否真的存在，還是那是主教為了散播恐懼的發明。這個男孩在戰爭結束前康復，兩年過後，他在馬賽刺青，將維克多・達爾茂的名字烙印在那一道疤痕的下面。

外科手術室外，有個民兵女孩頭上斜戴一頂扁帽，似乎想彌補制服的醜陋，她在門口等維克多・達爾茂，一見到三天沒刮鬍子和一身污漬斑斑醫袍的他，立刻遞給他一張對摺的紙，並轉達了一則接線生的口信。達爾茂站了好幾個小時，雙腿疼痛不堪，胃部開始發出響聲，這才發現自己天亮到現在都還沒進食。他的工作艱苦，但很慶幸能沐浴在西班牙最頂尖的外科醫生大師的光輝下學習。如果是其他時候，像他這樣的學生不可能有機會接近他們，但如今戰火正熾，功課和學位都不比實戰經驗來得重要。醫院院長准許他來支援時，曾指出這是他能盡情吸收資源的機會。在這段日子，達爾茂能一口氣工作四十個小時不休息，他靠著抽菸和喝苦苣咖啡來支撐，沒注意到腿的不適。他就是因為這條腿離開前線；也多虧這條腿，戰時只需要待在後備部隊。他在一九三六年加入共和國軍隊，當時跟他一樣年紀的年輕人都被徵召入伍，他跟著部隊在馬德里展開保衛戰，自稱國民軍的叛軍對抗政府、占領城市，他在城內聚集傷患，因為他的醫學知識要比壕溝的步槍來得更有用。之後，他被派到其他前線。

一九三七年十二月，特魯埃爾戰役期間寒風刺骨，維克多．達爾茂搭乘救護車，彷彿救世英雄，為傷患提供第一時間救援，司機名叫埃托．伊巴拉，是個福大命大的巴斯克人，他總是不停哼唱，笑看死亡，這次他決定開進廢墟間的小路前往救援。達爾茂相信這位巴斯克人的好運氣，既然他曾毫髮無傷度過上千次意外，這一次也能載兩人安然抵達。他們為了避開轟炸，經常在夜間出任務；如果沒有月光，就會有人在前方拿手電筒幫埃托引路，找到路之後，改由達爾茂在車裡利用手邊僅有的資源，仰賴另一支手電筒的照明救人。這一次氣溫在零度以下，他們惴惴不安，面對遍布障礙物的地面，只得像蠕蟲般在結冰的路上緩慢前進，他們陷進雪堆，還得推著救護車上坡，或推出水溝和炸開的窟窿，繞過扭曲變形的鐵塊，和凍僵的騾子屍體，他們驚險躲過槍林彈雨，有國民軍的槍枝掃射和禿鷹軍團的轟炸。維克多．達爾茂絲毫不曾分心，他專注在維繫手中血流如柱的傷患的生命，埃托．伊巴拉則是處變不驚地開車，一旦遭遇麻煩的狀況就講個笑話來化解，維克多不禁也感染了司機瘋狂的斯多葛式順其自然的態度。

維克多從救護車下車，進入為了躲避轟炸設在洞穴的野戰醫院，裡面的人在蠟燭或燃油燈和煤油燈照明下工作。他們在手術室桌子下面擺置火盆抵抗寒冷，但手術器具依舊凍結黏在手上。醫生飛快動手術，盡可能先進行急救，再將他們轉送到醫療中心，儘管知道許多傷患可能在半路就會失去生命。至於怎麼救治都無效的傷患，如果有嗎啡，就在注射後讓他們等待死亡，但通常劑量有限；麻醉藥也一樣。如果沒有東西可以幫助受重傷的病患減輕疼痛，維克多會給他們阿司匹靈，告訴他們那是來自美國的萬靈丹。這裡的繃帶都是利用融化的冰雪清洗後再繼續使用。最令人難受的工作是生火燃燒截肢，維克多永遠都沒能習慣那股斷腿和斷手的燒焦氣味。

他在特魯埃爾與伊麗莎白・艾登本茲重逢，他是在馬德里前線認識她，當時她以志工身分，跟隨戰時兒童救助協會一同來到前線。她是個二十四歲的瑞士護士，有著恍若聖母再世的容顏，和老練戰士的勇氣；他在馬德里時差點就愛上她，如果當時她肯施捨那麼一絲絲機會，或許他真的會愛上她也說不定，但是這位年輕女孩心無旁騖，專注在自己的任務：減輕所有孩童在這顛沛流離時代的苦痛。然而幾個月不見，她的身上已經看不見初抵西班牙時的天真情懷。她為了對抗軍事政府的官僚制度和人類的愚蠢，性格逐漸變得冷硬；但是她依然對負責照顧的婦女與孩童保留她的憐憫和溫柔。在敵人還未開始下一波攻擊的空檔，維克多在一輛補給貨車前遇見她。「哈囉，小夥子，還記得我嗎？」伊麗莎白跟他打招呼，她那口西班牙語依然帶著德國腔的喉音，但已經進步不少。他怎麼可能不記得她，但是一看到她，這句話卻又說不出口。他覺得她成長許多，也比從前更漂亮。他們坐在水泥碎石堆上，他抽著菸，她啜飲水壺裡的茶。

「你的朋友埃托還好嗎？」她問。

「老樣子，還在槍林彈雨中衝鋒陷陣，毫髮無傷。」

「他什麼都不怕。幫我向他問好。」

「戰爭結束後，妳有什麼打算？」維克多問她。

「去其他戰場。一定有發生戰爭的地方。你呢？」

「如果妳願意，可以嫁給我。」他拋開害羞，向她提議。

她笑了出來，霎時彷彿變回之前的那個女孩。

「我可沒發瘋，小夥子，我不想嫁給你，也不會嫁給任何人。我沒時間談戀愛。」

「或許妳會改變心意。妳覺得我們還會再見面嗎？」

「當然，只要我們都還活著。相信我，維克多。任何我能幫上忙的……」

「我也打算這麼說。我可以親妳嗎？」

「不可以。」

維克多踏進特魯埃爾的洞穴，緊繃的神經舒緩下來，在這裡，他獲得讀任何大學都學不到的知識。他學到人類能習慣所有的事，習慣鮮血，多到不可思議的鮮血，習慣不上麻醉的手術，習慣壞疽的臭味，污垢的氣味，像河流般永無止境湧進的受傷士兵，有時甚至是婦女和孩童，習慣累積幾個世紀的疲憊銷磨了意志，但尤其是不知不覺鑽進心中的疑惑，懷疑這麼多的犧牲是否只是枉然。當初就是在這裡，他從轟炸後的廢墟拖出死者和傷患，一個慢了幾拍的崩塌倒在他身上，壓斷他的左腿。一名國際縱隊的英國醫生負責救治他。如果換成其他醫生，八成會選擇盡快截肢，但這個英國人剛開始值班，而且睡了幾個小時。他嘰哩咕嚕對護士下令，準備將他的骨頭接回原位。「年輕人，你很幸運，昨天紅十字會的補給剛到，我們會替你上麻醉。」護士把麻醉面罩遞過去並對他說。

維克多把這次意外歸於埃托·伊巴拉沒跟在身邊，少了他的運氣庇護。後來埃托親自開車送他搭火車，跟其他數十個傷患前往瓦倫西亞。他的腿動彈不得，用破布條綁在木板上，因為無法上石膏，只能用毯子蓋住，他飽受寒冷和高燒的折磨，火車顛簸的痛苦，但是心存感激，因為比起大多數跟他躺在車廂地板的人來說，他的狀況最輕微。埃托給他剩下的最後幾根菸，和附上使用說明的一劑嗎啡，只有這麼一劑，所以只能在最迫切時刻使用。

到了瓦倫西亞的醫院後，那裡的人大大稱讚英國醫生的處理方式；他們告知，若是沒出現併發症，他的腿將會獲得重生，只是會比另一隻短一點。當傷口開始結痂，他能自行拄拐杖站立，他們就把他轉送到巴塞隆納上石膏。他留在雙親家，跟父親廝殺無數場棋局，直到不再需要攙扶就能自由行動。這時他返回城內的一間醫院工作，服務人民。這就像度假一樣輕鬆，比起在前線出生入死，這裡的醫院恍若樂園，窗明几淨而且效率十足。他待到春天降臨，然後被派到曼雷沙的聖安德烈醫院。他向雙親和柔瑟・布魯克拉告別——等待康復的幾個星期期間，他已經把雙親收留的學音樂女學生當作妹妹喜愛。她是個謙虛溫柔的年輕女孩，每天的時間都花在無止境地練琴，她也是達茂爾夫婦在孩子們相繼離家後，不可或缺的陪伴。

維克多．達爾茂打開從女民兵手上接過來的紙條，讀了母親卡門捎來的訊息。他已經七個星期沒見到她，儘管這裡離巴塞隆納不過六十五公里，他卻抽不出一天時間搭公車回家。母親每個星期打一次電話給他，總是在星期日的同一個時間，這一天她也會送禮物來，有國際縱隊的巧克力、臘腸，或者黑市買來的香皂，有時還有香菸，在他母親眼裡香菸是珍貴的寶物，因為她沒有尼古丁沒辦法過活。他納悶的是母親怎有辦法弄來香菸。香菸是稀罕珍品，因此敵軍總會從飛機丟下香菸和麵包塊，嘲弄共和派分子的飢餓，甚至還誇耀國民軍不愁吃喝。

一個星期四，他的母親捎來訊息，在這個日子送來只可能是事態緊急。「我會在西班牙電信公司等你的電話。」他猜測母親已經等了差不多兩個小時，因為他踏出手術室才收到訊息。他下樓到地窖辦公室，請接線生接通巴塞隆納的西班牙電信公司。

卡門接起電話，因為咳嗽，聲音斷斷續續，她下令大兒子立刻返家，因為他的父親將不久人世。

「爸爸怎麼了？他一向身體健壯呀！」維克多驚呼。

「他的心臟快撐不住了。通知你弟弟，要他也趕回家送別，你們的父親可能一眨眼就會離我們遠去。」

他花了三十個小時找到在馬德里前線的吉耶。兄弟倆透過無線電聯絡上，無視於一旁的吵鬧和喧嘩聲，他的弟弟解釋他無法告假回巴塞隆納，他的聲音飄渺而滄桑，維克多差點認不出他來。

「維克多，你很清楚任何拿得動槍桿子的人都走不了。法西斯主義分子的軍隊跟武器都比我們強大，但是他們贏不了的。」吉耶說，他重複說著朵洛蕾絲・伊巴魯利廣為人知的口號[2]，這位人稱熱情之花的女性共產主義運動家擅長點燃共和軍沸騰的魂魄。

叛軍占領了西班牙的大部分地區，但是遲遲無法拿下馬德里，在那裡，每一條街，每棟屋子，都在上演激烈的攻防戰，也因此變成戰爭的象徵。叛軍有來自摩洛哥的軍隊，也就是令人聞風喪膽的摩爾人，還有墨索里尼和希特勒鼎力相助，但是共和軍把他們攔阻在首都之外。開戰之初，吉耶・達爾茂加入馬德里的杜魯蒂軍事組織奮戰。當時，敵對兩方

2　朵洛蕾絲・伊巴魯利（Dolores Ibárruri），西班牙女性共產主義運動家，知名口號是「戰死要比跪著求饒光榮」。

軍隊在大學城交鋒，他們近距離作戰，在幾處地點甚至只隔一條街道距離；他們不但能看見彼此的臉，還能控制叫囂辱罵的音量。吉耶藏身在一棟建築內，據他說，榴彈砲的威力撼動文哲學院、醫藥學系和維拉葛茲法國學校的外牆；他們抵擋不了砲彈，但是估計三冊哲學書可以擋住子彈。他曾經離布埃納文圖拉．杜魯蒂[3]如此近，這位傳奇的無政府主義分子在阿拉貢推廣和鞏固革命的進行，一部分軍隊跟著他來到馬德里參戰，卻在這裡隕落。他死於近距離槍殺，子彈在胸口開了洞，當時究竟遇到怎樣的狀況並不清楚。那個軍事組織最後分崩離析，折損上千名民兵，有些人活了下來，也有些人毫髮無傷，吉耶是其中之一。之後他到其他前線作戰，兩年後被派回馬德里。

「吉耶，爸爸能體諒你不能回來。我們一家人都替你擔心。能回來就趕回來。就算不能在爸爸臨終前見他一面，能回來對媽媽來說就是最大的安慰。」

「我想柔瑟陪在他們身邊吧。」

「對。」

「幫我替她問好。跟她說她的信一直陪伴著我，請她原諒我無法太常回信。」

「吉耶，我們會等你。保重。」

他們說完再見後道別，維克多感覺心中有顆沉重的石頭，他祈禱父親能再多活一段日子，直到弟弟安然歸來，戰爭結束，共和勝出。

維克多和吉耶的父親馬塞爾．路易斯．達爾茂教授教了五十年的音樂，他靠一己之力建立巴塞隆納青年交響樂團，並秉持熱情帶領；他譜過十幾首鋼琴協奏曲，但是自從戰爭開打就沒人再演奏過；他還創作過多首歌曲，是當年民兵的最愛。他比妻子卡門大十二歲，認識她時，他是個年輕的音樂老師，她則是個穿著嚴肅中學制服的十五歲少女。卡門的父親是個碼頭工人，她就讀慈善修女學校，家人打從小時候就替她鋪好成為見習修女的道路，因此永遠沒能原諒她離棄修道院，跟一個不信教、懶散的無政府主義分子同住，過著罪惡的日子，或許他還是共濟會成員，而且瞧不起婚姻神聖性的結合。馬塞爾．路易斯和卡門過了幾年有罪的日子，直到第一個孩子維克多即將誕生前夕，他們終於結婚，以免

3　布埃納文圖拉．杜魯蒂（Buenaventura Durruti），西班牙內戰期間的激進無政府主義者，參與過全國勞工聯盟和伊比利亞無政府主義聯合會等組織的活動，是武裝革命的重要領袖。

兒子背負私生子的印記，這在當時還是箝制人生的一道枷鎖。「如果我們現在才生孩子，根本不用結婚，因為在共和政府時代沒有人是私生子。」戰爭之初，馬塞爾．路易斯．達爾茂曾有感而發地說。「如果這樣，我豈不是老蚌生珠，而孩子們現在都還在包尿布。」卡門回他。

維克多和吉耶．達爾茂成長在積極向上的中產階級家庭，在一間非宗教機構的學校受教育，在拉巴爾區一棟小屋子長大，父親的音樂和母親的書本取代了宗教的地位。達爾茂一家沒參加任何政治黨派，但是他們不信任當局和任何型態的政府，因而被人視為無政府主義分子。馬塞爾．路易斯除了以不同方式灌輸音樂教育，還引導他們對科學充滿好奇，對社會正義秉持熱情。科學引導維克多攻讀醫學，社會正義則成為吉耶追求的理想，他從小就對世界感到忿忿不平，反大農場主人、商人、工業主、貴族和神父，他尤其反神父，他不是據理論證，而是表現出救世的狂熱。他樂天、活潑，體型魁梧，大膽無謂，是女孩喜歡的類型，她們無不想辦法跟他搭訕，無奈只是枉然，因為他根本不在意她們的迷戀，而是把全副精力投注在運動、酒吧生活和朋友身上。他挑戰父母，十九歲那年參加工人組成的第一批民兵，保衛共和政府，抵抗法西斯叛亂分子。他立志從軍，生來就注定要拿起武器，領導其他意志比他薄弱的男人。相反地，他的兄長維克多比較像詩人，他體型頎長，頂著一頭亂髮，神情憂鬱，老是捧著書，個性安靜。還在學校念書時，維克多遭受其他男同學不肯罷休的騷擾——「娘娘腔，你該不會當神父吧。」這時吉耶會插手，他年紀小三歲但是身材壯碩，隨時都為了主持正義而惹事生非。吉耶張開雙臂擁抱革命，彷彿擁抱的是新娘；他找到了值得他擱置人生的理由。

保守派分子跟天主教會砸錢宣傳，站在布教壇上傳布啟示錄，卻在一九三六年的大選，被左翼政治聯盟人民陣線打得一敗塗地。西班牙從五年前共和國獲勝之後陷入動盪，彷彿被一把斧頭狠狠地劈成兩半。局勢混亂，首要的是恢復秩序，儘管事實上能做到的還差得遠，右派立即與軍方密謀推翻自由主義分子、社會主義分子、共產黨分子、工團主義分子合組的合法政府，摧毀工人、農夫、勞動者和大多數學生知識分子的狂熱支持。吉耶勉強完成中學學業，他在好用暗喻的父親眼裡，有著運動員的體魄，鬥牛士的勇氣，和八歲小孩的智商。這正是吉耶夢寐以求的政治氛圍，他總是緊抓任何可以對敵人拳打腳踢的機會，他不善闡述意識型態，一直到成為民兵；在軍隊裡，灌輸政治意識和訓練使用武器同樣重要。城市分裂成兩派，極端主義分子聚集在一起只會滋事。到處都有左派的酒吧、舞會、體育和節慶活動，也有右派的活動。他在加入民兵之前早已成天惹麻煩。有一次，吉耶跟一些膽大包天的富家子弟發生衝突，之後傷痕累累回到家，但是滿臉愉悅。他的父母知道，兒子出門焚燒農作、搶奪農莊家畜、打人、放火，甚至搞破壞，直到有一天他拿著一個銀燭台出現。他的母親一把搶過燭台砸在他身上。如果她長得再高一點，或許就會打破他的頭，但是燭台砸在他的後背。卡門逼他坦承眾人皆知但她一直不願相信的事：她兒子衝動犯下的事包括侮辱教會跟攻擊神父和修女，也就是說，犯下的正是國民軍煽動的暴行。「真是養老鼠咬布袋！吉耶，你會讓我蒙羞至死！馬上把東西還回去，聽見沒？」她咆哮。吉耶垂著頭，拿著用報紙包好的燭台出門。

一九三六年七月，軍隊起事抵抗民主政府。接著佛朗哥將軍領導叛變，他外表看似平凡，但內心隱藏著冰冷、仇恨和殘忍的特質。他最大的夢想和野心是讓西班牙重獲過去帝國時期的榮耀，他迫不及待想結束民主亂象，透過武裝力量和天主教會，採取鐵腕政策統治。叛亂分子希望在一個星期內占領西班牙，卻出乎預料遇到勞工組成的民兵反抗，他們堅決捍衛共和國給予的權利。於是怨恨、復仇和恐懼爆發，在西班牙開啟了一個百萬人罹難的時代。佛朗哥的戰略在於揮灑大量鮮血、散播恐懼，唯一的辦法是徹底剷除任何人民想反抗的跡象。這時，吉耶・達爾茂已經準備參與內戰。這不只是搶奪燭台，而是拿槍上戰場。

過去，吉耶都是找藉口搗亂，有了戰爭後便再也不需要。因為在家被灌輸的原則使然，他絕不犯下殘忍暴行，但也不保護慘遭他的同袍報復的無辜受害者。他們犯下幾千件謀殺，尤其針對修士和修女；許多右派分子於是被迫到法國尋找避風港，逃離這些報紙所謂的「紅色暴徒」。這類暴行背離革命理想，共和國的政黨很快下令禁止，但同樣的事情還是一直發生。佛朗哥的軍隊則得到相反的命令：利用燒殺手段進行控制和處罰。

與此同時，維克多專注學業，他跟父母同住到二十三歲，之後被共和軍徵召入伍。他與父母同住時，總在黎明起床，完成到大學上課前唯一能做的家務事：替他們準備早餐。他一般很晚回家，會吃母親留在廚房的晚餐，通常是麵包、沙丁魚、番茄和咖啡，然後繼續挑燈夜讀。他活在雙親的政治熱情和弟弟的澎湃激情之外。馬塞爾・路易斯・達爾茂向他的兩個兒子和他在羅西南德酒館的朋友預言：「我們正在創造歷史。我們要將西班牙從幾個世紀的封建制度解救出來，我們是歐洲的模範，是回應希特勒和墨索里尼的法西斯主義的答案。」那間小酒館外觀破爛，裡面卻沸騰著無比的激情，同一批顧客每天聚在一起打骨牌和喝葡萄酒。他主張：「我們會終結寡頭政治、教會、大農場和其他人民剝削者的特權。朋友們，我們應該捍衛民主；但是記住，不是只有政治。沒有科學、工業和技術，不可能會有進步，沒有音樂和藝術，無法滋養靈魂。」起先，維克多贊同父親看法，但他想逃避那些長篇大論，因為幾乎千篇一律。他也不跟母親談這個話題，他們只是一起在某間啤酒吧地下室教民兵識字。卡門當過多年的中學老師，她相信教育跟計畫一樣舉足輕重，任何懂得讀書寫字的人都有義務把技能教給其他人。對她而言，替民兵上課是日常作息，但對維克多來說經常是一種折磨。他花了兩個小時教他們認識字母A之後，深感挫敗下結論：「簡直是一干蠢驢！」他的母親回應：「他們不是蠢驢。這些孩子從沒看過字母書，你要想辦法耕耘他們的智慧。」

母親害怕兒子變成離群索居的隱士，勸他正視跟其他人共同生活的必要，並鼓勵他學習吉他，彈奏流行歌曲。他有著男高音動人心弦的嗓音，與他笨拙的外表和木然的表情全然不同。他利用吉他掩飾靦腆，避開聽了心煩的日常閒聊，卻能參加團體生活。女孩們把他晾在一邊，後來聽見他唱歌，全圍了過來跟他一起吟唱。之後，一片竊竊私語中，有人說他們姓達爾茂的都很像，當然，他無法跟弟弟吉耶放在一起比較。

在達爾茂門下學音樂的學生，最亮眼的一位叫柔瑟．布魯克拉，她是個來自聖塔菲小村莊的年輕女孩，如果不是山迪亞哥．古茲曼仁慈出手相救，或許她現在只是個牧羊女。古茲曼來自顯赫的家族，但是幾經數代平庸的富家子弟揮霍財富和土地，家道已經中落。退休後的最後幾年，他住在一座充滿他感情回憶的農莊，就坐落在一片遍布石頭的丘陵地。他曾在阿方索十二世國王時代在中央大學教授歷史，年事已高，但仍過著活躍的生活。他每天出門，無論是八月天無情的烈陽，還是一月冰冷的寒風，總是頭戴老舊皮帽，手拄朝聖者的木杖步行幾個小時，身邊跟著他的獵犬。他的妻子已經失智，關在家中拿著畫筆在紙上揮灑駭人的畫面，一旁有人看顧。村裡的人叫她瘋女蔓沙，確實名副其實；她不惹麻煩，只是走著走著會迷失方向，往地平線而去，也會拿自己的糞便在牆壁塗抹作畫。柔瑟當時大概七歲，不過沒人記得她真正的出生年月日。有一次山迪亞哥在散步途中，撞見她在照顧幾頭瘦弱的山羊；他跟她聊了幾句，就發現小女孩好奇心強烈，防備心很重。教授替小牧羊女上了幾堂文藝課後，想再多認識她一點，於是兩人建立一段不可思議的友誼。

冬季的某一天，山迪亞哥發現小女孩跟三頭山羊蜷縮在一條溝渠中發抖，她被雨淋溼，臉色因高燒而通紅，他綁好山羊，像扛布袋一樣將小女孩扛上肩膀，心中不由得感激她是如此瘦小和輕飄飄。但是他的心臟依舊不堪負荷這般出力，沒走幾步立刻放棄；他把小女孩留在原地，去找他的工人幫忙扛她回他家。他命令廚娘給小女孩食物，女僕幫她洗澡和備床，再差馬廄小廝先去聖塔菲叫醫生，然後帶回山羊，以免被人偷走。

醫生診斷小女孩得了風寒，嚴重營養不良。她也長疥瘡和蝨子。這一天以及接下來幾天，都沒人來古茲曼的農莊找她，他們便當她是孤女，後來他們想起可以問她，她說她家在丘陵的另一頭。她骨瘦如柴，但很快恢復健康，因為她的身子骨比外表還要強健。為了清除蝨子，她不吭一聲地讓人剃光頭髮，忍受治療疥瘡的硫磺，她吃東西狼吞虎嚥，個性過於老實，顯露她的處境多麼堪憐。她在他家住了幾個星期，擄獲了屋子上下從瘋癲的女主人到所有僕人的心。這棟石頭砌成的大屋平時只有幾隻野貓和過往時代的鬼魂遊蕩，顯得陰森森，不曾見過小女孩的蹤影。其中教授本人最受到吸引，他記起了迫切教導一顆求知欲強烈的心的鮮明回憶；但是小女孩不可能無限期待下來。山迪亞哥等到她完全康復，多長一點肉，要帶她回到丘陵的另一頭，向疏忽她的父母吐露心底話。他把小女孩包得緊緊的，不理會妻子的哀求，搭乘馬車載她離開。

他們來到村莊外的一棟泥造小屋，外觀一如這一帶破爛不堪的其他屋子。農夫靠著不夠填飽肚子的收入掙扎度日，他們如同奴隸，替地主或是教會耕種土地。教授大聲叫喊，幾個孩子驚恐地從門後出來，身後跟著一個黑衣巫婆，但那並非是他以為的曾祖母，而是柔瑟的母親。這位太太從未接待過乘坐如此華麗馬車的訪客，當柔瑟跟著高貴的紳士走下馬車，便愣在原地不知所措。「我來跟您談談這個小女孩。」山迪亞哥用那在大學教書時震嚇學生的語氣說；不過他還沒來得及說些什麼，那女人便拽著柔瑟的頭髮，責罵她丟下山羊，對她大呼小叫，甩她耳光。這時他明白責怪這個精疲力竭的母親是白費力氣，瞬間他起了扭轉這個小女孩的命運的念頭。

柔瑟接下來的童年都在古茲曼的農莊度過，正式名義是收留她當夫人的貼身女僕，但她也是主人的學生。她幫忙女僕工作和照顧蔓沙夫人日常起居，藉此回報她的住宿和所受的教育。歷史教授跟她分享他大部分的書房，教她在學校所能學到的一切事物，讓她使用他妻子的三角鋼琴，後者早已不記得那台黑色機器是做什麼用的。柔瑟在人生的最初七年，只聽過聖胡安節晚上醉漢演奏的手風琴音樂，但她的耳力出奇靈敏。屋內有一台圓筒型留聲機，山迪亞哥發現收留的女孩聽過一遍旋律，就能在琴鍵上重現，便向馬德里那邊下訂一台現代留聲機和一套唱片。短短時間內，還踩不到踏板的柔瑟．布魯克拉閉上眼睛，就能詮釋唱片的音樂。他相當高興，替她在聖塔菲找了一位女鋼琴師。他讓她一個星期上三次課，親自監督她練琴。柔瑟能憑藉記憶彈奏任何曲子，但讀譜和花幾個小時練習同樣的音階對她則很是吃力，不過她會遵照導師的意思努力做到。

十四歲時，柔瑟的琴藝大幅超越鋼琴老師，到了十五歲，山迪亞哥把她送到巴塞隆納天主教女子之家學習音樂。他很想把她留在身邊，但是他以自己身為教育者的責任為重，把父親的情感放到一邊。這個女孩擁有天主賜予的特殊才華，他認為自己在這個世界的角色是幫她發揮所長。這段時間瘋女蔓沙一點一滴耗盡生命氣息，最後無聲無息地嚥下最後一口氣。山迪亞哥．古茲曼孤零零住在大宅，開始感覺歲月重重壓在身上，他不得不放棄拄著木杖的散步，坐在壁爐前靠閱讀打發時間。他的獵犬死了，他不想再養一隻，否則可能自己先兩腳一蹬，留下無主的狗。

一九三一年，第二共和政府上台，完全惹惱了老先生。一面倒向左派的選舉結果發布，西班牙國王阿方索十三世流亡法國，山迪亞哥既是擁君主派，又是堅定的保守派和天主教徒，目睹了自己的世界崩塌。他從未打算忍受紅軍，更不可能接受他們的粗俗蠻橫：

這些喪心病狂的人是蘇聯人的走狗，他們到處燒教堂、槍斃神父。他說，人人平等只是理論上的夢話，實際上是相反的：我們在天主面前並非平等，是祂給人類設下社會階層和不同的條件。土地改革奪走他的土地，儘管價值不多還是屬於他的家族。突然間農夫跟他講話不再摘下扁帽或垂下眼睛。當他看見比他卑微的人面露驕傲，內心感覺比失去土地還痛苦，因為這是直接打擊他的尊嚴，和他在這個世界上一直以來的地位。他辭退一群與他同住一個屋簷下數十載的傭人，派人打包他的書房、藝術作品、收藏以及紀念品，毅然決然地關上大宅。他的行李一共裝滿三輛卡車，但是他帶不走比較大型的家具和鋼琴，因為塞不進他在馬德里的公寓。幾個月後，聖塔菲的共和黨派村長將他的房屋充公，改建為育幼院。

在那不順遂的幾年，山迪亞哥除了遭逢遽變，屢屢氣憤難耐，他監護的女孩也逐漸轉變。反叛分子也對大學帶來不良影響，特別是一個叫馬塞爾・路易斯・達爾茂的教授，他是共黨分子，也是社會主義或無政府主義分子，不過這兩者相差不大，這個邪惡的布爾什維克派，把他的柔瑟染紅。她離開優良的傳統女子寄宿學校，搬去和幾個軍裝打扮的賣春女郎同住，她們崇奉所謂的自由戀愛，但這不過是對雜居或褻瀆行為的一種稱呼。沒錯，他承認柔瑟一直很尊重他，但無視他的警告，他當然只能停止資助她。女孩寫了一封信給他，誠心誠意感謝他付出的一切，並向他保證會永遠記住他的教誨，永遠走在正途，還告知她目前在一間麵包店上夜班，白天繼續讀音樂。

山迪亞哥・古茲曼遷居到他在馬德里的豪華公寓，那裡塞滿家具和物品，幾乎沒有走路的空間，他拉下厚重的血紅色長毛絨窗簾，隔絕街道的車水馬龍，因為太過驕傲矜持，他放棄了社交，對世界不聞不問，不知道國內正沸騰著驚天動地的仇恨，這種仇恨累積了幾個世紀，靠著人們的不幸滋長，也藉由某些人的驕傲壯大。他在薩拉曼卡區的公寓帶著滿腹怨恨孤獨死去，他死後四個月，佛朗哥的軍隊起而叛亂。他一直到死前最後一刻都保持清醒的理智，很高興迎接死亡，親自準備訃聞，因為他不想要陌生人假造有關他的事。他沒跟任何人道別，或許是因為親近的人都已不在世上，但是他想起柔瑟・布魯克拉，於是把留在聖塔菲新孤兒院某個房間裡的三角鋼琴送給她，以高貴的姿態與她和解。

馬塞爾・路易斯・達爾茂很快就從一群學生中對柔瑟留下特別深刻的印象。他秉持教學熱情，把樂理知識和人生道理都傳授給學生，也偷偷灌輸政治和哲學思想，他想應該產生了比預期還深刻的影響。這一點山迪亞哥．古茲曼說對了。馬塞爾不那麼輕易認同學生的音樂天分，這是因為過去的經驗，他經常掛在嘴邊的話就是還沒機會遇到一位莫札特。他曾見過類似柔瑟的例子，他們的耳力相當敏銳，精通任何樂器，不過後來多淪於怠惰，認為自身本領已是這一行的佼佼者，因此不再精進，荒廢紀律。最後，不只一人淪落到靠民俗樂團賺錢餬口，在節慶上、旅館和餐廳裡彈奏，變成蹩腳的婚禮樂師。這是他對他們的看法。他決定幫柔瑟．布魯克拉免於悲慘下場，展開羽翼保護她。當他獲知她獨自一人在巴塞隆納，決定打開自家大門，後來又知道她繼承一架鋼琴卻不知道該擺在哪裡，就把家具移出客廳，清個空間給鋼琴，從不抗議女孩每天下課之後無止境的練琴聲。因為吉耶出門打仗，因此妻子卡門把兒子的床讓給她睡，讓她能睡幾個小時，然後在凌晨三點到麵包店，烤黎明出爐的麵包。女孩睡在達爾茂夫婦小兒子的枕頭上，呼吸他留下的年輕男子的氣味，日子一久竟愛上了他，任憑距離、時間和戰爭，都嚇阻不了她。

不知不覺中，柔瑟成為他們家的一份子，彷彿出自同樣血脈：變成達爾茂夫婦希望擁有的女兒。達爾茂一家住在一棟簡陋的屋子，有點陰森，因為年久失修相當破舊，不過空間寬敞。兩個兒子都去打仗後，馬塞爾．路易斯便邀柔瑟來住。這樣一來，女孩可以節省開銷，減少工時，隨時都能練琴，還能幫忙女主人做點家務。卡門比丈夫年紀小許多，不過相較於丈夫精力充沛，她走起路來氣喘吁吁，總覺得自己的年紀比較大。「我的力氣只夠用來教民兵認字，等到不需要再做這個工作，恐怕也是我的死期了。」卡門嘆氣說。兒子維克多在攻讀醫學系第一年時，診斷出母親的肺部感染大腸桿菌。「該死，卡門，如果妳會死，一定是因為抽菸。」她的丈夫聽到她咳嗽時，這麼責備她，卻沒把自己也抽菸的事拿出來一塊算帳，也沒想過自己竟然會比妻子早死。

教授心肌梗塞後，成為達爾茂家一份子的柔瑟．布魯克拉緊守在他身邊。她放棄上課，但繼續到麵包店上班，跟卡門輪班照顧教授日常所需。空閒時刻，她就彈奏鋼琴，在屋內開一場場的音樂會，以樂聲撫慰瀕臨垂死邊緣的教授。她也在現場聆聽了教授給大兒子的最後忠告：

「維克多，我走了以後，你要擔起照顧媽媽和柔瑟的責任，因為吉耶會死於打仗。這場戰爭已經輸了，兒子。」他得斷斷續續停下來喘口氣，間隔許久才說完。

「爸爸，不要這麼說。」

「三月轟炸巴塞隆納時，我就明白了。那是義大利跟德國的飛機。我們選的是正確的陣營，可是這阻止不了打敗仗的事實。維克多，我們在孤軍奮戰。」

「如果法國、英國跟美國介入，情勢就能扭轉。」

「別提美國了，他們不可能幫我們出力。我聽說愛蓮娜・羅斯福試圖說動丈夫介入，不過總統先生面臨大眾輿論的反對。」

「爸爸，不要人云亦云，有很多林肯縱隊的大兵已經過來，跟我們同生共死。」

「維克多，他們是世界上碩果僅存的理想主義分子。三月時的轟炸，有許多投下來的是美國的炸彈。」

「爸爸，如果我們西班牙不阻止希特勒跟墨索里尼，他們的法西斯主義就會在歐洲蔓延開來。我們不能輸掉戰爭：敗仗代表人民會失去已經獲得的一切，回到過去，回到幾個世紀以來封建制度下的悲慘生活。」

「沒有人會來救我們。聽清楚我跟你說的，兒子，連俄國都會離我們而去。史達林已經對西班牙失去興趣。一旦共和國崩塌，隨之而來的會是恐怖的鎮壓。佛朗哥已經著手肅清行動，也就是散播最深的恐懼，最大的仇恨，最血腥的復仇行動。沒有商量或原諒的餘地。他的軍隊犯下不堪形容的暴行。」

「我們也差不多。」維克多說，他親眼目睹太多那種場面。

「你竟敢拿來比較！加泰隆尼亞將會刮起腥風血雨。兒子，我活不到那個時候，不會遭受痛苦，我想安詳死去。跟我保證，你會帶著媽媽和柔瑟去國外。法西斯主義分子會殘忍虐待卡門，因為她教民兵識字：最可能的狀況是槍斃她。他們會報復你，因為你在軍方醫院效力，他們會傷害柔瑟，因為她是個年輕女孩。你知道他們會對年輕女孩做什麼事吧？把她們賣給野蠻人。我都計畫好了。你們去法國，直到情勢穩定再回來。我的書桌有張地圖和一點積蓄。跟我保證一定要照做。」

「爸爸，我保證。」維克多回答，但並沒打算說到做到。

「維克多，你要明白這不是膽怯，而是求生。」

並不是只有馬塞爾．路易斯．達爾茂對共和國失去信心，但是沒有人敢說出心中的疑問，因為民眾已經精疲力竭，受盡折磨，製造不安或恐懼是一種最嚴重的背叛。

第二天，他們埋葬了馬塞爾．路易斯．達爾茂教授。他們希望避人耳目，這不是讓人弔唁的適當時機，不過消息傳開，因此他在羅西南德酒館認識的朋友、大學同事和稍微有年紀的學生，都來到蒙特惠克山墓園送別，比較年輕的學生不是在戰場就是已在九泉之下。卡門身著嚴肅喪服，六月天氣炎熱，但她戴著黑網面紗，跟在做了一輩子夫妻的男人的棺木後面，維克多跟柔瑟在她兩旁攙扶。她沒有禱告、發表感言也沒流淚。馬塞爾的學生演奏舒伯特的弦樂五重奏第二樂章向他道別，那哀傷的旋律點綴了葬禮，之後他們合唱一首教授譜寫的民兵歌曲。

2 一九三八年

皆無，也沒有勝利，駭人的血窟將會消失……

——聶魯達，《在我們心中的西班牙》（*España en el corazón*），〈遭褻瀆的土地〉（Tierras ofendidas）

柔瑟．布魯克拉在達爾茂家情竇初開。教授邀她搬來同住時，雖然名義上是幫忙她的課業，兩人卻心知肚明，與其說是授業解惑，倒不如說是慈善之舉。教授猜想他的愛徒飢餓度日，需要一個家庭，特別有個像卡門這樣的人能照顧她，因為她的母愛在維克多身上只得到一點回應，在吉耶身上則完全無力發揮。那年，柔瑟對猶如軍營般守著鐵律的優良淑女宿舍心生厭惡，於是搬到巴塞隆納一個漁夫聚集的社區，住進她唯一負擔得起的一間雅房，樓友是三個女民兵。她十九歲，其他年輕的女樓友雖然大她四、五歲，不過做事風格和心態跟二十歲差不多。這幾個女民兵的世界跟她的非常不同，她們給她取了個綽號叫「菜鳥」，大多數時候對她不理不睬，她們四個住同一個房間，房裡有四個單人床位——柔瑟睡在其中一張床上面的位置，幾張椅子、洗臉台、水罐和臉盆、煤油爐，牆壁有幾根掛衣服的釘子，另外還有公共浴室，供三十幾個房客洗澡。她們是大膽無畏的快樂女郎，身在混亂的時代卻享有絕對的自由，她們穿著制服、套鞋和標準扁帽，她們搽口紅、上髮捲，捲髮的鐵具放在煤炭爐上加熱。她們借來棍棒或步槍做訓練，嚮往到前線跟敵人面對面作戰，而不只是指揮交通、補給、做飯和醫護工作，她們得到的理由是俄國和墨西哥的武器只夠分配給男兵，讓給女兵用太過糟蹋。幾個月過後，當國民軍拿下西班牙七成版圖後繼續前進，她們總算實現衝鋒陷陣的願望。她們其中兩個在一次摩洛哥襲擊中遭到強暴和斬首，第三個熬過三年的西班牙內戰，後來又撐過六年的二次世界大戰，浪跡歐洲各地，直到一九五〇年，終於能移民美國。她在紐約落腳，嫁給一個曾經在林肯縱隊作戰的猶太知識分子，不過那是另外一段故事了。

吉耶・達爾茂比柔瑟・布魯克拉大一歲。她一臉嚴肅，穿著過時洋裝，一點也不辜負菜鳥的綽號，吉耶則倨傲不恭，目中無人，睥睨世界。然而，對她來說，只跟他相處幾回，她就了解在他蠻橫的外表下，有顆天真、迷惘和浪漫的心。吉耶每次回巴塞隆納都更加穩重；他已不再是昔日那個偷燭台的莽撞小子，而是個成熟男人，端著一張眉頭深鎖的臉，內心壓抑暴戾之氣，隨時都可能因為挑釁爆炸。他睡在軍營，但是通常會在老家住幾晚，盼的是能跟柔瑟相會。他慶幸自己沒有感情包袱，不像一些跟未婚妻或家人離別而傷心難過的士兵。他把全副心力投注在戰爭，不許自己有絲毫分心，父親的學生不會動搖他保持單身的決心；他只把她當作逢場作戲的對象。或許柔瑟在某些角度或燈光催化下，顯得相當迷人，但是她並非刻意，她的單純觸動了吉耶靈魂深處一根神祕的琴弦。他很習慣自己在一般女人之間吃得開，他知道柔瑟也無法抵擋他的魅力，只是柔瑟不懂得對他賣弄風情。「這個小妞愛上我了，她的生命只有鋼琴和麵包店，怎能不愛上我。」他心想。

「小心點，吉耶。她是個純潔的女孩，要是被我逮到你欺侮她……」他的父親曾這樣警告他。「爸！你怎麼這樣胡思亂想！柔瑟就像我的妹妹呀。」但幸好她並不是。從他父母對柔瑟的小心呵護看來，她應該還是個處女，是西班牙共和國僅存的處女之一。絕對不能對她踰矩，但是怎麼能怪他情不自禁，在桌子底下輕輕碰觸她的膝蓋，邀她去看電影，趁著她在漆黑中看電影落淚時偷摸她，害她不敵欲望，羞怯地發抖。幾次更大膽的愛撫時，她身邊還跟著她的室友，都是相當有經驗也勇於嘗試的自由女民兵。

在巴塞隆納短暫停留過後，吉耶收假回到前線，想把心思全放在努力活下去和擊敗敵人，卻難以忘懷柔瑟不安的臉龐和清澈的眼神。他打死都不承認自己有多需要她的信和糖果包裹，以及她為他編織的襪子跟圍巾。他只有一張她的照片，就放在皮夾裡。照片中，柔瑟站在鋼琴旁邊，或許那是一場音樂會，她一襲短袖深色洋裝，是樸素的款式，裙子比一般還長，領子緄著蕾絲花邊，這襲可笑的學生洋裝遮去了她的身體曲線。在這張黑白照片中的柔瑟看起來遙遠而模糊，像個既不優雅、失去年紀、毫無表情的女子。吉耶得從她琥珀色的眼睛和烏黑秀髮，她宛若雕像的直挺鼻子，她表情豐富的眉毛，她一雙招風耳，她修長的手指，和她身上肥皂的香味，努力找尋令他思思念念的細節，有時這些細節會突然襲上他的心頭，或侵入他的睡夢。他無法專心，可能因此賠上一條命。

教授下葬後九天的一個星期日下午，吉耶．達爾茂在沒有事先通知下，搭乘軍隊的裝甲車返抵老家。柔瑟拿廚房抹布擦乾雙手出去迎接，差點認不出眼前這個骨瘦如柴的男人是誰，他還得靠身邊兩個女民兵攙扶。她四個月沒見他，四個月以來都靠著他偶爾捎來告知在馬德里的任務的隻字片語，滋養關於他的想像，他的信就像報告，不帶一絲柔情，信紙是從筆記簿撕下，上面寫著如同小學生的字體：這裡一切安好，妳會看到我們如何捍衛這座城市，城牆就像漏斗都是孔洞，到處都是殘磚碎瓦，法西斯主義分子擁有義大利跟德國的軍火，他們逼得那樣近，有時我們甚至可以聞到他們抽的菸味，真是一群卑鄙可憐的傢伙；我們可以聽到他們說話，對我們叫囂恐嚇，但他們其實怕得要死，除摩爾人外，他們就像鬣狗無所畏懼，他們偏愛屠刀勝過步槍，偏愛肉搏戰，偏愛血腥味；敵軍每天都會獲得後援，但是無法再前進一公尺；我們在這裡沒水沒電，糧食不多，只能自己想辦法解決；我很好。半數的建築都已倒塌，寸步難行，難以尋回屍體，他們就躺在氣絕倒下的位置直到隔天，等到停屍間的人員經過，沒辦法疏散所有的孩子，因為有些母親實在太頑固，她們不聽勸說，拒絕遷離，不願跟骨肉分開，誰能了解她們。妳的鋼琴呢？我的父母好嗎？告訴我媽不要替我擔心。

「天主啊！吉耶，你怎麼了！」柔瑟站在門口驚呼，一瞬間昔日受的天主教教育再次出現。

吉耶沒回答，他的頭垂在胸前，兩條腿根本站不住。這時卡門也從廚房出來，尖叫聲從她的腳底爬上喉嚨，化成劇烈的咳嗽。

「夫人，請冷靜。他沒受傷。他是生病。」其中一名民兵用堅定的語氣說。

「走這邊。」柔瑟指示她們，並帶她們扶著病人走到目前她住的吉耶的房間。兩名女民兵安置他躺在床上，然後離開，過了半晌又拿著吉耶的背包、毛毯和步槍回來。她們很快地說聲再見和幾句祝福的話就離去。卡門還在猛咳，柔瑟幫吉耶脫掉破爛的靴子和骯髒的襪子，努力壓抑聞到他身上臭味想嘔吐的噁心感，她不考慮送他去醫院，那裡充滿感染的危機，也不考慮請醫生來看診，因為他們都忙著照顧戰爭的傷患。

「卡門，他得洗掉身上的油垢。請您先讓他喝水。我去電信公司一趟，打電話通知維克多。」女孩說，因為她不想看到剝光衣服的吉耶，和他身上沾黏的糞便和尿液。

柔瑟打電話給維克多，向他描述吉耶如何發高燒，呼吸困難，拉肚子。

「我們摸他的時候，他會哀叫，應該是非常痛吧。我想是肚子痛，但身體其他部位應該也會痛，你知道你弟弟是個從不咳聲嘆氣的人。」

「柔瑟，他是得斑疹傷寒。士兵之間有傳染病；傳染途徑是蝨子、跳蚤、污染的水和污垢。我試試看明天能不能去看他，但是我恐怕很難離開工作崗位，醫院人滿為患，每天都有幾十個傷患送進來。現在最重要的是讓吉耶補充水分，讓他退燒。拿毛巾泡冷水，然後包住他，讓他喝加點糖和鹽巴的熱水。」

經過兩個星期，吉耶．達爾茂依賴著母親和柔瑟照顧，以及兄長遠從曼雷沙來的守護，也就是柔瑟每天打電話告知病況和聽取他避開感染的建議。她們要徹底清除衣服的跳蚤，最好燒掉衣服，拿漂白水將屋裡屋外消毒一遍，給吉耶使用單獨一套容器，每次照顧他都要清洗雙手。頭三天是關鍵。吉耶發燒到四十度，語無倫次，身體因為頭痛加上噁心抽搐不止，他猛烈咳嗽，排泄物就像燉菜的綠色湯汁。到了第四天，他開始退燒，但是怎麼樣也叫不醒。維克多指示她們務必搖醒他喝水，其他時間就讓他睡覺。他需要休息和復元。

照顧病患的主要工作落在柔瑟肩上，因為卡門年紀大了，肺部又有毛病，比較容易被傳染。柔瑟一整天在家，守在吉耶床邊，除了閱讀就是編織，卡門則是出門教書，或是到商店排隊。到了晚上，柔瑟繼續工作，換取果腹的麵包。配給的扁豆分量縮減，只剩下每天一人半杯，街上已經看不見可以抓來煨肉的貓或燉肉的鴿子，柔瑟拿到的麵包是一塊扎實的黑色磚塊，嘗起來的口感像木屑；食用油變成不可得的奢侈，她們拿來跟機油混在一起充量。民眾在浴缸或陽台上種植蔬菜，被迫把祖傳物品和珠寶變換成馬鈴薯和米糧。

柔瑟已經不再見她的家人，但還跟當地的幾位農夫保持聯絡，所以能拿到一些蔬菜、山羊乳酪，偶爾他們殺豬時，還能拿到香腸。卡門的家用不足以從黑市買東西，而且食物是稀缺，但是僅剩的這筆錢還是能買到香菸和肥皂。吉耶瘦成皮包骨，需要補身體，因此卡門拿出丈夫留下的一點存款，要柔瑟去聖塔菲買任何能煮湯的食材。她知道馬塞爾·路易斯留下錢的目的是要他們遠離西班牙，但事實上他們都沒認真想過移民。他們去法國或任何其他地方能做什麼？她離不開她的家、她的社區、她的親戚和朋友。打贏戰爭的希望愈來愈渺茫，他們開始默默地接受可能的和平協商，忍受法西斯主義分子的打壓，也許相較之下，流亡反而是比較好的選擇。但不管佛朗哥如何鐵石心腸，總不可能處決整個加泰隆尼亞的人民吧。因此，柔瑟把錢拿去買兩隻活母雞，藏進袋子，再綁在肚子上，用洋裝裙子遮好，以免被哪個人鋌而走險搶走，或者被士兵充公。她的模樣看起來就像孕婦，公車上還有人讓位，她盡可能把袋子遮好，祈求母雞不要任意騷動。卡門把家中一間房的地板鋪上報紙，把母雞養在裡頭。她們拿麵包屑、羅西南德酒館的廚餘，和柔瑟從麵包店偷拿的一點大麥跟裸麥餵養。母雞從被塞在袋子裡的驚嚇復原後，很快地吉耶的早餐都有一、兩顆蛋可吃。

休養幾天後，病患的生命跡象已經穩定，但是力氣不足，僅僅能坐在床上聆聽柔瑟在客廳裡彈鋼琴，或者聽她高聲朗讀偵探小說。他從來不愛閱讀，從小他都是靠母親監督功課，和靠維克多幫忙大部分的作業，才勉強完成課業。他在馬德里前線悶得發慌，有太多無止境等待的空檔，假如柔瑟能朗讀給他聽就太好了。書很多，但是上面的文字彷彿都在他的眼前跳舞。朗讀的休息時間，他會跟柔瑟聊他的軍中生活，聊從五十個國家來支援打仗的自願兵，和他們如何為不屬於他們的戰爭付出生命，聊美國縱隊，聊林肯縱隊的士兵，他們往往充當先鋒，總是第一批倒地身亡。「柔瑟，據說他們有超過三萬五千名男兵和數百名女兵參戰，到西班牙來對抗法西斯主義，因為這是一場非常重要的戰爭。」他跟她提到缺水、電和廁所，描述走廊上堆積著殘磚碎瓦、垃圾、塵土和碎玻璃。「空檔時間，我們得教課和學習。媽媽應該很開心能教那些不識字的年輕孩子認字；他們有很多人根本從沒上過學。」但是他沒跟柔瑟講起老鼠、跳蚤、屎尿和鮮血；或者兩個受傷的同袍等了一個小時又一個小時，在等待擔架到來之前失血氣絕；或者飢餓，以及吃硬邦邦的菜豆配冷咖啡；或者有的人失去理智，完全不在乎槍林彈雨；或者其他人的恐懼，尤其是那些比較年輕的孩子、剛到戰場的士兵，或者童兵團的小兵，幸好他沒跟他們當同袍，否則他一定會難過得死去。他在柔瑟面前更不可能提起他的同袍犯下集體處決的惡行，他們如何把戰俘兩兩綁在一起，送上卡車載往荒地，毫不猶豫地處決他們，再埋葬在公共墓穴。光是在馬德里處死的人數就超過兩千人。

夏天到了。天色比較晚暗下，白天拉長了，炎熱的天氣讓人懶散。吉耶和柔瑟花很多時間相處，到最後對彼此相當了解。他們不管再怎麼朗讀和聊天，總是會有漫長的安靜時刻，這個時候兩人都能感到心底浮現一種親暱的甜蜜。晚餐過後，柔瑟躺在跟卡門一起睡的床上，睡到凌晨三點。到了這個時間，她出門到麵包店準備天亮時刻要配給的麵包。

收音機、報紙，跟街道上的擴音器播放極其樂觀的消息。民兵和熱情之花的歌曲在風中飄揚：**戰死要比跪著求饒光榮**。他們不肯承認敵人步步逼近，將後退辯解為一種策略。他們也提到配給，和幾乎所有物資都短缺，從糧食到醫藥都包括在內。維克多・達爾茂告訴家人比擴音器宣傳的還接近真實的版本。他可以從火車運來的傷患和醫院裡不幸增加的死亡人數推估戰況。「我應該回到前線。」吉耶說。但是他還沒穿好靴子，就再次疲累地倒在床上。

照顧吉耶的每日作息，就是對付斑疹傷寒，拿海綿替他擦洗身體，倒空尿壺，拿湯匙餵他小孩的食物泥，注意他的睡眠，再倒空尿壺和餵他吃飯，彷彿永無止境，柔瑟戰戰兢兢，心中卻盈滿愛意，更加肯定他是自己這輩子唯一會愛的男人。她相信她心中再也容不下其他男人。到了休養的第九天，柔瑟看他氣色恢復得相當不錯，便了解再也沒理由硬要他待在床上，待在完全能屬於她的地方。很快地，吉耶得返回前線。這一年來傷亡人數太多，共和政府軍隊開始徵召青少年、老人，至於素行不良的囚犯，只給他們兩個選擇，要不上前線，要不關在監獄裡等死。柔瑟對吉耶說他該下床的時刻到了，他的第一步是好好洗個澡。她用廚房裡最大的鍋子煮了一桶熱水，讓吉耶坐在洗衣盆裡，替他從頭到腳抹上肥皂，接著沖水、擦乾，最後他整個人紅通通，煥然一新。她對他太過熟悉，甚至沒意識到他赤身裸體。至於吉耶，他跟她在一起時已經不再彆扭；他在柔瑟的雙手下彷彿天真的孩子。「等戰爭結束，我要娶她。」他充滿感激，默默地在心裡下決定。在這一刻之前，他從未想過找個地方定下來和結婚。戰爭救了他，讓他想要計畫一個可能的未來。「我不是在太平盛世。」他過去這麼想，「我當兵要比在工廠裡當工人更自得，我書念不好，又是這種衝動個性，還能幹什麼事呢？」但是柔瑟是這麼單純天真，是這麼善良，鑽進了他的心：她的倩影陪伴他在壕溝的時光，他愈是想她，愈是需要她，愈是覺得她美若天仙。在與斑疹傷寒奮戰的最慘烈日子，他淹沒在痛苦和恐懼中，奮力地抓住柔瑟載浮載沉。在神智不清的時刻，她專注俯視他的臉孔是他唯一的指南針，她堅毅的眼神是他唯一的鐵錨，然後那雙眼睛在一瞬間注滿喜悅與柔情。

吉耶熬過了垂死掙扎和汗如雨下的苦難，當他大病初癒後坐在洗衣盆中第一次洗澡，他感覺自己重返人間。柔瑟的雙手觸碰著他的身體，那是一雙鋼琴師的手，有力、輕盈又美麗，他的頭髮隨著沾滿肥皂的海綿搓洗布滿泡沫，然後一桶桶的水淋下。他完全投降，充滿感激。她將他擦乾，替他穿上他父親的睡衣，幫他刮鬍子、剪頭髮和修指甲，指甲已經長得像爪子。吉耶的兩頰依然乾癟，眼睛通紅，但是已經不再像剛回家的模樣，那兩個女民兵拖著的簡直是一束稻草。接著，柔瑟替他加熱早餐的咖啡，倒進一注白蘭地，讓他提振精神。

「我已經準備好，一起去慶祝吧。」吉耶看著鏡中的自己微笑說。

「你要躺回床上。」柔瑟對他說，把咖啡遞了過去。「跟我來。」她說。
「妳說什麼？」
「就是你聽到的。」
「妳該不會想……」
「正是你想的。」她回答，從頭脫下了身上的洋裝。
「妳想做什麼？我媽隨時都可能回家。」
「今天是星期日。卡門會到廣場上跳薩達納舞，然後去電信公司打電話給維克多。」
「我可能會把病傳染給妳……」
「我一直沒被傳染，所以現在更不可能。別再找藉口。吉耶，快來吧。」柔瑟對他下令，接著脫掉內衣、內褲，推著他上床。

她不曾在男人面前脫得一絲不掛，但此刻她把害羞丟到一旁，因為這是個用理性過活的時代，必須時時保持警覺，連鄰居朋友都不能信，死神可能隨時降臨。所謂的貞操，是修女學校最看重的珍寶，對二十歲的她來說卻如同缺陷一般沉重。沒有任何東西能夠長久，未來不知道存不存在，他們只能把握當下，趕在戰爭奪走一切之前，先行細細品嘗。

一九三八年七月，厄波羅河之役開打，持續四個月之後已經確定敗退；這場戰爭造成三萬人犧牲，包括吉耶．達爾茂在內，他是在敗軍大撤退之前不久戰死。共和軍的情勢危急，唯一的希望是法國和英國拔刀相助，但是日子一天天過去，期盼始終落空。為了爭取時間，他們集中軍力，龐大的軍隊渡越厄波羅河，闖進敵軍領土，占領對方的軍火和裝備，向世界展示戰爭還沒輸，只要有足夠軍援，西班牙就能戰勝法西斯主義。夜黑風高，八萬名士兵悄悄地抵達東邊的河岸，肩負著渡河以及與敵軍作戰的任務，對方的人數跟武器都遠遠在他們之上。吉耶跟幾個英國、美國和加拿大自願兵，混在四五國際縱隊裡充作打前鋒的軍隊，也就是他們稱的人肉砲彈。他們頂著夏天毒辣的陽光，在一片崎嶇的地面作戰，敵軍就在前頭，背後是河流，德國和義大利的飛機飛過天空。

共和軍藉著這次突襲取得些許優勢。士兵陸續抵達前線，他們拖著驚慌的騾子，乘坐臨時小船渡河。工程師在夜裡搭建便橋，白天瞬間被炸毀，晚上又用同樣速度搭建出來。吉耶在先鋒隊，因為缺乏補給，好幾天不吃不喝，幾個星期沒洗過澡，睡在石頭上，先後中暑和腹瀉，時時刻刻得對付難纏的敵人：蚊子和老鼠；老鼠找到什麼就吃什麼，還會攻擊中彈倒下的士兵。除了飢餓、口渴、腸子絞痛和精疲力竭，還得忍受夏天的燠熱。

他嚴重脫水，已經無法流汗，皮膚開始乾裂和曬黑，就像蜥蜴的皮囊。有時，他拿著步槍蹲著，一連好幾個小時緊咬牙齒、神經緊繃，等待死亡降臨，之後雙腿腫得不聽使喚。他猜想斑疹傷寒奪走他的健康，身體已經大不如前。他的同袍以駭人的速度一個個倒下，那讓他不禁自問何時會輪到自己。黑夜降臨後，他們會開車載著傷患撤離，車子沒開燈，怕引起敵機注意；有些傷勢太重的直接吃子彈獲得安息，因為被敵軍活捉要比死上千回更悲慘。屍體還來不及運走，就在無情的陽光曝曬下發出臭味，只能用石頭或焦乾的動物覆蓋，比如馬匹或騾子，因為這裡遍地岩石和如同水泥堅硬的土壤，要挖墓穴難如登天。吉耶得冒著槍林彈雨和手榴彈襲擊的危險，抵達屍體旁邊，辨識他們的身分，取走個人物品寄給他們的家人。

參與厄波羅河之役的士兵，都無法理解這次要在河岸犧牲的戰略，因為要攻進佛朗哥的勢力範圍只是白費力氣，以士兵的生命維護顏面簡直荒謬可笑，但是公開表達不滿會被視為懦夫或叛徒，付出的代價慘重。吉耶遇見一個如同獅子英勇的美國軍官，他從加州大學畢業後加入林肯縱隊。在此之前，他沒有任何從軍經驗，他表示自己是打仗的料，是天生的軍人，他知道如何發號施令；他受部下崇拜。吉耶是巴塞隆納的第一批自願民兵，當時盛行奉平等為圭臬的社會主義理想、革新思潮蔓延到社會的每個角落，甚至軍中，在軍隊裡每個人都平等，擁有一樣的東西，軍官跟屬下共同生活，沒有任何特權，他們吃一樣的伙食，穿一樣的衣服。沒有什麼階級制度、禮節或打招呼方式，軍官沒有特殊的購物商店、武器或汽車，沒有亮晶晶的軍靴、殷勤的助理或廚子，這些都是傳統軍隊的情形，也正是佛朗哥軍隊的情形。然而，戰爭開打的第一年情況改變，當時大多數人的革新情懷已不再熱血沸騰。吉耶作嘔地看著共存的資產階級、社會階層是如何悄悄地回到巴塞隆納，有些人開始享有特權，有些人淪落奴隸生活，小費、嫖妓、富人優勢，有人衣食不缺，不管是食物、香菸，還是流行服飾，其他民眾卻忍受物質缺乏，屈從配給制度。吉耶也目睹軍風改變。共和軍是徵兵制，吸收自願民兵，然後實施軍階制度和傳統的紀律。然而，美國軍官依舊相信社會主義終會勝利；對他來說，人人平等不但能夠實現，更是必然的結果，就像人們信奉的宗教。他的下屬對待他有如同袍，但從未質疑他的命令。這位美國人的西班牙語已經學得夠好，能夠口譯自己經常用英文說的有關厄波羅河之役的解釋。他試著保衛瓦倫西亞，重建跟加泰隆尼亞的聯繫，那兒跟共和政府的其他區域領土之間，隔著一條由國民軍占領的帶狀地區。吉耶相當敬重他，不管有沒有理由，都願意追隨他到天涯海角。九月中旬，美國軍官後背中槍倒在吉耶身旁，連半點哀聲都沒吭。他倒臥在地後繼續替下屬加油，直到失去意識。吉耶跟另一名士兵將他抬走，安置在一堆碎瓦礫的後面，守護他直到天黑，這時醫護兵才能過來把他送去一處急救站。幾天過後，吉耶聽說他即使撿回一條命也會殘廢。於是他衷心期盼美國軍官能早日結束痛苦的人生。

美國軍官倒地後一個星期，共和軍政府宣布外國士兵將撤出西班牙，並希望擁有德國跟義大利軍隊的佛朗哥也能仿效。結果並非如此。美國軍官被草草下葬在一處無名墓穴，無法跟他的同袍在巴塞隆納街道上遊行，接受民眾在人潮洶湧的典禮上感激的喝采聲，而他們每個人都將在餘生記得這一幕。其中最令人印象深刻的是熱情之花的道別辭，她一如以往的澎湃激情曾經在好幾年間，鼓勵著共和軍的士氣。她稱呼他們是自由鬥士、英雄、理想主義者、勇士以及苦行者，他們離開自己的國家、家人，來到這裡奉獻一切，只為了追求替西班牙犧牲的榮耀。其中九千名鬥士永遠留下，長眠在西班牙的土地下。最後，她請他們在這場戰爭打勝之後重返西班牙，說他們將會在這裡找到另一個祖國和朋友。

擴音器開始播送佛朗哥要大家投降的喊話，飛機也從空中投下宣傳手冊和麵包，呼喊著正義和自由，但是大家都知道棄守無疑是把自己送進監牢，或他們親手挖的公共墓穴。

他們聽說，佛朗哥占領村莊後，強押當地的寡婦和處決犯的家人上刑場。他處決了成千上萬人；這樣多的鮮血灑地，以至於到了隔年，農夫都信誓旦旦土地長出紅色的洋蔥，馬鈴薯裡面有人類的牙齒。儘管如此，想用一條麵包打動敵人轉投陣營的策略，已經吸引不只一個人投降，大多數是比較年輕的徵募兵。有一次，吉耶不得不以武力制服一個來自瓦倫西亞失去理智的驚慌年輕人；吉耶拿槍指著他的額頭，跟他發誓敢動一步就殺掉他。他花了兩個小時安撫年輕人，而且沒有驚動任何人。但是三十個小時後，那個年輕人還是送死了。

就在這個人間煉獄，他們沒有任何基本的補給，只有偶爾出現載運郵袋的救護車。司機就是埃托·伊巴拉，他攬下這個任務是為了替士兵打氣。私人信件是厄波羅河之役前線能享有的部分優先權，但事實上收到信件的人不多，因為外國士兵跟他們的家人距離遙遠，而多數的西班牙士兵，特別是來自南部的士兵，家人多不識字。因為吉耶·達爾茂有個寫信給他的人，埃托經常開玩笑說，他冒著生命危險送信，結果只有一個收信人。有時候，他會交給他厚厚一疊用繩子仔細捆好的信。吉耶總是能收到來自母親或兄長的信，但是更多是柔瑟寫來的，她每天寫上一、兩段，直到累積了幾頁，再塞進信封交給軍方郵局。伊巴拉送信給吉耶時，會低聲哼唱民兵最流行的歌曲：如果你想寫信給我，你知道我在那裡：第三混合縱隊，就在火線戰場第一排。不知道他唱的究竟都是同一首，還是其他類似的一首。司機甚至在睡夢時也唱著，既能嚇走他的恐懼，也能誘惑幸運女神繼續守護在他的身邊。

佛朗哥將軍的軍隊攻無不克，征服了大部分國土後，繼續往前進，加泰隆尼亞淪陷已是顯然的事實。城內瀰漫著一片恐慌，民眾準備逃跑，而許多人早已遠走他鄉。一九三九年一月中旬，埃托．伊巴拉開著一輛破爛的卡車，載著十九名嚴重傷患，抵達曼雷沙醫院。起初有二十一名傷患，但是兩名在途中死亡，屍體留在路邊。有好幾位醫生棄守職位，留下來的則試著避開醫院裡病患之間的恐慌。也有共和政府官員選擇逃亡，他們想著繼續從巴黎遠端執政，但這個舉動擊垮了民眾的信心。在當時，國民軍已經距離巴塞隆納不到二十五公里。

埃托已經五十個小時沒睡覺。他把不幸的傷患交出去後，立刻倒在出來迎接卡車的維克多．達爾茂的懷中。維克多把他安置在他的臥室，那裡有一張帆布床、一盞煤油燈和一個尿壺。因為他決定住在醫院以節省時間。幾個小時後，維克多終於在繁忙的手術室找到一絲喘息空檔，於是端了一碗扁豆湯，加上母親這個星期寄來的臘腸，和一壺苦苣咖啡去給他的朋友。他費了九牛二虎之力才把埃托叫醒。他的朋友累得頭昏眼花，但是還是很快地吃完，然後告訴他厄波羅河之役的戰況細節，維克多已經從這幾個月以來的傷患口中略知一二。據埃托解釋，在那裡，共和軍分成十個團體，準備戰到最後一刻。他繼續說：「開戰的第一百一十三天，我軍已經超過一萬名士兵陣亡，我不知道另外還有幾千名遭到俘虜，或者有多少在遭轟炸的村莊中跟村民一起埋在瓦礫堆下，還不包括也被埋在底下的敵軍。」正如馬塞爾．路易斯．達爾茂教授生前預見，戰爭輸了。沒有共和政府希望的和平協商機會。佛朗哥只接受無條件投降。「不要相信法西斯主義分子的宣傳，他們絕不可能有憐憫和正義之心。只可能會刮起一場腥風血雨，就如同國內的其他地區一樣。我們完蛋了。」

維克多跟埃托共享許多悲慘時光，知道他臉上從來只掛著挑釁的微笑，嘴裡照樣哼歌說笑，此刻他的沉重表情比言語還有說服力。他的朋友從背包拿出一小瓶烈酒，倒在淡而無味的咖啡裡，然後邀請維克多喝。「喝吧，你需要這杯咖啡。」他對他說。埃托花了好一會兒思考，以最謹慎平和的語氣告訴維克多．達爾茂關於他弟弟的不幸消息：吉耶已經在十一月八日陣亡。

「怎麼發生的？」這是維克多唯一問得出口的話。

「一顆炸彈掉在壕溝中。維克多，真的很抱歉，我想，別講細節比較好。」

「告訴我是怎麼發生的。」維克多又問一遍。

「炸彈炸碎了好幾個人。沒有時間一一拼湊屍體。我們把屍塊埋了。」

「這麼說沒有確認身分。」

「沒辦法百分之百確認，維克多，但是大家都知道壕溝裡有誰。吉耶是其中一個。」

「但是沒有確切指認，對吧？」

「恐怕是這樣。」埃托說，然後從背包拿出一個半燒焦的皮夾。

維克多小心翼翼地打開皮夾，像是怕瞬間就會碎裂，他從裡面抽出吉耶的軍人證，和一張奇蹟般沒有受損的照片，照片上是個站在鋼琴邊的女孩。維克多．達爾茂坐在單人床腳邊，好幾分鐘都沒說話。埃托不敢抱住他，他很想這麼做，但又是坐在一旁，沒有任何動作，安靜等待。

「這是他的未婚妻。柔瑟・布魯克拉。他們打算等戰爭結束後就結婚。」最後，維克多開口。

「我很替你感到難過，維克多，你必須要轉告她消息。」

「她懷孕了，我想是六或七個月吧。如果我不確定吉耶是不是真的死了，就沒辦法告訴她。」

「你還要怎麼確定，維克多？沒有人活著離開那個壕溝。」

「他可能不在那裡。」

「他的皮夾就在你的口袋，如果他真的還活著，我們早就知道他的消息。已經過了兩個月。你不覺得皮夾就足以證實這件事？」

到了週末，維克多・達爾茂返回巴塞隆納的老家，他的母親賣掉丈夫的錶，在港口買了走私來的黑米、大蒜和章魚，特地煮了一杯米等他吃。漁獲都被充公給士兵，少數剩下來的就販售給一般人，可能賣到了醫院或育幼院，不過眾人皆知政治人物的餐桌上或者資產階級的旅館跟餐廳都看得到這些食物。當他看見母親變得又瘦又小，被擔憂和悲傷折磨變老，又看到柔瑟挺著孕肚、容光煥發，從內散發出懷孕的光芒，他實在無法告訴她們吉耶的死訊；她們才捱過馬塞爾．路易斯過世的傷痛。好幾次他想說出口，無奈話就是卡在胸口出不來，於是他決定等到柔瑟生產完或戰爭結束。他心想，將寶寶抱在懷中的喜悅，可以沖淡卡門喪子的悲痛，而柔瑟對於失去摯愛，也比較能夠忍受。

3 一九三九年

日子的腳步越過了一個世紀，你流亡的時間依然馬不停蹄……

——聶魯達，《一般之歌》（*Canto general*），〈阿蒂加斯〉（Artigas）

一月底的那一天，巴塞隆納開始一場稱作「大撤退」的全面出走，天色破曉時氣溫很低，水管的水都結凍成冰，車子和動物黏在地面動彈不得，厚厚一層烏雲覆蓋著天空，流露一種深沉的哀傷。這是大家記憶中最冷冽的一場寒冬。法西斯主義軍隊從蒂比達博山攻下，恐懼淹沒了民眾內心。國民軍把幾百名戰俘抓出監獄，在最後一刻處決他們。士兵開始前往與法國接壤的邊界，其中多人負傷，他們前面是數以千計的民眾，都是一整個家族，包括祖父母、母親、小孩，被抱在胸前的嬰兒，每個人都拿著盡量能帶走的東西，有些人搭公車或乘坐卡車，有些人騎腳踏車或坐馬車或驢車，大多數人徒步行走，拖著存放家當的袋子，這是一支悲傷而絕望的隊伍。他們丟下鎖上門的屋子和心愛的物品。起先，寵物還跟著他們的主人走了一段路，但很快迷失在大撤退的人潮中，跟不上隊伍。

維克多．達爾茂一整晚都在協助疏散病患，讓他們搭上少數可用的交通工具，如卡車和火車。當天早上八點，他明白他應該完成父親的指令，救走母親和柔瑟，但是他無法丟下他的病患。他找來埃托．伊巴拉，說服他協助帶走他家的兩個女人。司機有輛老舊的德國三輪摩托車，旁邊附有座位，那是他在國泰民安時期心愛的珍寶，因為缺乏汽油，已經三年沒騎過。他把車子借放在一個朋友的車庫裡，保護得很好。因為情勢急迫，維克多認為需要採取緊急措施，因此從醫院偷了兩桶汽油。這輛摩托車完美地呈現了德國人的科技，試第三次就發動了，完全看不出曾埋在車庫裡長達三年。到了十點半，埃托騎在上演大逃亡的街道上，穿越擁擠的人潮，出現在達爾茂家，引擎聲震耳欲聾，還伴隨著排氣管的煙霧。卡門跟柔瑟正在等他，因為維克多已經通知她們。他的指示非常清楚：跟著埃托．伊巴拉穿過邊界，到另外一頭之後跟紅十字會聯絡，尋找一名叫伊麗莎白．艾登本茲的護士，她是一個能信任的人。她是所有人到法國之後的終站。

她們打包保暖衣物、少許糧食和家族的照片。到了最後一刻，卡門還在猶豫該不該走，她說壞事不會延燒百年，或許她們可以等待，看看事情的發展；她們無法在其他地方展開新人生，但是埃托告訴她們法西斯分子抵達後會發生什麼事。首先，到處都會飄揚著他們的旗幟，然後他們會在大廣場上舉行一場強迫所有人參加的隆重彌撒。他們會以勝利之姿接受一群部署在共和黨領土上的同袍的歡呼，這些人已經埋伏在城內長達三年，參加的人還有許多是出於恐懼，他們打算爭取機會，表達自己從未參加革命——我們相信天主，相信西班牙，相信佛朗哥。我們愛天主，愛西班牙，愛佛朗哥大元帥——接下來一場肅清行動就會上演。他們會逮捕士兵，不論他們狀況如何都要捉到，還有遭其他人揭發的人，比如說他們的夥伴，還有被懷疑可能從事反西班牙或反天主教行動的人，其中包括工會、左派成員，或者其他宗教的信徒、不可知論者、共濟會成員、教授、老師、科學家、哲學家、世界語學者，外國人、猶太人、吉普賽人，以及那張名單上數不清的人士。

「卡門太太，他們的報復手法十分野蠻。您可知道，他們會從母親懷裡搶走她們的孩子，送到修女的孤兒院，灌輸他們唯一的信仰和國家的價值？」

「我的孩子已經夠大了。」

「這只是個例子。我想跟您解釋的是，您別無他法，只能跟我來，因為他們會指控您教革命士兵識字，沒去彌撒，進而槍斃您。」

「聽著，年輕人，我已經五十四歲了，還罹患結核咳個不停。我的來日不多。我要是流亡，能過什麼日子？還不如死在自己的老家，自己的城市，不管佛朗哥來不來。」

埃托花了十五分鐘，費盡口舌卻還是無法說服她，直到柔瑟插話。

「卡門夫人，跟我們一起走吧，因為我跟您的孫子需要您。等我們安頓下來，掌握西班牙的狀況，到時候您想的話再回來。」

「柔瑟，妳比我堅強和能幹。您可以好好照顧自己。不要哭……」

「我怎麼可能不哭？沒有您，我該怎麼辦？」

「好吧，可是我這是為了妳跟孫子。如果我只替自己打算，會選擇留下來，用樂觀看待不幸。」

「好啦，兩位女士，該走啦。」埃托堅持地說。

「母雞該怎麼辦？」

「放走牠們，會有人捉去。走吧，時間到了。」

柔瑟想要坐在埃托後面，可是埃托跟卡門說服她坐在副座，這樣子比較不會傷害胎兒，或導致流產。卡門穿上好幾件背心再裹上一條毛毯，這條卡斯提亞黑羊毛毯子跟地毯一樣厚重，又能防水。她爬上機車後座。她是如此嬌小，如果沒有包裹毯子，恐怕就會飛出去。他們慢慢騎著，避開人群、其他車輛和拉車的動物，就怕在結霜的道路打滑，還得阻止絕望的路人企圖強行爬上摩托車。

在巴塞隆納上演的倉皇出走，宛若但丁描述的場景，數以千計的人冷得發抖，配合殘障者、傷患、老人和孩童的腳步，慢慢地變成緩慢前進的隊伍。醫院的病患，能自行移動的就加入出走的隊伍，需要他人幫忙載運的就搭乘火車到能去的地方，剩下的人不得不拿起能夠對抗摩爾人的短刀和刺刀。很快地，他們把城市拋在身後，來到空曠的原野。沿途經過的許多小村莊，也有農夫帶著牲畜或堆滿物品的推車加入隊伍，混成一大群往前移動的人潮。有些人會拿身上帶的有價值物品，交換少數車子上的位置，鈔票已經一文不值。騾子和馬拉著沉重的車子，許多軟腳倒下奄奄一息；這時，男人彎下腰，拿起馬具套在身上拉車，由女人在後面幫忙推。他們沿途拋下沒有人帶得動的物品，從行李到家具都包括在內；他們也把死去的人和傷患留在他們倒下的地方，因為沒有人會停下腳步救他們。憐憫之心已經蕩然無存，每個人只能獨善其身和照顧他們的家人。禿鷹軍團的飛機低空襲擊，沿路造成的鮮血跟爛泥和冰雪混在一起。許多孩子犧牲了。食物愈來愈少。就連最謹慎的人帶的糧食也只夠再吃一、兩天，其他人忍受著飢餓的折磨，除非有哪個農夫願意拿食物出來交換東西。埃托咒罵著他們不該扔下母雞。

數以千萬計的驚慌難民湧至法國，在那兒等待他們的卻是一場因恐懼和厭惡發起的抗議。沒有人想接納這些外國人，他們被認作是紅黨，是骯髒的過街老鼠，是逃犯，是叛逃者，是罪犯，這是報紙上對他們的稱呼，並指他們會傳染疾病、偷搶、強暴，還有支持共產革命。從三年前開始，已經陸續有西班牙人因為逃離戰爭到來，他們面對的是不太友善的態度，但是他們分散在全法各地，幾乎不見蹤影。這次隨著共和軍戰敗，據測人數將會增加；相關當局無法預估正確數量，最多大概一萬或一萬五千人，而這個數字已經引起法國右派的警戒。誰也沒料到，短短幾天會有近五十萬名西班牙人擠至邊界，他們狀況混亂、悲慘，個個驚恐不已。法國的第一個反應是關閉邊界的通道，等待當局對如何處置這個問題達成共識。

夜幕很快降臨。雨下了好一會兒，足以淋溼衣服，把地面化為一片泥濘。不久，氣溫驟降到零下，開始刮起風，彷彿拳頭狠狠地打在骨頭上。步行者沒辦法繼續在黑夜中前進，不得不停下來。他們找個地方蹲踞，蓋著浸溼的毛毯，母親抱著她們的孩子，男人試著保護他們的家人，老人都在祈禱。埃托交代兩個女人待在副座等到他回來，然後拿條繩子綁住摩托車，以免有人搶走，他離開道路一段距離，找到地方方便。他已經拉肚子好幾個月，幾乎所有待在前線的人都有這個毛病。他拿著手電筒照亮一處地面的裂洞，那裡面有一頭靜止不動的騾子；可能腳斷了，或者就是累得倒地而死吧。結果牠還活著。於是埃托掏出槍，對準牠的頭賞了一顆子彈。那單獨一聲槍響，跟敵人的機關槍不同，因此引來幾個好奇的人。埃托是個只受過服從命令訓練的人，他本不懂得下命令，但是在這一刻，他忽然發揮了發號施令的本領，指揮男人分割動物屍體，要女人生火烤肉，火堆要小一點，避免引起飛機的注意。他的計畫在人群中傳開來，很快地到處響起零星的槍響。他拿了兩份乾硬的烤肉和兩大杯水給卡門跟柔瑟，那是他在其中一處火堆親自加熱的水。「兩位就想像一下這是白蘭地咖啡，只是少了咖啡。」他邊說邊在每一杯水中倒進白蘭地，此外還有半條麵包，是他拿失事義大利飛機上的空軍眼鏡換來的。他猜想，那副眼鏡在來到他的手上之前應該已經易手二十次，此刻還會繼續環遊世界之旅，直到解體的那一天為止。

卡門拒絕吃肉，她說她要是咬下像是鞋底的硬肉，牙齒會斷裂，所以把她的份讓給柔瑟。她已經考慮好幾回要摸黑離開然後消失。她在寒風中呼吸困難，每一次吸氣，胸口都會發疼，喘不過氣來。「真希望乾脆得肺炎，一死百了。」她嘟囔。「別這麼說，卡門夫人，想想您的兩個兒子。」柔瑟聽到了她的話，於是回她。卡門在心中想，既然沒得肺炎，那麼凍死會是個好選擇，她讀過這是北極老人的自殺方式。她很想認識即將誕生的孫子或孫女，但是這個願望就像夢，慢慢地在她的內心消失。她只關心柔瑟能平安抵達法國，在那裡生下孩子，然後跟吉耶和維克多相聚。她不想當年輕人的包袱；她自覺活到這把年紀是個累贅，沒有她，他們能走得更快和更遠。柔瑟應該是猜中她的心思，因為她監視著她，一刻也不放鬆，直到不敵疲累，縮成一團睡著了。她沒感覺到卡門離開她，像貓一樣無聲無息地消失。

埃托是第一個發現卡門失蹤的人，這時天還沒亮；他沒叫醒柔瑟，直接到一群飽受折磨的人當中尋找她的蹤影。他拿著手電筒照亮地面，希望走路時不要踩到任何人：他推測卡門也是費了一番工夫走路，應該還沒離太遠。當第一道曙光劃破天際，他嚇了一跳，他正走在一群人的喧鬧聲和物品之間，也有人正在呼喊他們家人的名字。有人抓住了他的腿，是個差不多四歲的小女孩，嗓子因為不斷哭泣變得沙啞，她全身溼淋淋，膚色凍得發青。埃托替她擤鼻涕，很難過自己沒有東西可以給她保暖，只能把她抬高，看有誰能指認她，但是沒有人還有餘力擔心其他人的命運。「小可愛，妳叫什麼名字？」「布莉亞。」小女孩低聲說。他低聲吟唱大家耳熟能詳的民兵流行歌曲，轉移她的注意力。他從幾個月前就開始不時哼唱這些歌曲。「布莉亞，跟我一起唱，唱歌可以趕跑悲傷。」他對她說，無奈小女孩還是哭個不停。他讓她坐在肩膀上好一會，奮力擠開人群，呼叫著卡門，直到遇見一輛停在壕溝前的卡車，那裡有幾名護士正在發送牛奶和麵包給一群孩子。他向她們解釋小女孩正在找她的家人，她們回答把她交給她們；卡車上也有幾個迷路的孩子。一個小時過後，埃托還是沒找到卡門，於是他返回柔瑟的身邊。這時他們發現卡門離開時沒帶毛毯。

天色破曉後，意志消沉的群眾開始移動，彷彿一片緩慢飄移的黑漬。據傳，法國關閉了邊界，愈來愈多人堆擠在通道前方，恐慌的情緒開始蔓延。他們很久沒進食，小孩、老人和傷患愈來愈虛弱。幾百輛車子，包括驢車、馬車和卡車在內，都丟棄在道路兩旁，因為牲畜已經無法再繼續拉車，而卡車缺少燃料。埃托決定離開公路，那裡擠得水泄不通，他冒險往山中前進，尋找比較少人看守的路徑。柔瑟沒找到卡門不肯走，但是他說卡門一定會跟著人群抵達邊界，到時他們會在法國重逢，企圖想說服她。他們爭執了好一會兒，後來埃托失去耐心，威脅她要是不肯走，就要丟下她。柔瑟不認識他的為人，於是相信了他的話。埃托自小開始就跟著父母在山裡遊走，這時他心想自己願意付出任何代價，只求父親在他身邊。不是只有他這麼打算，有好幾群人已經往山中走去。這趟路對柔瑟來說將是相當艱困，她挺著孕肚，雙腳腫脹，還有坐骨神經毛病，但對家裡有孩子、老人，或者有截肢、包著滲血繃帶的傷兵的家庭來說，更是困難重重。他們騎摩托車只能選擇小路，而他不確定以柔瑟的狀況，她能不能繼續徒步往前。

正如埃托預料，他們來到山區，摩托車氣喘吁吁往上爬，冒著黑煙，直到鞠躬盡瘁，終於無法再繼續。接下來的路，他們得靠著腳往上爬。埃托把摩托車藏在灌木叢中，向它吻別，保證會回來找這個比妻子還忠誠的夥伴。柔瑟幫他整理和分配行李，兩個人把東西扛在背上。他們不得不留下大部分的東西，只扛走必需品，像是保暖的衣物，備用鞋子，一點乾糧，和維克多的法國鈔票，這是向來謹慎的他交給埃托的。柔瑟披上卡斯提亞毛毯，戴上兩雙手套——她得小心保護手，才能再有機會彈琴。他們開始往上爬。柔瑟踩著緩慢但是堅定的腳步，不曾停下來，有些路段得靠埃托幫忙推拉，她聽著他如轟炸般不停說話，聽他唱歌，彷彿兩個人是在踏青的路上，而這都是為了替她打氣。選這條路的人不多，跟他們一樣爬到了這裡的人，都跟他們很快地打聲招呼後，繼續往前走去。很快地，路上只剩下他們兩個。不久這條結冰滓滑的羊腸小徑消失了。他們踩著深深的雪堆，一路避開岩石和倒塌的樹幹，沿著峭壁繞行。只要踩錯一步，他們就可能掉下幾百公尺，摔得粉身碎骨。埃托腳上的鞋，跟他的眼鏡一樣，都是屬於某個在戰役中倒下的敵軍軍官的東西，早已磨損不堪，但是還是比柔瑟那雙城內的鞋子耐穿。沒過多久，兩個人都感覺雙腳凍得麻痺。這座山巨大、崎嶇，覆蓋皚皚白雪，高高地聳立在一片紫藍的天空下，散發一股令人畏懼的氣勢。埃托害怕他們會迷路，頓時意識到，幸運的話，他們也要幾天時間才能抵達法國，除非加入哪個隊伍，否則難以做到。他在內心暗暗咒罵自己竟想出放棄道路的點子，不過還是安撫柔瑟，向她保證他對這個地方瞭若指掌。

到了天黑時，他們看見遠處有抹微弱的火光，於是奮力使盡最後一絲力氣往那個小小的營區走去。他們依稀辨識出遠處有幾個人影，即使他們是國民軍，埃托還是決定冒險，否則他們只得埋在雪堆下過夜了。他把柔瑟留下，自己匍匐前進，直到看見一個燃燒的小火堆，和火光照明下留著大鬍子的四個傢伙，他們骨瘦如柴、衣著破爛，其中一人的頭部纏著紗布。他沒看見他們的馬匹、制服、軍靴和帳篷，他們不像是敵軍，只像流浪漢，但是也可能是土匪。他小心翼翼扣上扳機，藏在大衣底下的手槍是一把德國製帕拉貝倫，在這時可是珍寶，那是幾個月前他從一次划算的以物易物交易得來的，他靠了過去，表示要求和。其中一名拿著步槍的男子立刻向前，另外兩名拿著獵槍在他的背後幾步位置戒備，他們就跟埃托一樣謹慎、無法輕信他人。他們隔著距離互相較量。忽然間，埃托有個預感，用加泰隆尼亞語和巴斯克語分別向他們大喊：「晚安！哈囉！晚安！」沉默降臨，埃托感覺時間恍若過了永恆，最後似乎是首領的人說了短短一句歡迎的話：「歡迎！夥伴！」埃托明白他們的確是夥伴，一定是逃兵。他鬆了一口氣，雙腳發軟。他們靠過來圍住他，看見他平靜的表情，紛紛舉起手拍了拍他的後背打招呼。「我是艾奇，這兩位是以薩和他的兄弟胡南。」拿著步槍的男人說。埃托自我介紹，並跟他們解釋他帶著一個孕婦，於是大夥陪他去找柔瑟。他們帶著她往破爛的營地去，而在兩個剛抵達的忐忑不安的外來者看來，那可比豪華宮殿，因為有帆布屋頂、火堆和食物。

接下來的時間，他們交流壞消息，一起享用幾個煮熱的鷹嘴豆罐頭，和一點埃托水壺裡剩下的烈酒，埃托也請他們吃點背包裡的臘肉和麵包塊。「把你的乾糧收好，你們會比我們更需要。」艾奇說。他又說請他們等到隔天，有個高地人會帶一些乾糧來給他們。埃托堅持要回報他們的慷慨，把自己的香菸給了他們。最後這兩年，只有富人和政府領導人還能抽走私的雪茄，其他人只能捲個甘草根和乾燥的野草過過乾癮，而且抽一口就沒了。埃托的那包英國香菸被他們以宗教信仰般的隆重態度收下。他們捲好香菸，心醉神迷地抽著，個個安靜不語。他們給柔瑟吃鷹嘴豆，把她安頓在臨時搭建的帳篷，給她一個裝熱水的瓶子，好讓她凍僵的雙腳溫暖一點。當她睡著以後，埃托告訴他們巴塞隆納已經淪陷，共和國即將戰敗，以及大撤退的混亂情況。

他們幾個聽著消息，表情沒有任何變化，因為這是他們早已預料到的事。他們活著逃過格爾尼卡空襲，這場由可怕的禿鷹軍團飛機進行的轟炸，夷平了巴斯克古城，留下大批死亡民眾和大片廢墟；他們躲過了藏身的森林遭轟炸引起的大火，跟著巴斯克軍隊在畢爾包之役奮戰到最後一天。在那座城市淪陷敵軍之手前，巴斯克高層安排民眾疏散到法國，卻讓士兵在幾個不同地點繼續作戰。輸掉畢爾包之役的一年後，以薩和胡南發現他們被法西斯主義分子捉去的父親和小弟已遭到槍決，龐大的家族僅存兩人。這時他們決定找機會逃離軍隊。逃離民主、共和國，和失去意義的戰爭，他們已經不知道自己為了什麼而戰。他們默默認同艾奇當首領，因為他相當熟識庇里牛斯山區，他們在森林裡和崎嶇的山丘上遊蕩，絕不待在同一個地方太多天。

最近這幾個星期，隨著戰爭無可避免地到了尾聲，他們遇到其他逃亡的人。不論去哪裡都不可能安全。去法國，他們不會被認作是戰敗的軍隊、撤退的士兵或是難民，只會被當成背叛軍隊的逃兵遭到逮捕，然後送回西班牙交給佛朗哥。他們無處可去，一小群人東飄西蕩，為了自保，有人藏在洞穴裡，有人躲在難以通行的地點，想等到情勢平靜下來，也有人抱著必死決心繼續奮戰，對抗贏家軍隊。他們拒絕承認革命的理想敗得一塌糊塗，因為那付出了多少犧牲，他們更不能接受理想永遠只是一個夢。然而，這對山區的兄弟檔不這麼想，他們已對一切感到幻滅，對艾奇來說，他只想要活下來，等待有一天能跟妻子和孩子相聚。

包著紗布的男人沒加入談話，他似乎比較年輕，來自阿斯圖里亞斯，因為受傷，他耳朵聾了，腦筋也糊塗了。言談說笑之間，他們跟埃托說，他們很想但無法丟下這個兄弟，因為他的槍法出奇地準，可以閉著眼睛一槍打中野兔，從沒浪費半顆子彈，多虧他，他們偶爾能嘗到肉的滋味。事實上，他們準備了幾隻兔子，打算隔天跟高地人交換其他糧食。埃托可沒忽略他們對待阿斯圖里亞斯人時，動作乍現的一絲溫柔，彷彿待他是個傻孩子。他們以為埃托跟柔瑟已經結婚，所以強要他睡在帳篷裡妻子的身邊；這樣一來，他們有兩個人只能待在外面。「我們要輪流看守。」他們說，但是謝絕埃托也想輪班的打算。他們說，這算哪門子的待客之道。

埃托躺在柔瑟身邊，她蜷縮成一團保護自己的肚子，他從後面抱著她，想幫她取暖。他骨頭痠痛，身體發麻，又擔心安全，也擔憂這個將成為母親的女人的安危；他對維克多．達爾茂承諾過會負起保護她的責任。就在舉步維艱的爬山途中，柔瑟保證她體力充沛，不用替她擔心。「埃托，我不畏酷暑跟寒冬，在丘陵上看守山羊長大，我習慣餐風宿露，不要把我想得那麼容易累。」她應該是猜到他的驚恐，於是牽起他的手放在她的肚皮上，讓他感覺起伏。「埃托，不用擔心，這個寶寶很安全，而且很開心。」她邊說邊打了兩個哈欠。埃托非常開心，也再次鼓起勇氣，他看過多少死亡和磨難，多少暴力和厄運，他把臉埋在女孩的後頸偷偷哭起來，他想他永遠忘不了她的氣味。他為她而哭，因為她還不知道自己已成寡婦，他為吉耶而哭，因為他從沒機會認識他的孩子，也無法再擁抱他的未婚妻，他為卡門而哭，因為她不告而別，他為自己而哭，因為他精疲力竭，有生以來第一次懷疑起自己的好運。

第二天一大早，高地人騎著一匹老馬緩緩到來。他自我介紹他叫安赫，很樂意為大家服務，又說這個名字跟他特別配，因為他是逃犯和逃兵的天使。他帶來大家引頸期盼的補給，有幾個獵槍的彈匣和一瓶燒酒，酒除了可以解悶，也能消毒阿斯圖里亞斯人的傷口。他們替他換繃帶時，埃托看見他凹陷的頭顱有一道深深的刀傷。他心想，天氣寒冷肯定有助於阻止傷口感染；他應該是個鐵漢，才能撐著活下來。高地人跟他們確認，法國在兩天前關閉了邊界，有成千上萬名難民被困住，他們就快要凍死和餓死。武裝警衛阻止了他們的腳步。

安赫說他是牧人，但是埃托可不相信；他跟他父親一樣，有一雙走私販的眼睛，那是個比放羊還油水豐厚的工作。弄清楚這一點後，結果高地人其實認識老伊巴拉，他說在這一帶，幹這行的都認識彼此。山裡的路徑不多，到處寸步難行，天氣惡劣，可不輸國界兩邊的政府態度，在種種的環境限制下，團結一致是必然的要件。「我們不是罪犯，我們只是提供必要的服務，你的父親應該也曾經跟你這麼解釋。這是供給與需求的法則。」他補充。他向他們保證，如果沒有嚮導，要到法國難如登天，因為法國人正嚴加看守邊界的通道，他們得改走一條祕密路徑，一條不論什麼季節都非常可怕的險路，但是在冬天風險更高。他熟知那條路，因為戰爭剛開打時，他曾經帶領國際縱隊從那條路來到西班牙。「那些外國人都是善良的年輕人，但是很多都是來自大城市的公子哥兒，其中有些人就留在了半路上。要不落後，要不掉下懸崖，永遠留在那裡。」他毛遂自薦帶他們到山的另一頭，他收法國鈔票。「您的太太可以騎我的馬，我們兩個用走的。」他對埃托這麼說。

喝完替代咖啡的飲料後，早上已過了一半，埃托和柔瑟向那群男人告別，準備啟程。嚮導提醒他們，這趟路得趁著天色還亮著一直走下去，如果他們還能忍耐，除了必要的休息，都不會停下腳步，他們可以到一處牧人的休息所過夜。埃托監視他，防堵他可能趁火打劫。在這樣的靜寂中，在這樣的陌生土地上，他可以輕而易舉地砍下他們倆的頭顱。比起鈔票，更值錢的戰利品是他的手槍、小摺刀、軍靴和卡斯提亞毛毯。他們踩在雪地上，走了一小時又一小時，渾身溼透，又冷又累。柔瑟也徒步好長一段路，因為牠的主人把老馬當年老的家人看待，希望牠能休息喘氣一下。他們在路上停下來休息兩次，喝點融化的雪水，吃剩下的騾肉和麵包果腹。當天色開始變暗，氣溫也陡然下降，他們因為睫毛結霜，差點撐不開眼睛。安赫指著遠處一個小丘。那是他提過的休息處。

結果那是個用巨大岩石疊起來的圓頂屋，就像磚頭屋，有道細縫可以進去，沒有門板，他們把馬塞進去，以免牠在外面凍僵。裡頭的空間是圓的，屋頂低垂，比起從外面看還要寬敞和溫暖許多：有一點木柴、幾堆麥草、一大桶水、兩把斧頭，還有幾個可以用來煮食的破銅爛鐵。埃托生好火，烹煮安赫的一隻兔子，安赫也從他鼓脹的鞍囊拿出乾酪和黑麵包，麵包乾硬，但要比柔瑟在巴塞隆納麵包店烤的戰時麵包美味許多。吃飽和餵飽老馬之後，他們包著毛毯倒在麥草堆上，火光照亮著大家。「明天離開之前，我們得整理環境，恢復原本的樣子。我們要砍好柴火，把桶子裝滿白雪。還有一件事，士兵，可以把你的武器收起來，安心睡覺。我是走私販，但不是殺人犯。」安赫說。

他們花了整整三天三夜，翻越庇里牛斯山到法國，但是多虧有安赫，他們沒迷路，也不用睡在荒郊野外，每天天黑時，他們都會抵達某個可以過夜的地點。第二晚是一棟茅草屋，屋主是兩名煤炭小販，養了一條看起來像狼的狗。他們靠撿拾柴火製造木炭餬口，是不太友善的莽夫，但是他們收費提供過夜。「士兵，小心那兩個傢伙，他們是義大利佬。」安赫在一旁警告埃托。這個提醒讓埃托有機會獻唱他會的半打義大利歌曲，跟他們打交道。於是他們把一開始的猜疑丟到一旁，一起吃飯、喝酒，坐下來打一場絞盡腦汁的紙牌。柔瑟打牌簡直所向無敵，她是在修女學校學會打搭配陷阱的圖特紙牌。她的絕技博得屋主的莫大好感，讓他們心甘情願地輸掉拿來下注的一塊乾臘腸。柔瑟躺在地上的幾個布袋上睡覺，把鼻子埋在狗身上的硬毛中，狗兒則是依偎在她的身邊取暖。隔天早上，她跟煤炭小販道別時，個別在他們臉頰上留下合乎禮節的三個吻，並告訴他們，她往後睡在羽絨床上也不會比昨晚睡得舒服。那條狗緊靠在柔瑟的腳踝邊，送他們走了好長一段路。

到了第三天下午，安赫宣布接下來他們要自己走下去。他們已經安全了，接著只需要下山。「沿著山崖道路走，會遇到一棟變成廢墟的農舍。你們可以在那邊過夜。」他給了他們一點麵包跟乾酪，收下他們支付的錢，揮手道別。「士兵，你的太太是珍貴的黃金，好好照顧她。我帶過幾百個人，包括老練的士兵跟罪犯，但是我還沒遇過像她這樣默不吭聲忍耐的人。更厲害的是，她還大著肚子呢！」

一個小時過後，當他們靠近那棟農舍，遠處出現一個拿著步槍的武裝男子。他們停下腳步，安靜不語，屏息以待。埃托拿著槍放在背後。他們隔著大約五十公尺的距離互相打量，過了彷彿永恆的半晌，柔瑟往前踏一步，大聲說他們是難民。對方明白來者是個女人，而且這兩個剛到的人比他還害怕，於是放下武器，用加泰隆尼亞語對他們說：「過來，過來，我不會傷害你們。」他對他們說，他們不是第一批也不會是最後一批經過這裡的難民，他還說他的兒子今天早上去了法國，就是害怕被法西斯主義分子抓到。他帶著他們到一間簡陋的小屋，地面是泥土，缺了大半個屋頂，他還從他的爐子上，分了一些剩餘的食物給他們吃，讓他們躺在一張潮溼但是乾淨的床上睡覺，那是他兒子之前睡的地方。幾個小時過後，又來了三個西班牙人，他們也接受了好心男人的接待。天色破曉後，男人給他們喝加鹽巴的熱湯，一些馬鈴薯塊，和一點乾草，用來幫助他們禦寒。他送給柔瑟他僅剩的五塊方糖，讓她在路上能讓孩子嚐嚐甜滋滋的味道。

埃托和柔瑟帶頭，一行人往邊界前進。他們走了一整天，正如招待他們的加泰隆尼亞人指示，在天黑時抵達山頂，突然看見出現幾棟亮著燈火的屋子。他們知道已經到了法國，因為在西班牙，大家怕空襲都不敢點燈。他們繼續往那個方向走，在下坡途中看到一條公路，沒走多久遇見一輛巡邏衛隊卡車，那是法國鄉間衛隊，於是高高興興地自首，因為他們已經抵達同盟的法國，自由、平等和博愛的法國，社會主義分子領導的左派政府統治的法國。法國憲兵粗暴地搜他們身，沒收了埃托的手槍、小摺刀和僅剩的一點錢。其他西班牙同胞都沒帶武器。他們被帶到一個棚屋，那是可供住人的磨坊，地窖用來收容一批批幾百人湧至的難民。那裡塞滿了人，有男人、女人和小孩，他們擠在一起，驚恐又飢餓，而通風不良，再加上空氣飄著穀物的粉末，使得每個人都呼吸困難。他們若是口渴，有幾個不確定是不是裝了淨水的桶子。若是內急，棚屋裡面沒有馬桶，外面有幾個坑，他們得在看守下如廁。婦女忍受憲兵的嘲弄，羞恥地哭了。埃托堅持要陪柔瑟去，憲兵看她挺著大肚子，走路搖搖晃晃，也就答應了。之後，他們蹲在牆角一起吃掉最後一塊麵包和義大利佬的臘腸，他盡量擋著她，隔開人群間突然爆發的絕望氛圍。據說，這裡只是個過渡站，他們很快就會被移到行政拘留所。他們不知道那意味著什麼。

到了第二天，他們開來軍用卡車載走了婦女和小孩。憲兵拿起棍棒拆散骨肉，上演了幾幕驚悚的畫面。柔瑟抱住埃托，衷心感謝他為她所做的一切，並且保證她會很好，接著平靜地走向了卡車。「柔瑟！我保證，我會去找妳！」埃托大喊，接著屈膝跪地，氣憤地咒罵。

正當大多數平民百姓卯足全力逃往法國邊界，剩下的戰敗軍隊也跟在後面。維克多．達爾茂和其他醫生繼續堅守崗位，有些義工幫忙把醫院病患送上火車、救護車和卡車。院長依然坐鎮指揮醫院，面對非常不穩定的局勢，他只能做出痛徹心扉的決定，丟下傷勢嚴重的病患，因為他們不管如何都會在半途喪命，然後將有希望存活的病患送上交通工具。他們擠入運送牲畜的車廂，或搭上搖搖欲墜的車輛，躺在地上忍受寒冷、搖晃、飢餓，剛剛開完刀的士兵有的負傷、瞎眼、截肢、得嚴重結核病、痢疾或者壞疽，全都離開了。醫生小組沒有資源，無法減輕病患的痛苦，只能讓他們喝水或說些安慰的話，若遇到垂死掙扎的病患哀求，只能替他禱告。

維克多跟在最專業的醫生身邊，肩併肩一起工作了兩年多。他在前線學會了很多，在醫院裡學到更多，在這裡已經沒人會問他的資格，只求他的奉獻。他也經常忘記自己還要幾年才會完成課業，他在病患面前自稱醫生，好給他們安全感。他曾看過駭人的傷口，參與低溫截肢，幫助幾個痛苦的病患結束生命，他自認有著跟鱷魚一樣的硬皮，能忍受磨難和暴力，可是當他接受指派，參與那趟車廂之旅，卻感覺無法忍受火車上的悲慘景象。火車開到了吉隆納，停下來等其他交通工具接駁。他整整三十八個小時不吃不喝也沒睡覺，當他餵一個在他臂彎奄奄一息的青少年喝水，胸口彷彿有個東西裂開。「我的心裂開了。」他低喃。這一刻，他恍然大悟這句話的奧義，他相信自己聽到了玻璃的碎裂聲，感覺自我的本質流逝，只剩空虛，而過去的回憶、當下的自覺，和未來的希望全部消失，隨著血液流失了，正如那樣多他無法救活的人。這場兄弟鬩牆的戰爭引起太多痛苦和邪惡；戰敗要比繼續殘殺和死傷要好。

法國戰戰兢兢地看著慢慢聚集在邊界的人群，隊伍綿延不斷，武裝士兵已經攔不住，就算有來自塞內加爾和阿爾及利亞的軍隊，就算他們騎馬、纏頭巾、手持獵槍和鞭子，散發嚇人的氣勢，都難以阻擋。這場不被歡迎的大規模出走，以一種彷佛合法的氣勢淹沒了整個國家。到了第三天，就在國際的議論聲平息下來，法國政府放行女人、小孩和老人。之後讓剩下的平民百姓進來，最後准許了士兵，他們排在最後，放下了武器，又餓又累，但是高舉拳頭唱歌。步槍堆成了小山丘，棄置在公路兩旁。他們成群徒步往前，被迫來到幾座匆促搭建來收容西班牙人的集中營。「往前！往前走！」騎馬的憲兵語帶威脅、辱罵，還拿起鞭子抽打，催促他們向前。

等到沒人記得這群人之後，他們准許活下來的傷患進來。其中包括維克多和其他少數的醫生和醫護人員。他們陪著傷患到了這裡，雖然比第一批難民容易進入法國，卻沒有受到更好的對待。傷患只能在學校、車站甚至是街道上接受不怎麼樣的治療，因為當地醫院不提供支援，沒有人想要他們。他們是大批「不受歡迎」的人潮中最需要幫助的人。傷患這麼多，卻沒有足夠的醫療資源和人力。他們准許維克多留下來照顧傷患，他也因此享有一定的自由。

跟埃托・伊巴拉分別後，柔瑟跟著其他女人和小孩到了濱海阿熱萊斯集中營，離邊界大約三十五公里，已經有數千名西班牙人先抵達。這是個圍起來的沙灘，由憲兵和塞內加爾軍隊看守。放眼看到的是沙灘、大海和鐵刺圍網。柔瑟明白他們是被拋棄的囚犯，任憑自生自滅，所以她決定竭盡所能活下去。如果她能熬過翻山越嶺，一定也能忍受接下來發生的事，她要為了腹中的孩子，為了自己，為能夠跟吉耶重逢的希望奮鬥。難民都待在沒有遮蔽物的地方，忍受寒冷和雨水，沒有半點基本的衛生條件，沒有廁所和可飲用水。兩口挖掘的井裡頭湧出的是混濁的鹹水，而且受到糞便、尿液和沒即刻拖走的屍體污染。女人擠在一塊，團聚起來抵抗性侵，施暴的人除了憲兵還有一些難民，後者因為已經失去一切，索性連道德都拋開。柔瑟徒手挖了一個坑，窩在裡面睡覺，同時抵禦猛烈的寒風刮起沙塵傷害皮膚，那不長眼的風無所不在，若是因此受傷，可能感染惡化成爛瘡。他們一天分送一次扁豆湯，有時是咖啡，或者從卡車上丟下大麵包。男人搶得頭破血流，女人和小孩只能拿到有人垂憐而分享的麵包屑。很多人都死了，一天大概三十到四十個，起先小孩死於痢疾，再來是老人感染肺炎，之後剩下的人也逐一死去。夜裡有人輪班，每十到十五分鐘就要叫醒他們起來活動手腳，以免凍僵喪命。有個女人在柔瑟旁邊也挖了坑，有一天氣溫降到了零度以下，天亮後，她抱在懷裡的五個月大女兒已經變成屍體。其他難民帶走她女兒的屍體，埋在距離比較遠的沙灘上。柔瑟一整天陪伴著她，這位母親安靜不語，沒有掉淚，目光鎖在遠方的地平線。就在這一晚，那位母親走到岸邊，踏進水中，直到沒入不見。她不是唯一一個。過了許久之後，這個世界對此做了計算：有將近一萬五千個人死在法國的集中營，他們死於飢餓、營養不良、虐待和疾病。每十個小孩有九個不幸罹難。

最後，政府高層改在沙灘的其他地方安置婦女和孩童，用兩層鐵絲刺網將她們跟男人隔開。物資也開始抵達由難民親手搭建的棚屋，他們還派了幾個男人幫婦女蓋屋頂。柔瑟要求跟負責集中營的軍人談話，說服他如何安排分發少量的配額食物，以免母親們為了替孩子爭幾塊硬麵包大打出手。除了食物，還有兩個紅十字會護士來分送食物和奶粉，教大家怎麼用破布過濾水，並在泡牛奶之前先煮沸幾分鐘。她們也帶來毛毯、給小孩的保暖衣物，以及法國家庭的名單，他們願意雇用一些西班牙女人幫忙家務或到家庭工廠工作。不過，他們想要的是身邊沒有孩子的婦女。柔瑟透過護士傳口信給伊麗莎白．艾登本茲，希望她人在法國。「請轉告她我是維克多．達爾茂的弟媳，我有孕在身。」

伊麗莎白先是跟著戰士到前線，後來戰爭節節敗退時，她又跟著大批難民踏上逃亡之路。她穿著她的白色圍裙和藍色披肩，穿過了邊界，沒有人攔得住她。她除了收到柔瑟的口信，還有其他幾百則求救訊息，若不是維克多．達爾茂的名字，或許柔瑟得不到她的優先幫忙。她想起了這個男人，不禁湧出一絲溫柔，她記得他是個會彈吉他的害羞男人，曾經想要娶她。她經常問自己他後來怎麼了，想像他還活著是一種安慰。伊麗莎白收到口信的隔天，立刻到濱海阿熱萊斯找柔瑟・布魯克拉。她知道集中營悲慘的狀況，但是一看到這個年輕女子蓬頭散髮，滿身髒污，臉色蒼白，掛著黑眼圈，眼睛被砂粒感染發炎，孕肚彷彿貼著瘦得黏皮的骨架，不禁難過不已。儘管如此，柔瑟卻能挺直身軀，說話一如以往冷靜，且不失尊嚴。她的語調沒有流露半絲不安或屈服，彷彿牢牢地掌握自己的命運。

「維克多給了我們您的名字，她說您是我們能重逢的聯絡窗口。」

「還有誰跟妳在一起？」

「我只有一個人，但是維克多會跟他的弟弟吉耶過來。吉耶是孩子的爸爸。還有一個叫埃托・伊巴拉的朋友，或許維克多和吉耶的媽媽達爾茂夫人也會來。他們到的時候，請您務必告訴他們我在哪裡。我希望他們可以在孩子出生前趕到。」

「柔瑟，妳不能留在這裡。我正在試著幫助懷孕和有寶寶要照顧的婦女。新生寶寶不可能在這種荒郊野外活下來。」

她告訴柔瑟，他們開了一間幫助即將臨盆的母親的收容所，但是需求太大，空間有限，現在她看上位於埃爾恩的一棟廢棄大宅，她夢想能在那裡設立母嬰中心，希望能作為在苦難中服務母親和寶寶的綠洲。她會讓廢墟浴火重生，不過這要花上幾個月時間。

「但是柔瑟，妳等不到那個時候，妳必須馬上離開這裡。」

「要怎麼離開？」

「我會告知這裡的長官，妳要跟我走。他們其實恨不得擺脫難民，正在想辦法把你們遣送回國。能找到其他庇護所或工作的人，等於是自由了。我們走吧。」

「這裡有很多婦女和小孩，還有很多孕婦。」

「我會盡其所能，找來更多援助。」

外面有一輛車子正在等著她們，車身印著紅十字會的標誌。伊麗莎白認為柔瑟急需熱騰騰的食物，因此一看到路上有餐館，立刻先帶她去吃。在這個時間，餐館內只有少數客人，當他們看到這個臭氣沖天的女叫化子，即使她身邊陪著乾淨整潔的護士，仍毫不掩飾他們的反感。燉雞湯還沒送上來，柔瑟就將桌上的麵包吃得一乾二淨。伊麗莎白輕鬆開著車，彷彿那只是輛腳踏車，她穿梭在車輛之間，開上人行道，霸氣十足，完全不在意十字路口和交通號誌，她認為何時遵守規則是可以選擇的，因此她們很快就抵達了佩皮尼昂。她把柔瑟帶去一間類似母嬰照顧之家的地方，那裡有八個年輕女人，其中幾個即將臨盆，有的則是抱著新生兒。他們迎接她的到來，那種熱情跟西班牙人的感性不同，他們給她毛巾、香皂、洗髮粉，讓她洗澡，替她找衣服。一個小時過後，柔瑟煥然一新出現在伊麗莎白面前，她頂著溼漉漉的頭髮，穿上一條黑裙，一件遮住肚子的羊毛短袍，腳踩一雙跟鞋。當晚，伊麗莎白帶她去見一對英國貴格會夫婦教友，她曾跟他們在馬德里的前線合作，替在戰爭中受害的孩童募集食物、衣服和提供庇護。

「柔瑟，妳會留在這裡跟他們在一起，起碼等到生完孩子。之後，我們再做打算。他們是非常善良的人。貴格會教友總是義不容辭到有需要的地方支援。他們是聖人，是我唯一尊敬的聖人。」

4 一九三九年

替郊區的布爾喬亞歡呼，
讚揚他們的美德和缺陷……

——聶魯達，《黃色的心》（*El corazón amarillo*），〈郊區〉（Suburbios）

五月初，太平洋王后號從智利的港口瓦爾帕萊索啟程，預計在二十七天後抵達利物浦港。在歐洲，春天剛剛結束，已經隱約能嗅到初夏氣息，然而戰爭鼓聲四起，似乎無可避免就要爆發。幾個月前，歐洲列強已在慕尼黑簽署協定，希特勒卻絲毫不打算遵守。西方世界進退維谷，眼睜睜看著納粹勢力擴散。然而，當戰爭一觸即發的消息傳到太平洋王后號上，卻因為距離和引擎聲迴盪的音量，反而顯得不再震撼，引擎推著這座一萬七千七百零二噸的海上城市，穿過了兩座海洋。對二等艙的一百六十二位旅客和三等艙的四百四十六位旅客來說，這趟越洋之旅顯得漫長難熬，但是在環境舒適的頭等艙，絲毫不見旅途的不適，在這裡時間飛逝，波浪的衝擊並未降低旅行的樂趣。在上層甲板幾乎聞不到引擎的氣味；空中飄揚著樂音，兩百八十位旅客用好幾種語言交談，船上工作人員來來去去，有水手、從頭到腳一身白的船副、穿著鍍金鈕扣制服的服務生、一個管弦樂隊，一個女子弦樂四重奏團，還有不絕於耳的玻璃杯、陶瓷餐盤和銀製餐具的輕碰聲。廚房只在天亮前夜最深的時刻關閉一小時。

勞拉．德索勒的套房有兩個房間，兩套衛浴，一間客廳和一座露台，此刻她正奮力穿上束腹，而跳舞用的衣裳正擺在床上等待她的青睞。那是特地為今晚挑選的洋裝，在這個旅途的倒數第二晚，頭等艙旅客都穿上他們行李中最高雅的服飾和最精美的珠寶。她這件香奈兒設計的藍色綢緞百褶裙洋裝是從布宜諾斯艾利斯委託採購，她在聖地牙哥的裁縫師已經幫她在腰部放鬆六公分，但是經過幾個星期的海上航行之後，勞拉已經快擠不進去。她的丈夫伊西德羅．德索勒站在斜面玻璃鏡前，正滿意地調整搭配那身名牌西裝的白色領帶。跟妻子相較，他比較不懂甜言蜜語，比較守紀律，他的體重保持得很好，活到五十九歲依然英俊瀟灑。他從結婚以來，改變得並不多，妻子則不同，她經歷生兒育女和甜食的誘惑早已臃腫變形。勞拉坐在覆蓋壁毯的靠背椅上，垂頭垮肩，一副悲從中來的模樣。

「怎麼啦？小勞拉？」

「伊西德羅，如果我今晚不陪你去，你會不會在意？我頭痛。」

勞拉的丈夫回以一臉厭煩，就是這種表情總讓她屈服。

「小勞拉，吞幾片阿司匹靈吧。今晚可是船長招待的晚餐。幸虧成功賄賂管家，我們才能參加這個非常重要的餐會。我們一共八個人，若是缺席就太明顯了。」

「我不舒服呀，伊西德羅……」

「努力撐一下。對我來說，這是一頓商業晚餐。跟我們同桌的還有特魯拔議員和兩個有興趣跟我採購羊毛的英國企業家。妳還記得我提過他們？我收到一個來自漢堡訂製軍服的邀請，但是跟德國人溝通很不容易。」

「我想特魯拔議員夫人應該沒出席。」

「她是個非常古怪的女人，聽說她能跟死人說話。」伊西德羅說。

「伊西德羅，每個人偶爾都能跟死人說話。」

「小勞拉！妳在胡說八道些什麼！」

「我穿不下這件洋裝。」

「多個幾公斤又有什麼關係？穿另外一件吧。妳怎麼穿都漂亮。」他用重複了上百次的制式語調說。

「伊西德羅，我怎麼能不胖呢？上船以後，我們唯一做的除了吃還是吃。」

「嗯，可以做點運動，比如去游泳。」

「你怎麼會以為我敢穿泳裝？」

「勞拉，我不會強迫妳，但我已經跟妳說過，妳能出席這頓晚餐非常重要。不要放我鴿子。我來幫妳扣上這件洋裝。戴上藍寶石項鍊，看起來美極了。」

「太引人注目了。」

「一點也不會。比起船上其他女人戴的珠寶，根本是低調。」伊西德羅說，他拿出放在背心口袋的鑰匙，轉開了保險箱。

她想念在聖地牙哥的家，開著山茶花的露台，想念雷奧納多在那邊玩耍，在那個避風港，她能編織和安靜禱告，避開丈夫繁忙的社交和馬不停蹄的活動。伊西德羅・德索勒是她的歸宿，但是對她來說，這場婚姻跟義務一樣沉重。她常常嫉妒自己的小妹，甜美的德蕾莎是隱修院修女，她忙著沉思、閱讀經文，以及教上層社會的新嫁娘刺繡。這樣奉獻給天主的一生，掙脫了她所受的枷鎖，不用糾結孩子和親戚玩的把戲，不用跟家僕鬥法，或者浪費時間四處拜訪，只為善盡賢妻的責任。伊西德羅的身影無所不在，整個宇宙圍著他的人、欲望和要求轉動。他的祖父和父親也是如此，所有的男人都如此。

「小勞拉，打起精神。」伊西德羅說，他正在在替她戴珠寶，跟細小的扣環奮鬥。「我希望妳玩得開心，讓這場旅行成為值得的回憶。」

他們有過值得回憶的旅行，那是幾年前搭上一艘剛啟用的諾曼第號輪船之旅，船上有可以容納七百位食客的飯廳，名家拉利克設計的燈具，裝飾風藝術的布置，冬季花園，和關著珍禽的鳥籠。從法國到紐約的短短五天內，德索勒夫婦見識了在智利從未看過的奢華。在故鄉，儉樸是一種美德。愈是家財萬貫，愈要懂得隱藏，只有經商的富有阿拉伯移民會誇耀財富，但是勞拉不認識這些人，她的社交圈沒有這種人，永遠都不會有。勞拉把五個孩子留給祖父母，拋下英文教師和女僕，跟著丈夫搭乘諾曼第號，踏上二次蜜月之旅。結果他們迎來出其不意的驚喜，勞拉又懷孕了。她確定自己是在那趟短短的旅程懷上雷奧納多，她可憐、純潔的寶寶。她的寶寶出生時，跟家族年紀最小的奧菲莉雅相差好幾歲。

太平洋王后號比不上諾曼第號的豪華，但是也不差。勞拉照例在床上用早餐，穿上早上十點要上小教堂望彌撒的服裝，便到船橋上去透透氣。她坐在保留給她的沙灘椅上，有個服務生端來一碗牛肉熱湯和點心；接下來的午餐有至少四盤菜，然後是喝茶配麵包和糕點。她只有一點時間睡午覺或打幾場紙牌，緊接著就要打扮參加雞尾酒餐會和晚餐，聚會上她必須強顏歡笑，假裝聆聽其他人的意見。之後，舞會是少不了的活動。伊西德羅腳步輕快，耳力敏銳，她卻像沙灘上的海豹動作緩慢。到了午夜還有小點，在樂隊演奏空檔，鵝肝醬、魚子、香檳和甜點紛紛端上。她可以完全不碰前三樣，但是抗拒不了甜點。前一晚，不懂得節制的隨船法國主廚還表演了一場巧克力繽紛秀，焦點是一個令人嘆為觀止的小噴泉，巧克力熔漿從一尾玻璃魚的嘴巴奔流而下。

對她來說，這趟旅行又是丈夫強行安排的。如果是度假，她寧願去南部的莊園，或回到比尼亞德爾馬海灘的家，在那裡，日子過得悠閒又愜意。享受綿長的時間，在樹蔭下喝茶，帶著孩子和家僕齊誦玫瑰經。對她的夫婿來說，這趟旅行是增進社交關係和埋下新商機的機會。他的行事曆上排滿即將拜訪的每個首都。勞拉感覺被騙了，這根本不是度假。伊西德羅是個有遠見的男人，這也是他對自己的理解。勞拉的家族對此卻有所疑慮；勇於冒險做生意，輕易賺取財富，是新富豪、暴發戶和投機者。他們願意忍受伊西德羅的這個缺點，是因為他出自純正的卡斯提亞巴斯克優良血系，沒有混雜半絲阿拉伯或猶太的血統。他來自無比榮耀的德索勒家族支系，除了他的父親在臨老時愛上一個窮苦的女老師，在東窗事發前已經和她生了兩個孩子。他父親的龐大家族和與他同樣階級的其他家族都護著正牌夫人和婚生子女，但是他不願拋棄情人，最後被醜聞擊垮。當時伊西德羅十五歲。他不曾再見過父親一面，他還住在同一座城市，卻在狹窄的社會階層步下了階梯，從昔日的生活圈消失。沒人提起這件戲劇性的意外，但是每個人都知道有這麼一回事。夫人被拋棄後，靠著兄弟微薄的資助過活，身為老大的伊西德羅不得不放下學業，替舅舅們賣命工作。幸好他是個既聰明又勤快的孩子，勝過家族的所有親戚，幾年過後，他已經改善家中經濟，不再愧對姓氏。他對於無債一身輕感到自豪。二十九歲那年，他向勞拉·維茲卡拉求婚時，已具備良好的名聲當作後盾，並經營了幾樁他所屬的社會階層接納的生意：巴塔哥尼亞的牧羊場，從厄瓜多和祕魯進口古董，最後這樁生意利潤不高，卻能建立相當高的聲望。新娘的家族是佩德羅．德．茲維卡拉的後代，也就是十六世紀的殖民地代理總督，他們是天主教宗族，相當保守、封閉和未開化；他們族人共同居住、通婚和死亡，不跟其他人交往，對於本世紀的新思想毫無興趣。他們對科學、藝術和文學無感。他們接納伊西德羅，是因為他博得大家的好感，而他靠著母親的身分幫忙，得以跟維茲卡拉家族結親。

登上太平洋王后號之後，伊西德羅．德索勒在航行的二十多天裡，忙著建立關係和運動：打乒乓球，上西洋劍課。他的一天從到甲板上散步幾圈拉開序幕，以午夜跟朋友和熟人聚在酒吧和吸菸廳落幕，最後這個地方是女士止步的地點。紳士會不經意聊起生意，假裝並不關心，因為興致勃勃是壞了品味的表現，不過政治話題向來能激起熱烈討論。他們從船上的報紙得知新聞，那是一份兩頁的印刷品，刊登著電報傳來的新聞，在早上發送給旅客。到了下午，新聞就過了時效性；一切瞬息萬變，熟悉的世界已經改頭換面。跟歐洲相比，智利是個遙遠、落後的樂園。沒錯，當前統治他們的是左派政府，總統來自激進黨，是個共濟會成員，備受右派憎惡，「名門」之間絕口不提他的名字，認為他當權的時間不會太久。在他們眼中，左派奉行現實主義，粗鄙庸俗，缺乏對未來的想法；智利真正的主人終究會奪回大權。伊西德羅會跟妻子吃午餐，並欣賞下午的表演。船上有電影院、劇院、音樂廳、馬戲團、口技秀，至於催眠跟預言秀則引起女士的著迷，和男士間的嘲弄。伊西德羅是個勇於接納和嘗試的人，他一手拿著雪茄，一手端著酒杯，欣然體驗一切，並沒有因為妻子的態度打退堂鼓，她認為這種刻意營造的歡樂散發著罪惡和墮落氣息，因此感到非常不悅。

勞拉看著鏡子，強忍淚水。她心想，這件洋裝穿在其他女人身上一定光彩奪目；她配不上衣服，配不上她所有擁有的東西。她知道自己天生條件比別人好，幸運生在維茲卡拉家族，嫁給伊西德羅．德索勒，從沒花過心力也不曾特意計畫，卻莫名其妙得到許多好處。她一直被捧在手心保護和伺候。她生了六個孩子，從沒換過尿布，也沒泡過奶；這一切全交給善良的歡娜負責，她監督所有的奶娘和家僕。歡娜養大勞拉的孩子，包括菲力浦，而他也即將滿二十九歲了。勞拉從沒想過問歡娜幾歲，或者在她家工作幾年，或者記不記得是怎麼來到這個家的。天主賜給她太多。為什麼是給她呢？祂想要什麼回報？她相信她勢必要回報，並對自己欠上天的債深感痛苦。過去她在諾曼第號上，曾好奇觀察第三層甲板的人生，違反了出於衛生考量不能跟其他階層旅客打交道的規定，而這還是貼在她套房大門上的提醒。船副曾要她遵守秩序，並跟她解釋如果不幸爆發肺結核和其他傳染病，所有旅客都可能會落得接受隔離的下場。勞拉看得夠多，也曾在跟著天主教夫人團一起向社會邊緣人口行善時，證實了她的發現；窮人是不同顏色的，身上有怪味，膚色比較深，頭髮沒有光澤，衣服褪色。第三層甲板到底有哪些人？他們的衣衫看起來並不襤褸，臉上也沒絕望的神情，跟聖地牙哥的窮人不同。但是同樣光芒黯淡。「為什麼他們是這樣？而我不是？」那一次，當勞拉問自己這個問題，竟是鬆了一口氣，卻又感到羞愧。這個疑問彷彿趕不跑的噪音，在她的心頭盤旋不去。在太平洋王后號上，客艙的分級跟諾曼第號大同小異，但是反差沒有那樣誇張，因為時代改變，蒸汽輪船不若以往豪華，現在下層甲板改稱為經濟艙，那裡的旅客在智利、祕魯或是其他太平洋港口上船，多是官員、職員、學生、小商販，或者回歐洲探訪家人的移民。勞拉發現，他們過得比頭等艙的旅客還開心，環境氛圍輕鬆而歡樂，他們唱歌、跳舞、喝啤酒、比賽和玩遊戲；沒有人穿花呢套裝吃午飯，穿絲質套裝喝茶，穿名牌華服吃晚餐。

在這趟旅程的倒數第二晚，勞拉面對鏡子，裹著跳舞衣裝，全身散發香水味，帶著從母親那兒繼承來的項鍊，只希望喝一小杯加幾滴纈草汁的雪莉酒，舒服地躺在床上睡覺，睡上幾個月，直到旅行結束，直到返回家中涼爽的房間裡，在她熟悉的環境，和雷奧納多在一起。她非常想念他，離開兒子這麼久是一種折磨。或許回到家，兒子已經認不得她？他的記憶很脆弱，如同他全身上下。如果他生病了呢？最好還是別這麼想。天主賜給她五個正常的孩子，最後附贈一個有著純真心靈和潔淨靈魂的寶貝。睡吧，如果睡得著多好。她感到挫折，胃部灼熱，一聲哀號堵在胸口出不來。「每次都是我讓步，每次都是看伊西德羅的意思，以他為先，第二、第三也是以他為重，不斷重複，真是可笑，我卻得接受。我多想當寡婦啊！」她心想。她得不斷禱告和懺悔，抵抗這樣的想法。希望一個人死是在道德上犯罪。伊西德羅雖然性情差，卻是個完美的丈夫和父親，不能被自己的妻子這樣詛咒，他們結婚時，她曾經在聖壇前面，對他宣示忠誠和順從。「我不但變成胖子，還瘋了。」她嘆口氣，突然發現自己的結論很有趣。她忍不住露出歡喜的微笑，她的丈夫一看，以為她答應了。「我的小美人，我就是喜歡妳這樣。」然後，他哼著歌走向浴室。

奧菲莉雅沒敲門，就踏進父母的房間。她十九歲，還是個莽撞的女孩，她的父親問她何時能長大，但是口氣沒那麼嚴厲，因為她是上天對他的恩賜，是後代中唯一最像他的，她跟他一樣大膽固執，從不妥協。這個女孩在學校不是什麼聰明學生，能夠畢業只是因為修女希望擺脫她。她當學生十二年，學到的東西非常有限，但是她知道怎麼用親切來掩飾自己的無知，擁有保持緘默的本能，和察言觀色的本領。她的記憶力相當好，卻沒能讓她通過歷史課或學會乘法表，但是她熟記所有收音機播放的歌曲的歌詞。她容易心不在焉，喜歡賣弄風騷，而且長得太過漂亮，她的父親怕她很容易飛蛾撲火，成為男人的俘虜。他非常確定，所有船上的船副和半數以上的男性旅客，包括老人在內，都把他們的目光鎖在她身上。不只一個男人跟他誇獎，他的女兒多麼才華洋溢，這指的是奧菲莉雅在甲板上的水彩畫，但是他們圍繞在她身邊，不是想讚嘆她無趣的創作，而是別有目的。伊西德羅希望她趕快嫁人，這樣一來她就會是馬堤亞斯・艾茲奇雷的責任，他說過這就是開啟另一段故事，然後他就不用再擔心受怕，不過再等等也好，她如果像姊姊太早嫁人，不出幾年就會變成讓人敬而遠之的易怒怨婦。

智利位在遙遠的美洲南端，這趟前往歐洲的旅程相當漫長而且昂貴，只有少數家庭負擔得起。德索勒家族不算智利的鉅富，如果伊西德羅的父親沒在拋妻棄子前，將繼承來的家產揮霍殆盡，或許他們勉強算得上是。不管如何，社會地位靠的是血統，而不只是錢財。伊西德羅跟大多數富有的家族不同，他不像他們目光如豆，而是相信見識世界是必要的。智利就像一座孤島，北部隔著荒蕪人煙的沙漠，東邊橫亙難以穿越的安地斯山脈，西邊是太平洋，南邊是冰天雪地的南極大陸，智利人民當然目光短淺，而二十世紀正在他們的邊界外飛速往前奔跑。在他看來，旅行是必要的投資。他在兩個兒子年紀夠大時，就分別將他們送到美國和歐洲，他也想把女兒送去，但是她們在他找到合適的時機前就紛紛嫁人。他對奧菲莉雅不會這麼粗心；他要將她帶出聖地牙哥封閉和偽善的環境，替她鍍上一層文化。他心中有個祕密盤算，連他的妻子都還不知道，第一段旅程結束，他想把奧菲莉雅留在倫敦一所教導名門小姐的學校。浸潤在英國的教育一兩年，對她來說是好的；她可以加強英文，畢竟從小就跟著女家教老師和私校老師學，所有的孩子都一樣，當然，除了雷奧納多外。英文可能會在未來變成主要語言，除非德國占領歐洲。他的女兒在嫁給馬堤亞斯．艾茲奇雷這位正在耕耘外交前途的癡情追求者之前，需要先到倫敦的學校。

奧菲莉雅下榻的是套房的第二個房間，跟父母隔著一扇門。這段日子以來，她的房間只有一片凌亂可以形容：打開的衣箱、行李箱、帽盒，衣服、鞋子和散落的化妝品，地上扔著網球拍和時裝雜誌。她平時習慣家僕服侍，出來世界旅行一路製造混亂，卻不問是誰幫忙收拾或清潔。只要一拉鈴或按鈴，就會有人像變魔術般出現服侍她。這一晚，她從一團亂中救出一件洋裝，父親一看見洋裝這樣輕薄緊身，忍不住不高興地驚叫：

「妳從哪裡拿來這件不正經女人穿的洋裝？」

「爸爸，這是最新流行。難道您想看我跟德蕾莎一樣穿長袍？」

「不要沒羞恥心。想像一下馬堤亞斯看到妳這個模樣會怎麼說！」

「他會目瞪口呆，爸爸，他每次都是這樣。別想太多，我不想嫁給他。」

「那麼妳不該讓他癡等。」

「他實在太虔誠。」

「難道妳比較希望他是無神論者？」

「爸爸，我不要禿頭也不要戴兩頂假髮的男人。媽媽，我本來是來跟您借外婆的項鍊，但是我看您已經戴上了。您戴起來真漂亮。」

「妳拿去戴吧，奧菲莉雅。妳戴起來比我亮麗多了。」她的母親急著說，並伸手要打開鏈扣。

「不可以，勞拉！妳沒聽見我說我希望妳今晚戴上嗎？」他的丈夫用嚴厲的口吻打斷她。

「有什麼關係，伊西德羅，女兒戴起來比我好看。」

「我就是覺得有關係！夠了，奧菲莉雅，戴上披巾或穿外套，胸口太露了。」他對女兒下令，並想起在船上化妝舞會時發生的丟人現眼事件，當時船剛穿過赤道，奧菲莉雅戴著面紗和一身輕透的睡衣褲，打扮成宮女出現。

「爸爸，您就假裝不認識我吧。幸好我不用跟您同桌，跟那些無聊的老頭子坐在一起。真希望能跟幾個英俊瀟灑的傢伙坐。」

「不要那麼庸俗！」她的父親及時在女兒做出佛朗明哥舞者動作離去之前拋出了怒吼。

船長招待的晚餐對勞拉跟奧菲莉雅來說，恍若永無盡頭。甜點過後，端來了火山冰淇淋，上面覆蓋蛋白霜，中間燃著一簇火焰，母親藉口頭痛回套房休息，女兒像是報復似地，在大廳裡隨著小號獨奏的樂聲大跳搖擺舞。她喝多了香檳，最後在甲板上的角落跟一個紅頭髮的船副親嘴，任由這個蘇格蘭佬大膽上下其手。她的父親把她從那裡救出來：

「老天啊！妳真是讓我生氣！妳不知道流言會滿天飛嗎？馬堤亞斯會在我們在利物浦靠岸前就知道這件事。妳等著看！」

在聖地牙哥一棟坐落在銀海街道上的屋子裡，假期的氛圍依然遲遲不去。屋主已經出門旅行四個星期，連狗兒都不再想念他們。他們的缺席並未打亂屋內的日常作息，也沒減輕家僕的工作量，但是沒有人急得手忙腳亂。收音機傳來大聲的電台小說、波麗露舞曲，和足球比賽消息，午覺時間十分充裕。就連平日黏媽媽黏得緊的雷奧納多看起來都開開心心，不再問起她在哪裡。這是他們母子第一次分離，這個大寶寶非但沒咳聲嘆氣，反而利用機會在三層樓的大宅內探險，直搗禁止通行的隱蔽處，地窖、車庫、酒窖，以及閣樓。長子菲力浦負責打理家中大小事和照顧小弟，他對這個職責態度敷衍，因為他志不在當大家長，手邊有其他更有趣的事。西班牙難民是正被熱烈討論的政治問題，因此他不在乎端上桌的菜是清湯或螃蟹，或者寶寶是不是跟狗睡在床上，他沒清點倉庫的帳，如果有人要求他下指示，他會回答照平常去做。

歡娜·拿古切是土生白人和南部的馬普切印地安人混血，實際年齡難以猜測，她個子矮小，體格健壯，就像她故鄉原始森林裡古老樹木的軀幹，她留著長辮子，膚色青黃，行為舉止粗魯，保持一貫忠誠，她從久遠年代開始就掌管著屋內的家務，以嚴厲的態度指揮三名女僕、一名廚娘、一名洗衣婦、一名園丁，和一個負責替地板上蠟、搬運柴火和木炭的男人，他也負責照顧三隻母雞和一些粗重工作；沒人記得他的名字，只稱他「工作的矮男人」。只有司機不受歡娜的監督，他住在車庫上面，直接聽從主人命令，據她說，他因此濫用特權；她盯著他不放，不信任他，因為確信他會把女人拖進他的住處。「這棟屋子有太多僕人了。」伊西德羅．德索勒經常這樣指出。「那麼老爺，您想趕走哪一個？」她直截了當地問。「沒有，我只是說說而已。」他立刻收回剛說的話。「他這麼說應該有什麼理由。」歡娜暗忖。孩子已經都長大，有好幾個房間封起來，而且最大的兩個女兒都嫁人和生兒育女，第二個兒子正在攻讀加勒比海的氣候變遷——歡娜支持他，並說：「雖然那沒什麼好讀，他還是得撐下去。」至於菲力浦，他住在家裡。屋子裡剩下的女孩是奧菲莉雅，她會嫁給馬堤亞斯，一個非常溫柔、紳士、多情的年輕人，還有寶寶，他是她的天使，他會永遠留在這裡跟她相伴，因為他不會長大。

她的老爺夫人以前也曾出門旅行，那時孩子都小，雷奧納多還沒出生，她成為一家之主。那一次，她完成她的任務，沒有得到特別獎賞也沒任何不滿的斥責。但這一次，兩位主人把屋子交給菲力浦負責，彷彿把她當作一無用處的傻瓜。她心想，侍奉這個家這麼多年，卻受到這樣的冷落。她真想捲鋪蓋走人，但是無處可去。她大概六、七歲時，被送給勞拉的父親維生德・維茲卡拉，以回報一次人情。在那個時代，維茲卡拉老爺經營名貴木材，但是如今馬普切的印地安人區內，香木森林在斧頭和鋸子摧殘下早已光禿禿一片，取而代之的是普通樹木，種成一排一排，彷彿士兵，為的是要造紙。歡娜是個打赤腳的小女孩，只聽得懂幾個西班牙語單詞，她的母語是馬普切語。儘管她看起來就像個野丫頭，維茲卡拉依然接納她，因為若是拒絕，對他的債務人來說是一種羞辱。她被帶到聖地牙哥，交給了夫人，夫人把她交給屋裡的家僕，讓她們訓練她做基本的家務。之後歡娜自學其他部分，她沒上學，但是懂得聆聽而且願意服從。當維茲卡拉家族的其中一個女兒勞拉嫁給伊西德羅・德索勒，他們派歡娜去服侍她。歡娜估計那時自己大概十八歲，儘管她出生時，沒人幫她報戶口，所以在法律上來說，她並不存在。伊西德羅和勞拉一開始就把女管家職位委任給她；他們盲目地相信她。有一天，她鼓起勇氣，支支吾吾地問老爺跟夫人是否付給她一點錢，不用太多：「對不起，竟然提出這樣的要求。」她有一些花費跟需求。「喔，老天，妳是家中一分子，我們怎麼能付錢呢！」這是回答。「抱歉，可是我不是家中一分子，只是個家僕而已。」於是歡娜・拿古切第一次領到薪水，她花在買零食給小孩，和一年買兩雙鞋子，然後把剩下的攢起來。沒有人比她更熟悉這個家族的每個成員，她是祕密的守護者。雷奧納多出生時，很明顯就能看出他跟其他孩子不同，他有張甜美的月亮臉；歡娜希望自己能活得夠久，照顧他到吞下最後一口氣的那天為止。寶寶的心臟有問題，醫生判定活不了太久，但是歡娜憑著直覺和一股湧上的憐惜，並不認同他們的診斷。她耐心地教他自己吃飯和上廁所。其他家族通常會藏匿像他這樣的孩子，他們會滿心羞愧，認為這是天主的懲罰，但是多虧她，老爺夫人沒這樣對待寶寶。他只要乾乾淨淨，不尖叫不歇斯底里，父母就會把他當作其中一個孩子，讓他亮相。

在歡娜．拿古切心中，她最偏愛的是家中的長子菲力浦，即使後來雷奧納多出生，也沒改變這件事，因為她對兩人灌注的愛並不相同。她把菲力浦當作良師益友，是她老了以後可以支撐的手杖。他一直是個好孩子，她認為他會永遠都一樣。他曾是律師，但當得心不甘情不願，他鍾愛的是藝術、談話和思考，正如他的父親所說，都是些在這個世界沒太大用途的東西。菲力浦教歡娜讀書寫字和學習算術時，正在讀一所宗教學校，在那兒接受教育的孩子，都是來自全國最保守和顯赫的家族。他的舉動替兩人建立一種牢固的默契。歡娜替他掩飾調皮行徑，他則繼續教她學習。「菲力浦少爺，您在讀什麼書？」「等我讀完再告訴妳，這是介紹海盜的書。」或者：「歡娜，妳不會感興趣的，這是關於腓尼基的書，他們生活在非常多個世紀以前，根本沒人會在乎他們，真不知道為什麼神父要教我們讀這些蠢東西。」菲力浦長大以後，體型跟年紀都成熟了，但還是繼續告訴她自己讀了哪些東西，向她解釋世界上的諸多事物；後來，他幫忙她把存款投資股市，參照的是伊西德羅．德索勒買的股票。他對她相當大方，會偷偷進她的房間留下錢或在枕頭下藏糖果。她時時刻刻擔心菲力浦的健康，因為他的身體孱弱，一吹風就感冒，吃到不合胃口或太油的食物就消化不良。不幸的是，她的菲力浦跟雷奧納多一樣天真無知，他無法辨識其他人的虛偽和背信棄義。他們叫他理想主義者。此外，他相當粗心，什麼都可能忽略，性格軟弱，大家都會利用他。他到處借錢給人，卻都沒人還錢，他的理由冠冕堂皇，歡娜則認為都是沒用的理由，因為這個世界無可救藥。難怪他娶不到妻子，有哪個女人能忍受他的古怪想法？她說過，他的想法或許很適合當年曆上的聖人，但絕不會是正常的紳士。伊西德羅．德索勒也不欣賞兒子的慷慨，他的樂善好施已經影響了他的理智。他嘆氣說：「總有一天，我們會收到他加入共黨的消息。」他們父子之間的爭吵可謂驚天動地。最後總因為家庭以外的其他事，比如國家和世界情勢，以甩門而去收場。根據歡娜說，這根本不是兩人吵架的重點。有一次衝突，菲力浦決定離家，到他在六個街區外的另一間租屋。歡娜當時仰天長嘯，因為一個好兒子絕不會在結婚前離家，但是家族的其他成員決定接受事實，不想上演鬧劇。菲力浦沒有消失，他還是每天出現吃午飯，歡娜替他準備餐點，替他洗衣，而且他喜歡穿燙過的衣服。歡娜會去他家監督他的家僕工作，在她看來那兩個印地安女人既懶散又骯髒。歡娜嘟囔，這只是徒增工作，他還不如繼續住在單身的房間。菲力浦和他父親的爭執似乎沒完沒了，但是勞拉夫人一次嚴重的肝病，逼得他們不得不言和。

歡娜記得他們那次吵架的原因，而且她不可能忘得掉，因為震驚全國，到現在收音機還在繼續討論。那是前年春天發生的事，適逢總統大選期間，一共三個候選人。伊西德羅・德索勒中意的是一個素有投機商名聲的保守派百萬富豪；另一個來自激進黨，是教育家、律師也是議員，菲力浦打算要投他；還有一個之前當過總統的將軍，他是個獨裁者，由納粹的政黨支持和推選。家裡沒人喜歡第三個。菲力浦小時候曾收集過一系列普魯士軍隊鉛製士兵，但是希特勒掌權之後就不再喜歡。「歡娜，妳看過納粹穿著褐色軍服，一隻手高舉，在聖地牙哥的市中心列隊前進嗎？真是可笑！」沒錯，她看過他們，也知道希特勒這個人，因為都是菲力浦告訴她的。

「您的父親相信他支持的候選人會勝選。」

「沒錯，因為在這裡，總是右派打贏選戰。將軍的支持者想要阻止他們贏，企圖發動國家政變。但是沒成功。」

「收音機說，他們就像宰狗那樣，殺死很多年輕人。」

「歡娜，那是一小群寡不敵眾的昏頭納粹。他們占領智利大學的大樓，和另外一棟在總統府對面的建築。憲兵隊和軍隊很快地壓制他們。他們舉高雙手棄械投降，但是還是被槍打死。因為命令指示，不能留任何活口。」

「您的父親說，他們是蠢豬，罪有應得。」

「歡娜，沒人應該得到這樣的下場。我的父親應該小心言辭。那是一場激怒智利的屠殺。整個國家怒氣沸騰，這重創了右派的選舉。歡娜，妳知道佩德羅・阿奎爾・凱爾達[4]選贏了。我們現在有個激進黨總統。」

---

4 佩德羅・阿奎爾・凱爾達（Pedro Avelino Aguirre Cerda），智利政治家，領導激進黨聯合社會黨、共產黨等左翼政黨組建人民陣線，一九三八年當選為新一任智利總統。

「那是什麼？」

「他是個充滿進步思想的人。在我父親看來，他是左派。只要跟我父親想法不同的人，都會被歸到左派。」

對歡娜來說，左跟右只是街道的方向，不是拿來歸類人，而且這位總統的名字並不響亮，不是出身名聲顯赫的家族。

「佩德羅．阿奎爾．凱爾達代表人民陣線，由中央派和左派組成的政黨，類似在西班牙和法國的黨派。妳還記得我跟妳解釋過西班牙內戰？」

「難道這裡也會發生一樣的事。」

「我希望不要，歡娜。如果妳能投票，應該要投阿奎爾．凱爾達。我保證，總有一天，婦女都能在總統大選投票。」

「菲力浦少爺，那麼你投給哪一位？」

「我投給阿奎爾．凱爾達。他是最好的候選人。」

「您的父親不喜歡這位先生。」

「但是我喜歡，妳也喜歡。」

「我一點都不懂這個。」

「不懂是一件不好的事。人民陣線代表工人農夫、北部的礦工，像妳這樣的人。」

「我不是這一類的人，您也不是。我只是個家僕。」

「歡娜，妳屬於勞工階級啊。」

「據我所知，您是個少爺，我不懂您為什麼要投給勞工階級。」

「像您沒有受教育機會。總統說治理就是教育。每個智利的孩子都要能免費接受義務教育。每個人都該享有公共衛生保障。更好的薪水。壯大工會組織。妳覺得呢？」

「對我來說都一樣。」

「歡娜，妳怎麼可以這麼無知！對妳怎麼會一樣呢！妳非常需要受教育。」

「菲力浦少爺，您受過很多教育，卻不知道怎麼擤鼻涕。讓我利用這個機會告訴您，帶人來家裡之前，要通知我。廚娘氣呼呼的，我不想要丟臉，會有人說我們這個屋子的人不懂得待客之道。您那幫豬朋狗友也受過不少教育，卻不經允許擅自喝老爺的烈酒。到時候您的父親回來，發現地窖裡少了東西，看他會怎麼說。」

憤怒分子俱樂部會在每個月倒數的第二個星期六舉辦非正式聚會，他們就是歡娜・拿古切口中的菲力浦的豬朋狗友。平日他們都在菲力浦住處聚會，但自從父母出遠門後，菲力浦就在銀海街的老家接待他們，這裡的食物太過美味可口。儘管歡娜對這群人反感，還是盡力替他們找到新鮮的生蠔，端上廚娘最拿手的燉菜給他們享用，他們的廚娘雖然脾氣暴躁，卻燒得一手好菜。菲力浦的朋友是聯合俱樂部的成員，一如他們所屬的階級的所有男人；在那裡，私事跟國家金融政治都是公開討論的話題，但是廳堂的氣氛沉悶，加上深色的木頭牆壁、水晶燈飾和厚絨布扶手椅，實在不是個適合憤怒分子熱烈討論哲學的地方。此外，聯合俱樂部只對男人開放，下午茶聚會怎麼能沒有自由單身女郎宜人的相伴，如藝術家、作家、貨真價實的冒險家，其中有個帶著克羅埃西亞姓氏的女騎士，她總會單槍匹馬深入地圖上找不到的地方旅行。這三年來，聚會最常聽到的主題是西班牙的情勢，而最近幾個月則是共和黨難民的命運，他們從一月開始在法國的集中營衰弱而死。那場從加泰隆尼亞湧向法國邊界的大規模出走，正好與一月在智利發生的史上最慘烈地震同時上演。儘管菲力浦取笑自己是個無可救藥的理性主義者，卻把這個巧合看作對憐憫和團結的呼喚。地震造成兩萬多人喪命，和許多城市倒塌，但相較之下，西班牙內戰共有十萬人死亡、受傷和逃難，是一場更嚴重的悲劇。

這一晚，他們有位特別來賓巴勃羅·聶魯達，他在三十四歲那年就被公認是他那一代最耀眼的詩人，這是個光榮事蹟，因為在智利，詩人一向自認是不重要的雜草。他的《二十首情詩和一支絕望的歌》裡的其中幾首已經變成民歌的一部分，連大字不識的人都能琅琅上口。聶魯達來自南方，一個經常下雨的木材產地，他是鐵路工人的兒子，用低沉的嗓音吟誦自己的詩詞，自認鼻子硬挺、眼睛細小。他是個具爭議性的人物，因為他名聲響亮，親左派，特別是共產黨，後來入伍共黨軍隊，他曾擔任阿根廷、緬甸、斯里蘭卡和西班牙的領事，最近派駐法國——根據他的政敵和文藝對手，這是因為輪替上任的政府都希望他遠離國內。西班牙內戰爆發前夕，他在馬德里結交知識分子和詩人，其中有後來遭法西斯黨殺害的詩人佛多里柯·賈西亞·羅卡[5]，和死於法國的詩人安東尼奧·馬查多[6]，後

---

5 佛多里柯·賈西亞·羅卡（Federico García Lorca），西班牙詩人，一九三六年遭法西斯黨人槍斃，得年三十八歲。

6 安東尼奧·馬查多（Antonio Machado），西班牙的代表詩人，一九三六年西班牙內戰爆發後，與母親先後逃到瓦倫西亞和巴塞隆納，最後被迫移到法國境內的科利烏爾。

者逝世的地點是一座離大撤退的邊界不遠的小村莊。聶魯達出版了一本歌頌共和軍光榮事蹟的讚歌《在我們心中的西班牙》，當時內戰如火如荼，交由駐守蒙特塞拉特修道院的東方軍民兵印製五百冊，紙張用的是手邊有的任何材料，從血跡斑斑的襯衫到敵軍的旗幟都有。他的詩集也在智利出版，是一般版本，但是菲力浦手上有一本初版的詩集。「街道上灑著孩童的鮮血，單純地流，就像孩童的鮮血……你們來看街道上的鮮血，你們來看，街道上的鮮血，你們來看，街道上的鮮血！」聶魯達熱愛西班牙，厭惡法西斯主義，他十分憂心戰敗的共和軍的命運，還因此說服新上任的總統允諾他們到智利的名額，這挑戰了右翼黨派和天主教教會絕不妥協的抗議。憤怒分子邀他參加聚會，就是要討論這件事。詩人正好路經聖地牙哥，幾個星期以來他忙著籌措資金幫助抵達阿根廷和烏拉圭的難民。正如右派報紙所言，其他國家願意出錢，但是沒有一個想要收容紅色分子，因為他們當中有強暴修女的罪犯、殺人兇手、武裝分子、徹底的無神論者，以及猶太人，他們會危害國家的安全。

聶魯達對憤怒分子說，幾天內，他即將以特派領事身分到巴黎，負責有關西班牙移民的任務。

「駐法國的智利大使館不喜歡我，他們全是一群懼怕戰事的右派，一心一意只想阻撓我的任務。」詩人說：「政府派我來，連一毛錢也沒給，我還得自己找船。就讓我們看看我該怎麼完成使命。」

他解釋，他正在執行遴選專業勞動者的命令，這些人能夠將他們的所長教給智利工人，他們必須是正直和平的人士，絕對不能有政客、記者或是知識分子之流的危險人物。聶魯達表示，智利的移民法規一直帶有種族歧視色彩，領事必須按照保密指示，拒發給某些類型、種族和國家的人，從吉普賽人、黑人和猶太人到所謂的東方人，這樣不明不白反倒給人詮釋的空間。此刻，這種仇外心態還加上政治因素，無關共黨、社會黨或者無黨派，但是給領事的指示依然沒有白紙黑字寫清楚，執行上有模糊地帶。艱巨的任務在前方等著聶魯達：他必須出錢、找船、過濾移民，若是他們在智利沒有親戚或朋友，還得替他們找到政府要求的庇護保證金。這筆數目高達三百萬智利幣，而且必須在他們上船之前，存入中央銀行。

「我們談的這些難民總共有多少人？」菲力浦問。

「大概一千五百人，但是可能更多，因為我們怎麼可能只帶男人來，卻丟下他們的妻子和小孩？」

「他們什麼時候來這裡？」

「八月底或九月初。」

「也就是說，我們差不多有三個月時間籌措資金，並替他們找房子跟工作。還要發起一個對抗右派的廣告宣傳，激起有利西班牙人的輿論波瀾。」菲力浦說。

「這很簡單。民眾同情共和黨分子。在智利，大多數西班牙殖民區的巴斯克人和加泰隆尼亞人都準備好拔刀相助。」

到了凌晨一點，憤怒分子告別離去，菲力浦開著他的福特汽車，送詩人到他投宿的地點。回到家後，歡娜準備了一壺熱咖啡在客廳等他。

「歡娜，怎麼了？妳應該要睡了。」

「我聽到您那群豬朋狗友說的話。」

「妳在監視我們？」

「您那群豬朋狗友吃相跟囚犯沒兩樣，更不用說喝酒的模樣。那些搽眼影的女人吃得比男人多。他們真是一群凡夫俗子，不會打招呼，也不懂說謝謝。」

「我真不敢相信，妳等我就只是為了說這個。」

「我等您是希望聽您解釋那位詩人為什麼那麼有名？他一朗誦就停不下來，蠢話停不下來，說什麼穿西裝外套的魚和暮色的眼睛，誰知道那是得了什麼病。」

「歡娜，是暗喻。那就是詩。」

「他乾脆嘲弄自己的祖母好了，願她安息。我當然懂詩是什麼，馬普切語就等於是詩啊。我敢打賭您不知道！我有把握聶魯達也不知道。我已經好多年沒聽過我的語言，可是我還記得。詩就是一種留在腦袋裡永遠不會忘記的東西。」

「嗯。那麼音樂是可以用口哨吹出來，是吧？」

「您說對了，菲力浦少爺。」

伊西德羅・德索勒在下楊薩佛伊旅館的最後一天，收到兒子菲力浦發來的電報，這時他已經跟妻子和女兒在倫敦待了整整一個月。他們去了倫敦許多必遊的觀光景點，購物、上劇院、參加音樂會，以及觀賞賽馬。智利駐英國大使是勞拉・維茲卡拉眾多表兄弟姊妹的其中一位，他借給他們一輛公家用車，讓他們可以暢遊鄉間，並參觀牛津跟劍橋的學校。他也安排他們接受到城堡共進午餐的邀約，主人應該是公爵或侯爵，但不太確定，因為在智利，這種貴族頭銜早在很久以前便取消，已經沒人記得。大使教他們行為舉止和穿衣的禮儀：他們要裝作僕人並不存在，但是最好跟狗打招呼；他們不能評論食物，但是可以醉心玫瑰；他們衣著要樸素，而且盡可能老派一點，不要有什麼荷葉邊或者絲質領結，因為貴族在鄉間是做貧苦打扮。他們去了一趟蘇格蘭，伊西德羅在那裡談定一樁巴塔哥尼亞的羊毛交易，也去了威爾斯談同樣的生意，不過沒成功。

伊西德羅背著妻子和女兒，參觀了一間女子精修學院。這是一所訓練名門千金的學校，源自十七世紀，學校是座氣派的大宅，對面就是肯辛頓宮和公園。奧菲莉雅將會在這裡學習禮儀，社交藝術，接待賓客的正確方式，準備菜單、儀態等她所欠缺的種種美德，比如美姿、個人形象以及布置家居。伊西德羅心想，可惜他的妻子半樣都沒學過。如果能在智利打造類似的學校應該是一門好生意，好好提升那邊眾多粗俗的千金小姐。他會考慮這個機會。目前他對奧菲莉雅隱瞞他的計畫，否則她會大哭大鬧，毀了接下來的旅行。他打算在旅行結束時告訴她，到時候她想哭鬧也來不及了。

他們入境隨俗，在旅館的玻璃圓頂大廳裡，端著印花瓷杯喝著五點的下午茶，四周交織著白色、鍍金和象牙的和諧色彩，而一位穿著海軍上將制服的服務生出現，送上一封菲力浦發的電報。「詩人的流亡者要住家裡房間。歡娜不肯交出鑰匙。請指示。」伊西德羅看了三遍電報，然後拿給勞拉和奧菲莉雅。

「這件蠢事是怎麼搞的？」

「拜託，不要在女兒面前這樣說話。」

「希望菲力浦不是喝醉糊塗。」他咬牙切齒說。

「你要怎麼回覆他？」勞拉問。

「叫他下地獄。」

「伊西德羅，不要生氣。你最好什麼都不要回，船到橋頭自然直。」

「哥哥是什麼意思？」奧菲莉雅問。

「我不知道。不干我們的事。」她的父親回答。

他們在巴黎旅館時，又收到同樣的電報。伊西德羅可以勉強看完《費加洛報》，因為他曾在中學學過一點法文，但是他完全不懂英文，所以在英國時無法讀新聞。他從報上了解法國共黨和西班牙難民撤退組織找到一艘貨船「溫尼伯號」，要用來運送將近兩千名難民到智利。他差點中風。他嘟囔，這段日子已經愁雲慘霧，還要再添一樁。首先，來自激進黨的總統在恍若世界末日的地震發生過後，要將國家塞滿共黨分子。電報的不祥意涵終於撥雲見日：他的兒子竟想把那些人收容在家裡，天佑歡娜，幸好她不肯交出鑰匙。

「爸爸，跟我說說那些難民是怎麼回事？」奧菲莉雅追問。

「聽著，小美人，壞人在西班牙發起一場有點可怕的革命。軍人叛變，爭奪國家的價值和道德。當然，他們贏了。」

「他們贏了是什麼意思？」

「內戰。他們救了西班牙。菲力浦提到的流亡者就是逃跑的膽小鬼，他們現在在法國。」

「為什麼要逃跑？」

「因為他們打輸了，要付出代價。」

「伊西德羅，我覺得難民當中有很多女人和孩子。報紙說有幾十萬……」勞拉不好意思地插話。

「管他多少。這跟智利有什麼關係？都是聶魯達惹的禍！他這個共黨分子！菲力浦完全沒原則，根本不像我兒子。等我們回去，我要跟他好好溝通。」

勞拉抓緊這個機會建議，最好趕在菲力浦做出任何瘋狂行動之前回聖地牙哥，但是根據報紙顯示，要到八月才有船期。回英國之前，他們有大把時間去一趟埃維揚溫泉，拜訪盧爾德和義大利帕多瓦的聖安東尼神殿，讓勞拉還願，以及去梵蒂岡接受新教宗庇護十二世個別的祝福，這個安排可讓他花費影響力和金錢。然後他會把奧菲莉雅留在女子精修學院，如果有必要會用強迫手段，他跟妻子會搭上太平洋王后號回智利。最後，這會是一場完美的旅行。

第二部

流亡、愛情和失散

5 一九三九年

保留怒火、痛苦和眼淚，
讓我們填滿悲傷的空虛
和但願夜晚的篝火
記得逝去的星子的光芒。

——聶魯達，《一般之歌》，
〈何塞・米格爾・卡雷拉（一八一〇年）〉（José Miguel Carrera）

維克多・達爾茂在濱海阿熱萊斯集中營待了好幾個月，他相信柔瑟也待過這裡。他沒有埃托的消息，但是猜他已經完成任務，把他的母親和柔瑟帶離西班牙。這時，集中營的人幾乎都是共和軍，幾萬名士兵挨餓，情況淒慘，經常受獄卒的毆打和羞辱。這裡的條件依然不人道，但是至少嚴峻的冬天已經過去。囚犯盡力組織起來活下去，避免自己發瘋。他們按照黨派區分，開過幾次革新會議，就像在戰爭期間。他們唱歌、閱讀任何能拿到手的刊物，教有需要的人讀書寫字，發送報紙——一張手寫紙，大家輪流看，他們試著保持尊嚴，修剪頭髮，互相捉蝨子，洗澡，用冰冷的海水洗衣服。他們用充滿詩意的名字替營區劃分街道，發顛似地在沙灘和泥濘地塑造像巴塞隆納的廣場和大道，幻想一支沒有樂器的管弦樂隊來演奏古典和民俗樂曲，和沒有食物的餐廳，廚師們巨細靡遺描述食物，其他人閉上眼睛品嘗。他們用少數能拿到的材料搭起棚屋、工房和簡陋的木屋。他們靠著世界的新聞過活，聽說又有一場戰爭一觸即發，以及他們可能獲得自由離開。其中一些有一技之長的，通常在營區接受雇用或到工廠當員工，但大多數人在當兵之前是農夫、伐木工、牧人、漁夫，總之他們欠缺在法國派得上用場的職能。他們忍受上層不時威脅遣送回國的恐嚇，甚至發生了一些人被騙往西班牙邊界的案例。

維克多跟一小群醫生和護士在一起，因為他在這個沙灘煉獄有個使命，他得照顧病患、傷者和瘋子。他在北方車站救活一個差點斷氣的男孩，讓男孩心臟再次跳動的傳說，提高了他的地位。這讓大多數病人盲目地相信他，儘管他一再對他們說，若有重大疾病要找醫生。他感覺每天的工作時間都不夠。他不像大多數難民深受煩悶和消沉的打擊；相反地，他在工作中找到一種類似幸福的興奮感。他跟營區的人一樣枯瘦虛弱，但是並不感覺飢餓，他不只一次把自己分配到的少許鱈魚乾讓給其他人。他的同事說他吃沙子果腹。他從破曉開始工作，日落之後有幾個小時的空閒時間。這時他會拿起吉他唱歌。內戰期間他很少彈奏，但是他想起母親教他克服害羞的羅曼蒂克歌曲，當然，還有革命歌曲，引來了大家的合唱。吉他是屬於一個來自安達魯西亞的年輕人，那名年輕人在作戰時抱著吉他，踏上流亡之途也沒放開，帶著它一起在濱海阿熱萊斯生活，直到二月底被肺炎帶離人世。維克多在他人生的最後日子照顧他，因此他把吉他留給他。那是營區寥寥無幾的真正樂器；其他樂器都是想像的，由好耳力的人來模仿樂聲。

在這幾個月，集中營擁擠的人潮逐漸消退。老年人和病患接連死去，下葬在鄰近的一個墓園。比較幸運的人得到資助和移民墨西哥跟南美洲的簽證。許多士兵加入外籍兵團，儘管那裡紀律敗壞，還背負接納罪犯的惡名，因為任何選擇都比待在集中營好。而符合外籍勞工公司要求的資格的人，都受雇當了員工，這間公司的創立目的是要取代準備戰事的法國勞工。後來還有一些人去了蘇聯，加入紅軍打仗，或投入法國的抵抗運動。參加後者的人，有數千人死於納粹的滅絕營，其他人則是死在史達林的古拉格勞改營。

四月的某一天，難以忍受的寒冬轉變成春天，浮現初夏的熱氣，他們把維克多叫到營區指揮官的辦公室，因為有人來拜訪他。來者是埃托．伊巴拉，他頭戴一頂草帽，腳踩白色涼鞋。他花了快一分鐘才認出眼前這個衣衫襤褸的稻草人是維克多。他們眼眶泛淚，激動地抱在一起。

「兄弟，你可能不知道我花了多少力氣找你。你不在任何名單上面，我還以為你已經死了。」

「差不多了。那你呢？你怎麼一身皮條客的打扮？」

「你是說企業家的打扮吧？我再告訴你。」

「先跟我說我媽跟柔瑟怎麼了？」

埃托告訴他卡門失蹤了。他到處調查卻苦無確實結果，只知道她沒返回巴塞隆納，達爾茂一家的房子遭到徵用。有其他人住在裡面。相反地，他有柔瑟的好消息。他跟他巨細靡遺地敘述他們如何離開巴塞隆納，翻山越嶺穿過庇里牛斯山，以及如何在法國分離。他失去她的消息一段時間。

「維克多，我找到機會就逃走了，我不懂你為什麼不試試看。很簡單。」

「這裡的人需要我。」

「老兄，你要是這麼想，永遠都會完蛋。」

「的確。可是能怎麼辦？跟我講柔瑟的事。」

「我經歷太多驚嚇，忘了你那位護士朋友的名字，但想起來以後，就輕易找到柔瑟。她待過這裡，就在同樣的這個集中營，幸虧有伊麗莎白．艾登本茲才得以離開。她跟一個收容她的家庭住在佩皮尼昂，靠著當裁縫和教鋼琴過活，生了一個健康的男孩，剛剛滿月，漂亮極了。」

埃托跟以往一樣靠著交易餬口。他在內戰期間能弄到珍貴的物資，像是香菸、糖、鞋子以及嗎啡，他以物易物，縱使從不起眼的小東西開始，都能拿到一丁點收益。他也經手過寶物，比如令柔瑟印象深刻的德國手槍和美國萬用小摺刀。這是他絕不會放棄的東西，如今想起兩樣都被搶走，他依然氣憤不已。他成功聯絡上幾位遠房表兄弟，替他在這個國家找到工作，多虧他與生俱來的本領，最後攢夠了船票和簽證的費用。

「維克多，我這個星期就要離開。愈早離開歐洲愈好：另外一次世界大戰就要爆發，可能比第一次大戰還慘烈。我一到委內瑞拉，會辦理手續讓你可以過去，我會寄船票給你。」

「我不能丟下柔瑟跟她的孩子。」

「老兄，他們當然也要一起上路。」

埃托的來訪讓維克多沉默了好幾天。他確信自己再一次游移不定，無法掌握自己的命運。他在沙灘上散步好幾個小時，思考和估量自己對集中營病患該負的責任，他決定該是優先對柔瑟和她的兒子負起責任的時刻了。還有他自己的命運。四月一日，從一九三六年十二月開始替自己冠上西班牙大元首榮耀的佛朗哥宣布內戰落幕，一共持續九百八十八天。法國和大不列顛承認了他的政府。他的祖國已經輸了，返鄉的希望破滅。維克多到海中洗澡，因為沒有香皂，他拿泥沙搓洗身體，他讓一個同事替自己剪頭髮，小心翼翼地把鬍子刮乾淨，按照每個星期的例行工作，申請許可到一間當地醫院拿取醫藥箱。起先，他每次去都是由一名守衛陪伴，但來來去去幾個月之後，他們允許他一個人前往。他要離開營區也沒問題，只要別回來就可以。埃托留下一點錢給他，他用來吃自從一月以來總算比較像樣的第一餐，買一件灰色西裝、兩件襯衫和一頂帽子，都是二手貨，但是狀態良好，還有一雙新鞋子。他的母親曾說，穿一雙好鞋就能得到較好的對待。一個卡車司機收他上車，他就這樣抵達佩皮尼昂紅十字會辦公室找他的朋友。

伊麗莎白正在充當臨時保母，因此兩手各抱著嬰兒來見他，她太過忙碌，甚至已經記不得兩人之間從未發生過的羅曼史。可維克多從未忘記。一見到她清澈的雙眸和白色的制服，跟以往一樣從容自若，便覺得自己太過愚蠢，這麼完美的女人怎麼可能把目光放在他身上？這個女人的志向是完成使命，而不是談戀愛。當她認出他來，立刻把寶寶交給另一女人，然後滿心感動，真心誠意地抱住他。

「維克多，你變了好多！我親愛的朋友，你必定是歷盡折磨。」

「沒有別人那麼淒慘。我算是幸運的一個。妳則是相反，一如往常地好。」

「真的嗎？」

「妳是怎麼永遠保持完美、冷靜和笑容滿面？我就是在戰爭中認識這樣的妳，妳依然沒變，好像我們經歷過的苦難從未對妳造成影響。」

「維克多，我在苦難中被迫堅強和努力工作。你是為了柔瑟來看我的，對吧？」

「伊麗莎白，我不知道該怎麼感激妳為她所做的一切。」

「沒什麼好感激的。我們得等到八點，到時候她教完最後一堂鋼琴課。她不住這裡。她跟幾個幫我募集協助坐月子資源的貴格會朋友住。」

於是，伊麗莎白向他介紹住在這個地方剛分娩的母親，然後他們坐下來喝茶吃餅乾，聊著彼此自特魯埃爾最後一次見面後所經歷的種種。到了八點，伊麗莎白開車載他前往柔瑟的住處，她沒那麼專心開車，而是認真聽他說話。維克多心想，若是逃過戰亂，熬過集中營，卻像蟑螂般死在這個無緣娶到的新娘的汽車裡，會是多麼諷刺。

她的貴格會朋友在二十分鐘的車程外，替他們開門的人是柔瑟。她一看到維克多，立刻大聲尖叫，雙手捂住了臉，像是看到幻影，而他緊緊抱住她。他記得她身材苗條，有著窄臀和平胸，一對濃眉和立體的五官，是那種沒有嬌氣的女孩，老了以後看起來會乾癟或比較男性化。他最後一次見到她是十二月底，那時她挺著大肚子，臉上冒出面皰。變成母親後，她多了一份甜美的氣質，有稜有角的輪廓變得柔和許多，她正在哺育孩子，胸部變豐滿，膚色變得明亮，頭髮閃爍著光澤。他們的重逢是如此感人，連看慣令人斷腸畫面的伊麗莎白都為之動容。維克多看到侄子有一種難以形容的感覺；所有這個年紀的寶寶都像邱吉爾，有著胖胖的身軀和光溜溜的腦袋。他仔細再看清楚，感覺他有些特徵十分熟悉，比如達爾茂家的橄欖形狀黑眸。

「他叫什麼名字？」他問柔瑟。

「我們暫時叫他小朋友。我想等吉耶替他取名再報戶口。」該是把壞消息告訴她的時候了，但是維克多依然提不起勇氣去做。

「為什麼不替他取吉耶呢？」

「因為吉耶告訴我，他不要他的孩子跟他叫一樣的名字。他不喜歡他的名字。我們討論過，如果是男孩就叫馬塞爾，女孩叫卡門，用來向你們的父母表達敬意。」

「嗯，那麼妳知道……」

「我要等吉耶。」

貴格會友人的家是父母親加上兩個孩子，他們邀維克多和伊麗莎白共進晚餐。以英國人來說，他們準備的餐點算是美味。他們講得一口流利的西班牙語，因為他們內戰期間都在西班牙幫助兒童組織，從大撤退開始，他們出手援助難民。他們說他們會一直奉獻下去；正如伊麗莎白所言，永遠都會有某個地方發生戰爭。

「我們非常感激。」維克多對他們說：「多虧您們，孩子才能平安地跟我們在一起。若是在濱海阿熱萊斯集中營，孩子不可能活下來，我想就連柔瑟也可能熬不下去。我們希望不要占用您們的慷慨太久。」

「先生，這沒什麼好感謝的。柔瑟跟孩子和我們已經像一家人。您們為什麼急著走？」

維克多跟他們講起他的朋友埃托．伊巴拉，和他會幫他們移民委內瑞拉的計畫。聽起來是唯一可行的逃生之路。

「如果您們要移民，或許可以考慮去智利。」伊麗莎白指出。「我在報上看到有一艘船準備載西班牙人去智利的消息。」

「智利？那是哪裡？」柔瑟問。

「我想，在世界的腳下吧？」維克多說。

第二天，伊麗莎白找到她提到的告示，派人送給了維克多。詩人聶魯達受政府請託，正在安排一艘叫溫尼伯號的船帶西班牙人到他的國家。伊麗莎白給他一些錢，讓他搭火車去巴黎試試看，能否沾沾素不相識的詩人的運氣。

維克多．達爾茂靠著一張城市地圖，抵達拉莫特皮凱大道二號，智利公使館的高雅建築就矗立在這裡，靠近傷兵院。他在門口排隊，看守秩序的是一位脾氣糟糕的門房。建築內的官員也充滿敵意，連聲招呼都不肯施捨。維克多心想這是不好的預兆，一如這個巴黎的春天充滿沉重和緊張的氣氛。希特勒狠狠地一口接一口咬下歐洲大陸，戰爭的厚實烏雲已經遮蔽了天空。排隊的人們操西班牙語，幾乎每個人手中都拿著剪報。輪到維克多時，他們指示他爬上樓梯，一開始幾個樓層都是大理石和青銅的階梯，最後變成像是通往閣樓的窄梯，乍看有些寒酸。這裡沒有電梯，所以他必須幫忙另一個瘸腿比他嚴重的西班牙人，對方少了一條腿，幾乎抓不住欄杆。

「他們真的只接納共黨分子？」維克多問他。

「聽說是這樣。那你呢？」

「我是共和黨分子。」

「別把事情搞得太複雜。最好就告訴詩人你是共黨分子。」

聶魯達就在一個小房間迎接他，裡面只有三張椅子和一張辦公桌。他是個依然年輕的男人，睜著一雙詢問目光的閃爍眼睛，垂著恍若阿拉伯人的厚重眼皮，他垮著肩膀，有些駝背；當維克多站起來準備向他道別，發現他實際上比乍看時還要健壯和多肉了一點。這場面試進行短短十分鐘，他感覺闖關並未成功。聶魯達問了他幾個簡單問題，關於年紀、婚姻狀況、教育程度和工作經驗。

「我聽說您們只挑共黨分子……」維克多說，他不解詩人為什麼沒問他的政治傾向。

「您聽錯了。這是因為名額有限，共黨分子、社會主義分子、無政府主義者跟自由主義分子都一樣。我會跟西班牙難民撤退組織做決定。人格和能在智利奉獻才是最重要的。我正在評估幾百份申請，等決定出爐會通知您，不用擔心。」

「聶魯達先生，如果您給的是確定的回覆，請注意我不是隻身上船。我還會帶著一個女性朋友跟她幾個月大的孩子。」

「您是說女性朋友？」

「柔瑟・布魯克拉，她是我弟弟的未婚妻。」

「這樣的話，您的弟弟應該來見我和填申請單。」

「先生，我們猜想我的弟弟恐怕已在厄波羅河之役捐軀了。」

「很難過聽到這個消息。您知道我會給家屬優先權吧？」

「現在知道了。如果您允許的話，我會在三天後來見您。」

「親愛的朋友，三天後我還沒有答案。」

「但是我會有。非常感謝。」

這天下午，維克多搭火車回佩皮尼昂。他到的時候已是夜深，疲憊不堪。他投宿一間旅館，那裡不但有跳蚤，也不能洗澡，到了第二天他來到柔瑟的裁縫坊。他們到街上說話。維克多抓住她的手臂，帶著她到附近，座廣場上唯一的長凳，跟她敘述在智利公使館的經過，他省略細枝末節，比如智利公務人員的惡劣態度，和他對聶魯達的決定不太有把握。

「維克多，如果這位詩人挑上你，無論如何你都得走。不要擔心我。」

「柔瑟，我有件事在幾個月前就該告訴妳，但是每次想說，就好像有隻手用力掐住我的脖子，我只能閉著嘴巴。我多麼希望不是由我來……」

「吉耶？是有關吉耶？」她大聲說，心生警覺。

維克多點點頭，不敢看著她。他把她用力擁在胸前，給她時間哭叫，像個失望和發抖的小女孩，把臉埋在他的二手外套裡，直到她聲音嘶啞，再也流不出眼淚。他想，柔瑟已經悲嚎痛哭，發洩了壓抑許久的情緒，可怕的消息並非意料外，她應該從許久前就在懷疑，因為這才能解釋為什麼吉耶音訊全無。沒錯，人會在戰爭中失散，伴侶會分離，家人會分散各地，但是柔瑟應該透過直覺知道他已經死了。她沒要求看證據，但是維克多拿出吉耶不曾離身的半燒焦皮夾和照片。

「柔瑟，妳明白我為什麼不能丟下妳吧？如果他們給我們名額，妳得跟我一起去智利。法國也即將面臨戰爭。我們得保護孩子。」

「那你的母親呢？」

「我們從離開巴塞隆納以後，再也沒人看過她。她在混亂的人群中走失，如果還活著，應該會跟我或跟妳聯絡。如果將來出現，我們再看看怎麼幫她。現在妳跟妳兒子是最重要的。明白嗎？」

「我明白，維克多。我該怎麼做？」

「對不起，柔瑟……妳得嫁給我。」

她一臉驚惶失措看著維克多，逗得他不禁露出微笑，在這嚴肅的時刻是多麼格格不入。他對她說一遍聶魯達會給家屬優先權的訊息。

「柔瑟，妳還不能算是我的弟媳。」

「我跟吉耶結婚了，只是沒有證書也沒有神父的祝福。」

「我怕這不能算數。總而言之，柔瑟，您不算是真正的寡婦。如果可以的話，我們今天就結婚，把孩子報成我們的兒子。我會當他的爸爸；我跟妳保證，我會把他當親生兒子照顧、保護和去愛。我對妳也會這樣。」

「我們並不相愛……」

「小姐，妳要求太多了。妳還不滿足得到呵護跟尊重？將來不只會是這樣。柔瑟，我絕不會強迫妳屈服不想要的關係。」

「這是什麼意思？你不會跟我上床？」

「沒錯，柔瑟。我可沒那麼不要臉。」

就這樣，他們在廣場長凳上的短短時間內，下了一個永遠影響他們下半場人生和孩子的人生的決定。在倉皇逃命時刻，很多流亡的人沒帶身分證件就到法國，有些人是在半路或在集中營遺失，但是他們兩人的都在身上。他們在市府舉辦簡短的結婚儀式，貴格會友人充當他們的見證人。維克多擦亮他的新鞋，戴著借來的領帶，整個人容光煥發；柔瑟張著一雙過度哭泣腫脹的眼睛，但是心情平靜，她穿上最漂亮的洋裝，和一頂洋溢春天氣息的帽子。結婚完成後，他們替孩子以馬塞爾・達爾茂・布魯克拉報戶口。這是他的親生父親如果活著會替他取的名字。他們在伊麗莎白・艾登本茲小小的母嬰中心共進一頓特別的晚餐慶祝，最後以香緹鮮奶油蛋糕圓滿落幕。兩位新人切開蛋糕，平均分給在場的賓客。

維克多按照他告訴聶魯達的話，確實在經過三天後，回到巴黎的智利公使館，把他的結婚證書和兒子的出生證明交到他的桌上。聶魯達抬起他惺忪的眼皮，好奇地打量了他幾秒。

「年輕人，我看您跟詩人一樣富有想像力。歡迎到智利來。」他終於開口，並在他的申請表上蓋章。「您說，夫人是鋼琴師？」

「沒錯，先生。她也是裁縫師。」

「在智利已經有裁縫師，可是我們缺鋼琴師。星期五一大早，帶著您的夫人和孩子到波爾多的通波魯佩碼頭。您們會在天黑時搭乘溫尼伯號出發。」

「先生，我們沒錢買船票……」

「大家都沒錢。我們再看看。還有，忘掉智利簽證費，可能有幾位領事會試圖收取。

我一想到跟難民收取簽證費就覺得作嘔。這件事我們也是到時候在波爾多再看看。」

一九三九年八月四日，這個在波爾多的夏日將會永遠印在維克多・達爾茂和柔瑟・布魯克拉以及其他兩千多名西班牙人的記憶裡，他們出發前往他們一無所知的南美洲國家，那狹長的領土緊緊依偎在山邊，像是怕會跌入海中。聶魯達將是這麼形容：大海和美酒和白雪的狹長花瓣，以及白色和黑色泡沫的彩帶，但是他沒跟流亡者說清楚他們的命運。地圖上的智利是個遙遠和細長的國家。波爾多的廣場上人聲鼎沸，隨著每一分鐘過去，聚集的人群愈來愈多，他們頂著一片蔚藍的天空，熱得快要窒息。他們搭乘火車、卡車和其他交通工具抵達，車上擠滿了人，大多數人都是從集中營直接過來，個個飢腸轆轆、氣虛體弱，沒機會先梳洗一番。男人與妻子和孩子已經分離數個月，夫妻和家人重逢，場面充滿狂喜和激動。他們離開車窗，呼喚彼此，相認之後哭著抱在一起。有個父親以為兒子戰死在厄波羅河之役，有兩個兄弟從馬德里前線戰役後就失去彼此音訊，有個老兵找到了他的妻子和孩子，本來他已經不抱重逢的希望。這一切都以完美的秩序上演，彷彿這種紀律是由本能自然而生，也讓法國士兵得以平靜進行他們的工作。

聶魯達從頭到腳一身白色打扮，她的妻子德莉亞・戴爾・卡瑞爾也穿了一身白和戴著一頂寬邊帽，詩人彷佛半個神祇，負責確認難民的身分、健康狀況和資格，有領事、祕書和朋友在長桌後面幫忙。核可證上有他綠色墨水的簽名和一個西班牙難民撤退組織的戳章。聶魯達用一張集體簽證解決簽證問題。他們把西班牙人分群，替他們照相，快速沖洗好，接著由某個人剪下照片的臉孔，貼在許可證上。慈善義工分發點心和衛生用品給每個人。共有三百五十個小孩領到伊麗莎白・艾登本茲負責發送的全套用品。

船即將在這一天啟航，詩人卻還缺少相當多的資金，來補足智利政府拒絕資助的大規模遷移，因為政府面對充滿敵意和分歧的輿論，實在無法去評估費用。這時，有一小群穿著非常正式的人出其不意地出現在碼頭上，他們預備替每張船票負擔一半的費用。柔瑟遠遠看見他們，把兒子交給維克多抱著，離開隊伍跑去跟他們打招呼。收留她的貴格派家庭也在那群人當中。他們以所屬的群體之名，前來完成侍奉人類和促進和平的責任，遠在十七世紀，他們便一肩擔起這種重責大任。柔瑟對他們說一遍從伊麗莎白那兒聽來的話：「您們總是出現在最需要幫忙的地方。」

維克多、柔瑟和她的孩子是第一批登上舷梯的人。這是一艘老船，大約五千公噸重，過去曾從非洲運送貨物，第一次世界大戰期間用來載運軍隊。這艘用於短途運輸的船配有二十名水手，改裝來載運兩千多個人，旅程長達一個月。他們匆忙地在貨艙架好三層木板床，設立廚房、飯廳和配有三個醫生的救護站。他們上船後，接受臥房的分配，維克多和男人睡在船頭，柔瑟和其他婦女以及孩童在船尾。

幸運的乘客在幾個小時內完成登船，但岸上還留著幾百名沒有位置的難民。天黑之後，溫尼伯號乘著漲潮的海水啟航。甲板上，有人安靜流淚，有人手放在胸口，唱起加泰隆尼亞的移民之歌：「甜美的加泰隆尼亞，我心中的祖國，當離你如此遙遠，必會死於鄉愁。」或許他們有預感再也無法回到故鄉。聶魯達在碼頭上揮舞手帕，直到船消失在遠處。對他來說，這也是難忘的一天，他在幾年後寫下：「如果這是您所願，就讓批評抹去我所有的詩。但是這首詩，今日我牢牢記得，任誰也不能抹去。」

木板床就像墓園裡的靈柩；他們得爬上去，保持側躺姿勢睡在麥稈填充的床墊上，但是比起集中營的沙灘上的溼洞，簡直是豪華床鋪。他們每五十個人共用一個馬桶，到飯廳用餐得輪上三趟，但是大家互相尊重沒有怨言。他們經歷不幸和飢餓，此刻是置身天堂：他們好幾個月沒嘗過一盤熱食，船上的食物很簡單但是美味極了；此外，他們要吃多少盤根莖類蔬菜都可以；他們受過跳蚤和臭蟲的折磨，在這裡他們可以在臉盆裝乾淨的水，用香皂洗澡；他們曾委靡不振，現在正航向自由。連香菸都有！負擔得起的人可以到一間小酒吧喝啤酒或烈酒。幾乎所有旅客都自願幫忙船上的工作，從駕駛機器到削馬鈴薯皮以及刷洗甲板。第一天早晨，維克多投入救護站醫生的工作。他們歡迎他的加入，給他一件白袍，告訴他有好幾個難民出現痢疾、支氣管炎病徵，還有兩個斑疹傷寒病例，他們是健康檢查的漏網之魚。

婦女組隊照顧孩子。她們在甲板上畫出一個空間，用欄杆圍起，充當幼兒園和學校。從第一天開始幼兒園就開張，有遊戲、藝術、運動和課堂，早上一個半小時，下午再一個半小時。柔瑟跟幾乎所有人一樣暈船，但是她能下床以後，就開始拿木琴和水桶充當的鼓來教小朋友音樂。她在教音樂時，船上的二副帶來好消息，他是個法國共黨分子，他說聶魯達讓人帶了一架鋼琴和兩台手風琴上船給她和其他懂音樂的人使用。有幾個旅客帶了兩把吉他和一支豎笛。從這一刻起，孩子們可以聽音樂，大人們可以舉辦音樂會和舞會，此外還有一群巴斯克人自組聲音洪亮的合唱團。

五十年過後，當維克多・達爾茂接受電視台訪問，敘述這次冒險的流亡之旅，他談起溫尼伯號時，就像那是艘希望之船。

對維克多．達爾茂來說，這趟旅程是愉悅的假期，但是柔瑟在貴格會朋友家過了幾個月舒適的生活，起先根本無法適應過度的擁擠和難聞的氣味。她不想說出感受，這樣的舉動太沒禮貌，而不久後她就習慣不要太過注意。她做了一個臨時的背包，把馬塞爾放進去，到哪兒都背著他，包括彈鋼琴的時候；她跟維克多輪流，如果他不在救護站，就會負責照顧他。只有她能哺育自己的孩子，其他母親因為營養不良都做不到，不過船上有充足的奶粉，可用奶瓶餵飽四十個孩子。有好幾個女人自告奮勇替柔瑟洗衣服和尿布，以免她雙手受傷。有個多年從事粗重工作的農婦，她是個七個孩子的母親，她檢視柔瑟的雙手，驚嘆連連，不懂她是怎麼辦到不看琴鍵就能彈出音樂。對她來說那是魔法的指頭。她的先生在戰前是木塞工人，當聶魯達跟他說在智利沒有軟木橡樹，他厲聲回說：「以後會有。」詩人認為這是個非常好的回答，因此讓他跟漁夫、農夫、手藝工匠、勞工一起登船，還有知識分子，儘管依照智利政府的指示，要排除有思想的人。聶魯達根本不管那個命令；把英勇捍衛自身思想的男女丟下是愚蠢的行為。他默默希望這批人能把他的祖國從島嶼心態的昏睡中喚醒。

甲板上總是相當熱鬧，直到夜深才平息下來，因為下面通風不良，空間太過狹窄難行。旅客把世界新聞編成報紙，而隨著希特勒逐步併吞歐洲的土地，報上充斥愈來愈多壞消息。到了航行的第十九天，蘇聯和納粹德國在八月二十三日簽署互不侵犯的條約傳開來，許多曾經對抗法西斯主義的共黨分子深深感覺遭到背叛。擊垮共和政府的政治分歧在船上依舊，有時會因為過往的罪惡感和悔恨爆發幾場鬥毆，但是在卜平船長插手協調前，很快就被其他旅客撲滅。船長是個右派，他並不同情船上的旅客，但他是個責任感相當強烈的人。西班牙人並不了解這一點，懷疑他可能會背叛他們，改變航向，帶他們回到歐洲。他們盯著他，仔細觀察船隻的航線。二副和大多數的水手都是共黨分子；他們也小心翼翼地盯著卜平船長。

下午時間，安排的節目是柔瑟的獨奏音樂會、合唱表演、跳舞，紙牌和骨牌遊戲。維克多組了一個西洋棋俱樂部，讓會玩的人和想學的人都來參加。當他在戰爭期間迷失，還有待在集中營的日子，就是靠西洋棋擺脫沮喪；當時他的靈魂已經無法再負荷更多壓力，曾想過乾脆像條狗趴在地上死去，而幸虧內心出現抗議聲，於是他尋找回憶，在腦中用無形的棋盤和棋子跟自己比賽下棋。船上也有關於科學和其他題材的座談會，但是都無關政治，因為給智利政府的承諾是，絕對不能散播可能挑起革命的教條。「各位先生女士。換句話說，您們不能把我們鬧得雞飛狗跳。」溫尼伯號上有少數幾位智利人，其中一位這麼總結說。這些智利人舉辦了幾場聊天小聚，告訴其他人怎麼應對他們即將遇到的事情。聶魯達交給他們一本簡短的小冊子和一封描述這個國家真實面貌的信：「各位西班牙朋友：或許對你們來說，智利位在廣闊的美洲大陸最遙遠的區域，對你們的祖先來說也是如此。西班牙征服者經歷了許多危險和不幸。三百年來，他們與馬普切人[7]戰爭不斷，難以馴化他們。在這樣艱困的生存環境的淬鍊下，活下來的人早已習慣乖舛的命途。智利跟所謂的天堂相去甚遠。我們的故土只鼓勵願意努力奮鬥的人。」他的金玉良言和其他智利人的警告並未嚇退任何人。他們解釋，智利對他們打開大門，要感謝佩德羅．阿奎爾．凱爾達總統和他的人民黨政府，他挑戰反對黨，並扛住了右派和天主教教會的嚇阻。「也就是說，我們在那裡跟在西班牙的敵人都是同一派。」維克多分析。這一點激起了好幾位藝術家的

7 馬普切人（Mapuche），生活於智利、阿根廷的原住民。西班牙殖民時期與之有過數次衝突。

靈感，他們在一面巨大的畫布上畫出獻給智利總統的創作。

聽說智利是個窮困的國家，經濟命脈靠礦產，尤其是銅礦，但是有大片豐饒的土地，綿延千里漁產豐富的海岸線，無盡的森林，和有待開發與建設的幾無人煙荒地。那兒的大自然千變萬化，包含北部恍若月球表面的荒漠，與南部的冰河地形。智利人習慣少量的資源和大自然災害，比如地震經常摧毀一切，造成大量死傷，可是對於流亡難民來說，這些跟他們經歷的一切和西班牙落入佛朗哥的統治比起來，只是小巫見大巫。他們對難民說要有回饋的準備，因為他們會接受很多幫助；智利人不以大環境的匱乏為苦，他們樂善好施，總是張開雙臂擁抱和打開他們家的大門。有這麼一句格言：「今天為我，明天為你。」他們也建議單身漢要小心智利姑娘，因為一旦被她們看上，想逃也逃不了。她們充滿魅力，身體強壯，個性跋扈，集致命的特性為一體。這一切聽起來美妙極了。

旅途第二天，維克多在救護站幫忙接生一個小女嬰。他看過最駭人的傷口和各式各樣的死法，但不曾目睹新生命呱呱墮地，當他們把新生兒放在母親的胸口，他費了九牛二虎之力才忍住淚水潰堤。之後船長開具阿涅絲．美利堅．溫尼伯的出生證書。一天早上，跟維克多同一個寢室睡在上層床鋪的男人沒來吃早餐。大家以為他睡著，所以沒人打擾，直到中午維克多去叫醒他吃午餐，才發現他已經斷氣。這一次，卜平船長不得不開一張死亡證書。當天下午，舉辦完短暫的喪禮後，他們把用帆布包起的屍體丟進海中。他的巴斯克同伴聚在甲板上，高聲獻唱一首戰爭歌曲送別。「維克多，你看見了，生命和死亡總是相偕而來。」柔瑟充滿感慨地說。

船上缺乏隱私，因此夫妻得想辦法克服不便，利用救生小艇私會。他們得依序輪流完成床笫之事，一如排隊輪流所有的事，當他們在小艇上享受翻雲覆雨，由朋友負責看守，警告其他旅客和引開任何走近的船員。他們知道維克多和柔瑟是新婚夫妻，不只一對讓出他們的時間，但他們感謝並婉拒；不過整整一個月沒渴望肌膚之親，可能引起猜疑，因此他們挑兩次機會，如同所有按照規矩、心照不宣的夫妻，分別到相愛的地點會面，她羞得兩頰發紅，他自覺像個蠢蛋，而有人自告奮勇當保母，帶著馬塞爾在甲板上散步。小艇裡面空氣沉悶不舒服，還瀰漫著鱈魚的腐臭味，但是能有獨處機會，沒人在旁低聲聊天，比起歡愛這件事，反能更能凝聚他們。他躺在她身邊，她把頭枕在他的肩膀，兩人聊著不在身邊的吉耶和卡門，他們不願意想像卡門已經過世，他們想著在世界盡頭那片等待他們的陌生土地上，計畫未來。他們會在智利落地生根，設法找到工作，這是最急迫的事；之後他們可以離婚，還對方自由。他們聊到這裡，不禁悲從中來。柔瑟要求兩人要繼續當朋友，因為他是她跟兒子僅剩的家人。她不覺得自己是聖塔菲那個原生家庭的一份子，自從山迪亞哥．古茲曼把她帶去一起生活，她跟那個家已經沒有任何瓜葛，也沒回去探訪過幾次。維克多重申他要當馬塞爾的好父親的承諾。他更補充：「只要我還能工作，你們就會衣食無缺。」這不是她的意思，因為她自覺能靠一己之力撫育兒子長大，但是她選擇安靜不語。兩人避開深談感情的話題。

船的第一個停靠站是法屬瓜達洛普群島，在這裡補充所需的糧食和飲用水；接下來航向巴拿馬，聽說這裡經常有德國潛水艇出沒。不知道發生什麼事，他們在這裡停泊很久，直到從擴音器聽見他們碰上行政問題。這件事引起旅客一陣騷動，他們相信卜平船長已經找到返回法國的好藉口。他們挑中懂得保持鎮靜的維克多和其他兩名男子前去調查，並設法協商解決辦法。卜平船長氣急敗壞地向他們解釋，都怪籌畫這趟旅程的人，他們沒繳納運河的通行權，此刻他困在這個地方浪費時間跟金錢。「您們知道光是讓溫尼伯號浮在海面要花多少錢？」為了解決問題，他們擠在船上忍受烈陽烤曬，焦急等待五天後，終於拿到通行許可，進入第一道閘門。維克多、柔瑟和其他旅客以及船員目瞪口呆地看著水閘系統將他們從大西洋帶往太平洋。開船必須相當精準，這是個相當狹窄的空間，從甲板上就能跟在兩邊岸上工作的人說話。其中兩個工人是巴斯克人，他們聽見溫尼伯號上的同胞齊聲高唱巴斯克語歌曲相當開心。在巴拿馬，難民有一種完全遠離歐洲的感覺；運河將他們和故鄉及過去切割開來。

「我們何時能回西班牙？」柔瑟問維克多。

「希望很快，他不可能當萬年領袖。但是一切要看戰爭結果。」

「怎麼說？」

「柔瑟，戰爭爆發在即。這會是一場意識型態和信條的戰爭，一場雙重解讀世界和生命方式的戰爭，一場民主對抗納粹和法西斯主義的戰爭，一場自由和威權的戰爭。」

「佛朗哥會帶領西班牙投靠希特勒陣營。蘇聯會在哪個陣營呢？」

「他們是無產階級民主，但是我不信任史達林。他可能跟希特勒結盟，也可能變成比佛朗哥還可怕的暴君。」

「維克多，德國人所向無敵。」

「雖是這麼說。還是要看看。」

第一次搭船橫越太平洋的旅客，對於海洋的名字感到吃驚，因為海洋一點也不太平。柔瑟和許多旅客都以為他們已經克服初時的暈船，卻再一次被洶湧的波濤震倒，維克多倒是沒多大感覺，因為他正在救護站接生另一個孩子，在忙碌中度過了險惡的海象。當他們把哥倫比亞和厄瓜多遠拋在後，進入祕魯的領海，溫度開始下降，南半球正處冬季，而船上擁擠的人群在熬過酷熱的天氣之後，開始恢復精神。他們已經遠離德國人，卜平船長想改道的可能性也大幅降低。他們慢慢駛向終點，心中交織著希望和惶恐。他們從電報捎來的消息，得知智利目前民意分歧，他們的處境點燃了國會和報上激烈的爭吵，但是他們也知道政府、左派政黨、工會，和在更早之前就落地生根的西班牙移民，都有計畫幫助他們找到住處和工作。他們不會無依無靠。

6 一九三九至一九四〇年

我們的祖國是瘦長的，
在它裸露的刀鋒
燃著我們嬌貴的國旗。

——聶魯達，《海與鈴》（*El mar y las campanas*），〈沒錯，兄弟，園藝的時間到了〉（Sí, camarada, es hora de jardín）

八月底，溫尼伯號抵達智利北部的第一個港口阿里卡，徹底顛覆難民對南美洲國家的印象：沒有茂密的叢林，或者陽光斑斕的海灘和搖曳的椰子樹，看上去比較像是撒哈拉沙漠。他們聽說這裡氣候宜人，是地球上適合人居住的最乾燥之地。從海上可以看見海岸，以及遠處一排紅紫高山，像是水彩的筆觸挨著清朗無比的薰衣草紫天空。船停泊在公海上，不久有艘載著移民署和外交部領務局官員的小艇駛近。船長請他們進辦公室，讓他們面試乘客，開具身分文件和簽證給他們，並根據他們的職業，指示他們該移居國內哪個地方。

維克多和抱著馬塞爾的柔瑟進入船長狹窄的艙房，在他們眼前的是一名年輕的官員馬堤亞斯・艾茲奇雷，他負責在每份文件上蓋上入境章並簽名。

「這上面寫著你們的居住地是塔爾卡省。」他向他們解釋，「但命令你們去哪裡定居是移民署官員的愚蠢行為。在智利，人人有遷徙的絕對自由。不用理會，你們想去哪兒就去哪兒。」

「先生，您是巴斯克人嗎？我是從姓氏判斷。」維克多問他。

「我的曾祖父母是巴斯克人。在這裡我們都是智利人。歡迎來到智利。」

馬堤亞斯・艾茲奇雷先搭火車來到阿里卡，再登上溫尼伯號，船在巴拿馬遇到問題，因此慢了幾天抵達。他是部門裡比較年輕的幾位職員之一，這一次輪到他陪著長官前來。他們起初都不是心甘情願而來，因為他們完全不贊同智利收容難民，這一群人是紅色分子、無神論者，甚至可能還有罪犯，他們來到這裡搶奪智利人的工作，而時間點正巧是發生嚴重的解雇潮不久之後，整個國家還沒從經濟蕭條或地震後復原；但是他們依然完成了職責。他們在港口爬上弱不禁風的小艇，乘風破浪往貨船而去，他們得沿著一條被風吹得搖搖晃晃的繩梯攀爬，還有幾個粗俗的法國水手在下面幫忙推他們上去。到了上面，卜平船長準備了一瓶白蘭地和古巴雪茄招待他們。官員們都知道卜平船長不願意接下這趟航行，他討厭他載運的包袱，但是他們見到這個男人後頗感驚訝。卜平船長在這一個月內跟西班牙人朝夕相處，政治理念沒變，但是逐漸對他們刮目相看。「各位，這些人經歷太多悲痛。他們品德優良，有條有理，令人尊敬，他們準備來到這個國家工作，重新打造他們的人生。」他對他們說。

馬堤亞斯・艾茲奇雷來自一個保守的天主教環境，一個自認為貴族的家庭，他反對移民，不過跟難民一個個面談過後，包括男人、女人和小孩，他跟卜平船長一樣改觀。他在一間宗教學校接受教育，在他所屬階層享有的特權保護下成長。由於祖父和父親是最高法院的法官，兩位兄長是律師，因此他按照家族的期望攻讀法律，儘管他並不適合這個行業。他成功進入大學，努力幾年後，靠著家族的人脈進入外交部。這時他二十四歲，從基層幹起，後來被派到溫尼伯號蓋簽證章時，證明了自己已經打好成為優良官員和外交官的根基。再過兩個月，他就要接受第一次派任到巴拉圭，他希望能趕在這之前成家，或至少先跟表妹奧菲莉雅·德索勒訂婚。

完成文件的手續之後，約十位旅客先下船，因為他們在北部找到工作，接著溫尼伯號繼續沿著聶魯達筆下的「細長花瓣」航向南方。船上的西班牙人默默地抱著期待。九月二號，他們看見終點瓦爾帕萊索的輪廓，天黑時船隻停泊在港口前方。船上的人滿心狂喜，也焦慮不安，兩千多個流露渴望的臉孔擠在上層甲板，等待踩上這片陌生土地的時刻到來，但是港口官員決定讓他們冷靜下來，等到第二天天亮後再上岸。瓦爾帕萊索的港口和丘陵高處的幾千盞燈火閃爍，彷彿在跟繁星爭奪風采，因此實在難以分辨這個應允的天堂的盡頭到哪裡，而從哪裡開始是夜空。這座城市布滿樓梯、升降電梯和驢子通行的窄巷，各處的陡峭斜坡上懸著不可思議的房屋，到處都是遊蕩的狗，又窮又髒，一如所有的港口，是一座商人、水手和腐敗橫行卻又美妙的城市。從船上眺望，這座謎樣的城市恍若布滿鑽石閃閃發亮。這一晚沒人睡得著；他們留在甲板上讚嘆眼前如夢似幻的景色，同時數著時間。這一晚成為維克多一生銘記的美麗夜晚。到了早上，溫尼伯號終於在智利靠岸，船身垂掛著一面佩德羅．阿奎爾．凱爾達總統的巨幅肖像油畫，和一面智利國旗。

船上的人都不抱會受到歡迎的期待。一直有人告誡，右派正發起貶低他們的活動，天主教教會厲聲抗議，和智利人民廣為人知的嚴肅冷漠，也因此他們起初無從知道港口發生什麼事。民眾擠在封鎖線的後面，他們高舉告示牌、西班牙國旗，以及共和政府、巴斯克和加泰隆尼亞的旗幟，大叫一聲粗啞的歡迎，替他們歡呼。有個樂隊演奏著智利和西班牙共和國歌，以及百人跟著齊唱的〈國際歌〉（La Internacional）。智利國歌以稍帶感性的短短幾行，傳達他們國家熱情好客的精神和追求自由的天性：「親愛的祖國，請接受誓願吧，智利在你的聖壇上立誓，你要成為自由的墳塚，或是對抗壓迫的庇護所。」在甲板上，曾經接受過太多殘忍試煉的粗野戰士們潸然淚下。早上九點，他們排隊從舷梯下船。到了下面，每位難民先踏進一個健康檢查的帳棚接種疫苗，然後就奔向智利的懷抱，這是幾年後，維克多．達爾茂終於有機會親口向聶魯達道謝時的轉述。

一九三九年的九月三日，西班牙難民在陽光普照的日子抵達智利，歐洲卻爆發了第二次世界大戰。

溫尼伯號抵達前一天，菲力浦．德索勒來到瓦爾帕萊索的港口，他希望見證這個他所定義的歷史性事件。憤怒分子俱樂部的兄弟認為他的行動太過誇張。他們說他對難民的狂熱程度，絕大部分原因不是他本性善良，而是想要跟他父親和家族作對。一整天下來，他多數時間都在跟剛上岸的難民打招呼，混在前來迎接他們的人群中，以及跟他碰到的熟人聊天。碼頭上情緒沸騰的人群中，有政府高層、勞工代表、加泰隆尼亞與巴斯克殖民地的代表，他曾在過去幾個月聯絡過他們，為溫尼伯號的到來做準備，此外還有藝術家、知識分子、記者，以及政治人物。他們當中，有個瓦爾帕萊索本地醫生叫薩爾瓦多．阿言德，他是社會主義黨派領袖，剛上任衛生部長沒幾天，而三十年過後，他將當上智利總統。他年紀輕輕，不過已經成為政治界的耀眼人物，有些人佩服他，有些人排斥他，但是大家都敬重他。他不只一次參加憤怒分子俱樂部的茶會，當他在人群中認出菲力浦．德索勒，便遠遠地跟他打招呼。

菲力浦設法拿到了許可證，爬上送旅客從瓦爾帕萊索到聖地牙哥的特派火車。他在車上花了好幾個小時得知西班牙狀況的第一手消息，本來他只能從報紙讀到，或者從少數人的親口證詞聽說，譬如聶魯達。對智利而言，西班牙內戰跟發生在其他時代的事件一樣遙遠。火車不停前進，沒有靠站，但是每經過途中的村莊車站便會開得非常慢，因為每個月台上都有人跟剛抵達的難民打招呼，他們拿著旗幟唱歌，把肉餡餅或糕點從車窗拿給他們，追著車廂奔跑。到了聖地牙哥，車站有一大群情緒沸騰的民眾等著難民，他們擠得水泄不通，想要前進非常困難；有人爬上柱了，攀著梁木，他們大聲打招呼，高唱歌曲，往空中抛出鮮花。憲兵隊負責把西班牙人從車站帶往晚餐會場，接待委員會替他們準備道地的智利菜。

菲力浦在火車上聽了由不幸串起的各種故事。最後他在換車時跟維克多．達爾茂一同抽菸，聆聽他描述內戰，那是來自第一線救援的車站和疏散醫院所見的鮮血和死亡的觀點。

「我們在西班牙承受的苦痛將在歐洲重現。」維克多下結論，「德國人拿我們實驗他們的武器，摧毀了全國人民。歐洲將會更慘。」

「目前只有英國和法國對抗希特勒，但是他們一定會有盟友。美國人勢必將發聲。」菲力浦說。

「那麼智利的立場呢？」柔瑟問，她背著孩子，用的仍是那個使用了幾個月的背包。

「這位是我的妻子柔瑟。」維克多向他介紹。
「幸會，夫人。我是菲力浦・德索勒。您的先生跟我提起過您。您是鋼琴師，對吧？」
「對，請用妳稱呼我就可以了。」柔瑟說，並重複一遍她原先的問題。
菲力浦跟她講起幾十年前智利就有部分地區是德國殖民地，也提到智利的納粹，但他要他們不用害怕。智利一定會在戰爭中保持中立。他分享了一些工業家和企業家的名單，企業主希望根據西班牙移民的技能提供工作，但是這些缺額都不適合維克多。他沒有畢業證書，不能從事他唯一懂的工作。菲力浦建議他進入智利大學攻讀醫學，那不但是具有聲望的大學，還免收學費。或許他們會承認他在巴塞隆納修過的課程和他在內戰期間實習的知識，儘管如此，他還是得花幾年拿到學位。
「眼前最重要的是賺錢養家。」維克多回答：「我會試著找夜間工作，白天繼續讀書。」
「我也需要工作。」柔瑟指出。
「妳要找工作很簡單。我們一直都缺鋼琴師。」
「聶魯達也這麼說。」維克多說。

「您們可以暫時借住我家。」菲力浦下決定。

他家有兩個空房間，而且他趕在溫尼伯號抵達之前雇用了更多家僕；他有一位廚娘和兩位女僕；這樣一來可以避免跟歡娜發生更多摩擦。這位善良的女人不肯交出他父親家中空房間的鑰匙，而這是他們之間二十幾年來唯一一次吵架的原因，但是他們太喜愛彼此，不能容忍兩人因此決裂。當他收到父親從巴黎發來的電報，上面清楚表明絕不讓任何紅色分子踏入他的屋子，菲力浦就決定改收容幾個西班牙人。他認為達爾茂一家是適合人選。

「非常感激，但是我知道難民委員會替我們在一間民宿找到住宿處，並支付頭六個月的房租。」維克多說。

「我有一架鋼琴，白天我都在我的律師事務所。柔瑟，妳可以隨時過來彈，不會有人打擾妳。」

這是決定性的一點。對這兩位遠方來客而言，他的屋子坐落的社區相當氣派，可媲美巴塞隆納最豪華的地帶，屋子外觀高雅，裡面幾乎空蕩蕩，因為菲力浦只購置必要的家具。他討厭父母浮誇的風格。斜面玻璃窗沒有懸掛窗簾，拼花地板沒鋪設地毯，視線所及沒有任何花瓶或植栽，牆壁一片光裸，儘管裝飾不多，卻凸顯一種精緻感。菲力浦提供他們兩個空房間、一間浴廁，並派了一位女僕專門當他們孩子的保母。這樣他們工作時，就有人照顧馬塞爾。

兩天後，菲力浦帶柔瑟去一間廣播電台，電台經理是他的朋友，同一天下午，他們擺好鋼琴，好讓她替節目伴奏。他們誇獎她的才能足以開音樂會或當音樂老師。她永遠不怕沒工作。他同樣透過傳統的熟人通路，替維克多在馬術俱樂部的酒吧找到工作，在這種地方，同伴情誼遠比人的長處還重要。他排下午七點到凌晨兩點的班；這樣一來就可以立即進入醫學院就讀，據菲力浦說進去不難，因為校長是他母親維茲卡拉家族的親戚。維克多在酒吧從搬啤酒箱和洗杯子做起，直到他學會區別酒類和調製雞尾酒。然後他們安排他在吧台工作，他得穿黑西裝、白襯衫和打領結。他只有一套內衣，和逃離濱海阿熱萊斯集中營時拿埃托·伊巴拉的錢買來的西裝，但是菲力浦借他穿他衣櫃裡的衣裝。

歡娜·拿古切忍了一個星期沒問菲力浦的客人是誰，直到好奇心終於戰勝驕傲，她準備一盤剛出爐的小圓麵包前去打探消息。新來的女傭替她開門，她的手中抱著一個寶寶，告訴歡娜主人都不在。歡娜把她推到一邊，然後踏開大步進去，將屋子裡裡外外檢視一遍，確定伊西德羅口中的紅色分子相當乾淨而且做事有條不紊；她掀開廚房裡鍋具的蓋子，然後對她眼中太過年輕和一臉愚蠢的保母下指示：「這個小傢伙的媽媽在哪裡鬼混？有孩子卻丟下不管，可真會享受。」後來她對菲力浦說：「不可否認，馬塞爾長得相當可愛。大大的眼睛，圓滾滾的身體，一點也不怕生，張開雙手抱著我的脖子，抓著我的辮子。」

九月四日這一天，在巴黎的伊西德羅．德索勒打算把他的決定告訴妻子，要把奧菲莉雅送去已經註冊的倫敦女子精修學校，但是他很驚訝聽說戰爭開打的消息。衝突早在幾個月前便開始，但是他後來決定忽視集體的恐慌，以免破壞假期。報紙太過危言聳聽。一直以來，世界都是處在戰事爆發邊緣，何必擔心？但是一從房門探出去，就能猜到這次事態嚴重。他看見混亂至極的場面，旅館員工拿著行李箱和衣箱東奔西跑，旅客互相推擠，女士抱著她們的西施犬，紳士則為了搭計程車你爭我奪，孩子們亂成一團地哭叫。街道上也像打仗一樣混亂：半個城市的人都在設法逃往鄉間，甚至把東西搬空。交通堵塞難行，車內塞滿堆到車頂的行李，在匆忙的行人之間開路，擴音器廣播著緊急指示，警衛試圖維持秩序。伊西德羅．德索勒不得不接受他的計畫已經泡湯，只得平靜回到倫敦，領取他買下的最新款汽車送回智利，然後搭乘太平洋王后號。他必須盡快離開歐洲，於是打了一通電話給駐法智利大使館。

他們焦急地等了三天，終於收到大使館人員替他們拿到最後一艘能開往智利的船隻的船票。那是一艘智利貨輪，平常載運五十名旅客，此刻船上卻擠爆了三百名。為了讓德索勒一家上船，他們打算趕下一個猶太家庭，他們可是已付清船票，並拿祖母的珠寶賄賂一位智利領事才拿到簽證。在此之前，已經發生不讓猶太人上船的事件，或者船在離港之際又把他們載回來，因為沒有任何國家願意接納他們。這一家子跟其他家庭一樣，在受盡百般可怕的凌辱後逃離德國，沒有權利帶走任何有價值的物品。對他們來說，遠離歐洲是攸關生死的問題。奧菲莉雅聽見他們哀求船長，決定不經父母同意，把她的船艙讓給他們，這意味著她得跟母親擠一張狹小的單人床。「在這緊急時刻不得不接受。」伊西德羅說，但是他對各種旅客混雜在一起不太自在，其中包括六十個猶太人，食物非常糟糕，除了米飯還是米飯，廁所缺水，為了不引起飛機注意，船隻摸黑航行。「我不知道我們要怎麼忍受整整一個月像沙丁魚一樣擠在這艘生鏽的破銅爛鐵上。」他說，而他的妻子在禱告，女兒忙著逗船上的孩子玩、畫人物像和船上的百態。很快地，奧菲莉雅受到大哥菲力浦的仁慈心啟發，把自己部分的衣物分給船上的猶太人，他們除了身上的衣服，沒帶其他衣服上船。「在商店花那麼多錢，結果換來這個小妞兒把我們買的東西捐出去，幸好裝她新娘嫁妝的行李箱放在貨艙裡。」伊西德羅嘟囔，他非常訝異輕浮的女兒竟有如此舉動。過了幾個月，奧菲莉雅才知道因為第二次世界大戰，她逃過一劫，不用被困在女子精修學校。

一趟正常的航程需要二十八天，但是船隻全力航行，最後花了二十二天，中途繞過水雷，避開雙方陣營的戰船。船上飄揚著中立的智利國旗，理論上他們是安全的，但是現實中可能因為誤解，慘遭德國或同盟國不幸擊沉。他們在巴拿馬運河見識到防止打劫和處理拖網的辦法，也看到潛水夫撿拾可能留在閘門的炸彈。對勞拉和伊西德羅．德索勒來說，他們得忍受悶熱和蚊子的折磨、擁擠的不適和對戰爭的憂慮，胃部像打結一般難受，但是在奧菲莉雅看來，這可是比搭乘太平洋王后號、船上的空調和巧克力的歡樂派對還要有趣的體驗。

菲力浦開著汽車到瓦爾帕萊索港口等他們，同行的還有家族司機，他駕駛租用的卡車來搬運行李。他見到個性固執和外表嬌氣的妹妹時嚇了一大跳。她變得成熟和嚴肅許多，她的身材拉長不少，五官也定型了；她不再是那個娃娃臉的小女孩，而是一個引人注目的年輕女孩。如果奧菲莉雅不是他妹妹，或許他會稱讚她非常漂亮。馬堤亞斯・艾茲奇雷也來到港口，他開著他的汽車，帶著一束玫瑰要送給他桀驁不馴的女朋友。他跟菲力浦一樣，看見奧菲莉雅之後大為驚豔。她向來魅力十足，但現在他認為她嫵媚動人，心底浮現強烈的不安，害怕出現另一個更聰明或更有錢的人搶走她。他決定提前進行他的計畫，馬上向她宣布他即將接受第一次外交派任的消息，當他找到兩人獨處的機會，就把曾祖母的鑽石戒指獻給她。他緊張得流汗，襯衫都溼透了，誰知道這個淘氣的年輕女孩會對結婚和移住巴拉圭有什麼反應。

兩輛汽車和一輛卡車從一群年輕人旁邊經過，他們約二十人，正拿著右旋符號抗議搭船抵達的猶太人，而且對來迎接他們的人叫囂辱罵。「可憐的人，他們逃離德國來到這裡，竟受到這樣的對待。」奧菲莉雅說。「別理他們。憲兵會驅散他們。」馬堤亞斯安慰她。

這趟回聖地牙哥的路程一共四個小時，是一條沒有鋪路面的蜿蜒道路。菲力浦跟父母同在一輛車內，他利用這段時間告訴他們西班牙人如何完美融入當地，不到一個月，大多數人都已經安頓下來並開始工作。有許多智利家庭接待他們，而他們有一棟大屋子，和將近六間空房，卻沒加入行列，實在丟臉。「我知道你收留了共黨和無神論者。你會後悔的。」伊西德羅警告兒子。菲力浦跟他澄清，他們不是共黨，或許是無政府主義分子，至於是不是無神論者，他要再問清楚。他跟父親說達爾茂夫婦有多麼正派和富有文化涵養，以及他們的兒子愛上了歡娜。伊西德羅跟勞拉已經知道忠心耿耿的歡娜·拿古切背叛他們，每天去看馬塞爾，並監督他的飲食，還帶他跟雷奧納多去公園曬太陽，據她說，這個孩子的母親老是往外跑，把鋼琴當藉口，從不在家，父親則是在一間酒吧鬼混。菲力浦心想父母在海上還能把狀況掌握得一清二楚真令人驚奇。

十二月，馬堤亞斯·艾茲奇雷出發到巴拉圭，他的上司人使對下屬嚴厲，但是對社會地位比他高的人卑躬屈節。馬堤亞斯歸入後者。他單身出任，因為奧菲莉雅拒絕他的戒指，藉口是她向父親保證要維持單身到二十一歲。馬堤亞斯知道如果她想嫁人，沒人攔得住，但是他同意等，儘管這樣會加劇風險。奧菲莉雅不乏愛慕者，但是他未來的岳父岳母向他確認女兒會受到非常嚴密的監督。「給小女一點時間，她還太青澀。我會為你們禱告，讓你們結婚，過著幸福美滿的日子。」勞拉夫人跟他保證。馬堤亞斯計畫透過不斷的長途書信往返來打動奧菲莉雅，那將是如洪水氾濫的情書，而這就是郵務存在的價值，他透過字句能比透過話語更滔滔無礙。他需要耐心。打從兩人都還是小孩，他就愛上了奧菲莉雅，他相信他們是天造地設的一對。

耶誕節前幾天，一如每年的同個日期，伊西德羅．德索勒叫人從鄉間帶來一頭用牛奶養大的豬隻，然後雇用屠夫在家中的第三個庭院宰殺牲口，遠離勞拉、奧菲莉雅和寶寶。歡娜監督那隻不幸的動物變成烤肉、香腸、炸肉排、火腿和培根的過程。她負責十二月二十四日的晚間慶祝，這一晚會舉辦龐大的家族聚會，以及營造耶誕節氣氛，在壁爐擺置從義大利運來的石膏人像。一大早，她送咖啡去書房給主人時，來到了他的面前。

「怎麼了嗎？歡娜？」

「我想，應該要邀請菲力浦少爺的共黨客人。」

伊西德羅．德索勒從報紙抬起頭來看著她，一臉茫然。

「我是幫小馬塞爾說的。」

「那是誰？」

「老爺，您知道我說的是誰。就是那個小傢伙，嗯，共黨分子的兒子。」

「共黨根本不把耶誕節當回事，歡娜。他們不相信天主，把聖子耶穌當屁。」

歡娜壓下驚呼，然後在胸前畫十字。她已經聽過菲力浦解釋一堆共黨有關平等和為消弭階級而革命的蠢話，但是她沒聽過有人不相信天主，甚至不把聖子耶穌當回事。她花了整整一分鐘才重新開口。

「老爺，或許是這樣沒錯，但這不是那個小傢伙的錯。我想，他們應該在平安夜來這裡吃晚餐。我已經告訴菲力浦少爺，他答應了。勞拉夫人跟奧菲莉雅也同意了。」

就這樣，達爾茂一家跟整個德索勒家族度過了他們在智利的第一個耶誕節。柔瑟穿上高領別著一圈白花的深藍色禮服，就是她在佩皮尼昂親手替自己的婚禮縫製的那套，她把頭髮綁在腦後，拿黑色網狀的髮箍罩住，插上一支黑玉胸針，那是卡門知道她懷上吉耶的孩子時送的禮物。「妳已經是我的媳婦，這個身分不需要文件證明。」她對柔瑟說。維克多換上菲力浦的一套西裝，他穿起來有點寬鬆，褲管有點短。當他們抵達銀海街的大宅，歡娜接過馬塞爾，帶去跟雷奧納多一起玩，菲力浦則是推著達爾茂夫婦進大廳，認真地介紹給大家。他告訴他們，在智利，社會階級就像千層蛋糕，很容易往下掉，但是幾乎難以往上爬，因為有錢買不到血統。唯一的例外是天賦，比如聶魯達，或者某些女人的美貌。奧菲莉雅的外婆就是後者，她是個卑微的英國商人之女，她的維茲卡拉後代子孫說，她的美帶著王后的高貴氣質，提升了她的身分。如果達爾茂一家是智利人，永遠不可能有機會受邀為德索勒家族餐桌的賓客，但是他們是異鄉來的外國人，身分的界線還不明確。如果一切順利，他們最後會成為人數龐大的次等中間階級。菲力浦提醒過，他們在他的父母家會像馬戲團的猛獸，遭到保守、信仰虔誠和令人難忍的人評頭論足，但是一開始的好奇過後，智利人的殷勤好客必定會接納他們。確實如此。沒有人問起內戰或流亡的理由，有一部分是出於無知，菲力浦說他們不讀《水星報》的社會版，但也有一部分是出於良善；他們不希望客人感覺不自在。維克多突然覺得，他以為早已克服的青少年時期的害羞個性又回來了，於是他站在法式大廳一角，兩旁各是覆蓋墨綠絲布的路易十五時期風格扶手椅，他不是沉默不語就是盡可能簡短回答。柔瑟則是相反，她相當自在，自動地在鋼琴前坐下來彈奏歡樂的歌曲，好幾個喝多了的在場賓客還跟著合唱。

對達爾茂夫婦印象最深的是奧菲莉雅。她對他們粗淺的認識是來自歡娜的評語，她把他們想像成沉悶的蘇聯官員，儘管馬堤亞斯曾提起，他在溫尼伯號上替西班牙人蓋簽證章時，對大多數人的印象都不錯。柔瑟是個散發自信的年輕女性，看起來沒有一絲虛榮或想攀權附貴的模樣。她告訴一群戴著珍珠項鍊和一身黑的貴婦——這是智利上流社會婦女的標準打扮——她當過牧羊女、麵包師傅和裁縫師，後來改教鋼琴維生。她說的時候是那樣自然，彷彿是一時興起而嘗試那些職業。接著，她在鋼琴前面坐下來，吸引了她們的注意。奧菲莉雅拿自己的天真又無所事事的千金小姐人生跟她的比較，既嫉妒又感到羞愧。根據菲力浦所說，柔瑟只比她大兩歲，卻像活了三生三世。她出身貧困，熬過一場敗仗，飽受流亡的悲痛，她是母親也是妻子，她橫越海洋來到他鄉，赤手空拳，無所畏懼。奧菲莉雅想活出尊嚴，想要堅強而勇敢，想要跟她一樣。柔瑟彷彿猜到她的心思，她走了過來，兩人到陽台獨處抽菸，逃開悶熱。對柔瑟來說，在酷暑過耶誕節實在不可思議。奧菲莉雅很訝異自己竟對這個陌生女人吐露她想遠走巴黎或布宜諾斯艾利斯當畫家的夢想，並覺得這是癡人說夢，因為她身為女人，注定成為家庭和社會習俗的俘虜。她露出嘲弄的表情，想撫平哭泣的衝動，又說最大的阻礙是依賴：她永遠不可能靠藝術維生。「如果妳立志畫畫，遲早都一定會去做，但早一點會比較好。為什麼一定要去巴黎或布宜諾斯艾利斯？妳只需要紀律。妳知道嗎？這就像鋼琴，要餬口不容易做到，但是要去創造。」柔瑟補充。

整晚下來，奧菲莉雅好幾回感覺到維克多．達爾茂熱燙的目光跟著她在客廳裡遊走，不過他只是待在角落，沒有靠近的意思，她便低聲叫菲力浦幫忙介紹。

「這是我從巴塞隆納來的朋友維克多。他是內戰的民兵。」

「其實我是個醫護人員，從來沒開過槍。」維克多澄清。

「民兵？」奧菲莉雅問，她從沒聽過這個詞。

「民兵是加入正規部隊之前的戰士。」維克多跟她解釋，他想要聊天，無奈找不到共同的話題或連邊都沾不上。她向他問起酒吧，因為聽歡娜提過，然後慢慢引導他說出他想完成在西班牙未竟的醫學課程。最後，她對反覆的沉默感到厭煩，就拋下他一個人。他觀察她，再次感到驚訝，而且對她的大膽有點不自在，她也偷偷打量他，對他苦修者的樣貌感到著迷，那鷹勾鼻和雕琢出來的頰骨，修長的手指和有力的雙手，還有那頎長精壯的身軀。她想要畫他，畫一幅灰底的黑白肖像畫，大幅的，手中拿著步槍，而且要一絲不掛。一思及此，她兩頰刷紅；她從未畫過裸體模特兒，對男性身體結構的少數了解，是在歐洲博物館裡學來的，在那裡，大多數的雕像不是斷肢，就是僅用葡萄藤葉遮掩。最大膽的作品也讓人失望，比如米開朗基羅的大衛像，那樣大的雙手卻配上跟孩子差不多的那話兒。她沒看過馬堤亞斯裸體，但是他們曾經互相愛撫，足以知道他的褲子裡藏了什麼東西。想要評論的話，得要親眼看到才行。這個西班牙人為什麼跛腳？或許是戰爭留下的英雄傷痕。她要問問菲力浦。

奧菲莉雅與維克多對彼此都感到好奇。維克多認為他們像是來自不同星球，而那位千金是不同的物種，不同於他過去所認識的女人。戰爭扭曲了他的一切，包括記憶。或許以前有遇過像奧菲莉雅這樣清新的女孩，她們遠離世界的醜惡，過著純淨的人生，彷彿空白的紙頁，讓人可以在上面用高雅的字跡一氣呵成寫下她們的命運，但是他不記得任何一個。她的美令他畏懼，他已經習慣被貧窮和戰爭烙印的女人。她看起來很高䠷，整個人都是修長的，從一頭長髮到修長的美腿，但是當她走過來，他發現她只到他的下巴高度。她的頭髮混合了幾種木頭顏色，用一條黑色天鵝絨緞帶豎起，她的嘴總是輕啟，唇上塗著寶石紅。最引人注目的是那雙配上彎眉的藍眸，兩眼分得很開，以及凝視大海一般出神的表情。他把這個歸因於她有一點斜眼。

晚餐過後，他們一大家族包括孩童和家僕在內，在侍從的陪伴下全去街區的教堂參加午夜彌撒。德索勒家族很詫異達爾茂夫婦也陪著一起去，因為他們應該是無神論者，柔瑟卻遵照從前修女的教導進行拉丁禮儀式。在路上，菲力浦挽著奧菲莉雅的手臂，把她拉到人群後面，清楚交代她：「要是被我抓到妳對達爾茂賣弄風騷，我會告訴爸爸，聽清楚了沒？要是他知道妳盯著已婚男士猛瞧，而且是個口袋沒一毛錢的移民，看他會有什麼反應。」她假裝很驚訝聽到這番話，好似自己從未有過這種念頭。菲力浦沒這樣警告維克多，怕羞辱了他，但是他決定想盡辦法阻止他再跟妹妹見面。他們之間的吸引力就像天雷勾動地火，想必其他人也注意到了。他說得沒錯。稍後，當維克多跟柔瑟道晚安，讓她帶著馬塞爾去睡另一個房間時，她警告他別往那條路繼續冒險。

「那個女孩遙不可及。維克多，忘了她吧。你永遠不可能屬於她的社會階層，更不可能成為她家族的一分子。」

「這是小事。還有比社會階層更難行的窒礙。」

「沒錯。而且你在那個封閉的家族面前，不但是個窮光蛋，道德層面也可議，你並不受他們歡迎。」

「妳忘了最重要的：我有妻子和兒子。」

「我們可以離婚。」

「柔瑟，在這個國家沒有離婚這件事，根據菲力浦說，永遠不可能會有。」

「你的意思是我們永遠被綁住了！」柔瑟驚恐大呼。

「妳可以用另一種比較溫和的說法。只要我們在這裡，就是合法夫妻，但是回到西班牙以後，就能離婚，解決這件事。」

「維克多，這可能會拖很久。我們要先在這裡落地生根。我希望馬塞爾能長大成為智利人。」

「他當然可以照妳的希望成為智利人，可是我們永遠是加泰隆尼亞家庭，並引以為傲。」

「佛朗哥禁止講加泰隆尼亞語。」柔瑟提醒他。

「沒差了。」

7 一九四〇至一九四一年

我與你同睡
一整夜
而漆黑的大地旋轉著
跟活人和逝者……

——聶魯達，《船長的詩》（*Los versos del capitán*），〈島上黑夜〉（La noche en la isla）

維克多．達爾茂借助在智利不可少的人脈鏈結，進入大學完成醫藥系學業。菲力浦．德索勒把他介紹給薩爾瓦多．阿言德，也就是社會黨的創建人之一，他是總統的親信，同時擔任衛生部長。阿言德對於西班牙共和政府的勝利、軍事起義、民主落敗，和佛朗哥建立獨裁等議題相當熱中，恍若預見他有一天會在自己國家類似的衝突中告別人生。阿言德聆聽維克多．達爾茂簡短述說內戰和流亡，便能猜到其他部分。他撥一通電話，就讓醫學院承認他在西班牙修過的課程，准許他在三年內完成課業和拿到學位。維克多的課程相當緊湊，他在實作部分懂得跟教授一樣多，但是在理論面懂得不多；修補斷掉的骨頭是一回事，但是診斷並說出名稱是另一回事。他前往部長的辦公室道謝，卻不知道怎麼報恩。阿言德問他是否會下棋，想用辦公室裡的棋盤跟他廝殺一局。最後他輸得心甘情願。「想報答我的話，就在我叫你的時候，來跟我下棋。」他在道別時跟維克多說。下棋成為維克多．達爾茂與其他男人建立友誼的根基，對他的第二次流亡生涯產生了重要的影響。

柔瑟、維克多和他們的兒子跟菲力浦同住好幾個月之後，終於有能力支付民宿的房租。他們拒絕接受委員會的幫助，讓給其他更有需要的人。菲力浦想要把他們留在家裡，可是他們認為已經接受太多幫忙，該是自食其力的時候。歡娜．拿古切對這個變動感到最不捨，因為此後她得搭電車才能見到馬塞爾。維克多跟菲力繼續維持友誼，但是難以再進一步，因為他們分屬不同圈子，兩人都非常忙碌。菲力浦試著要維克多加入他的憤怒分子俱樂部，並評估他能對茶會帶來何種貢獻，因為茶會正慢慢失去知識的質感，色彩愈來愈平庸，無奈他跟他的朋友顯然沒有太多共同處。維克多只參加過一次聚會，那一次他不斷遭到問題轟炸，對於有關他動盪人生和西班牙內戰的提問一概簡短回應；很快地俱樂部成員對於從他身上挖掘零碎的資訊感到乏味，轉移了注意力。菲力浦為了避免他遇到奧菲莉雅，不再帶他去他的父母家。

維克多在酒吧打工的夜間工作只能勉強餬口，但是他藉機學習這個奇特行業的知識，和打量店內熟客。他因此認識了喬迪．莫里內，他來自加泰隆尼亞，妻子過世，約在二十年前移民到智利，經營一間鞋廠，他總會在吧台坐下來，用他的母語聊天。有一晚，他輕撫著一杯烈酒，向維克多解釋生產鞋子雖然利潤很高，但是並不容易，現在他隻身一人，年紀也逐漸大了，該是善待自己的時刻。他邀維克多開一間加泰隆尼亞風格的酒館，而且他願意投資，讓維克多利用經驗經營。維克多回答他的志向在從醫不是經營酒館，但是這一晚，當他告訴柔瑟那位加泰隆尼亞同胞的慷慨提議，她卻認為這是個非常棒的主意；擁有自己的生意要比替人賣命好，如果沒成功，也不會有什麼損失，因為鞋廠老闆會一力承擔。他只要小心經營成本，並了解顧客上門喝酒是來忘記他們的痛苦，其他的並不那麼重要。他們想起巴塞隆納的羅西南德酒館，維克多的父親生前經常在那裡打骨牌。後來他們的酒館在一個破地方開張，裡面擺置充當桌子的酒桶，屋簷下掛著火腿和成串的大蒜，空氣中瀰漫著酒騷味，但是地點很好，坐落在聖地牙哥的市中心。柔瑟加入經營，負責記帳，因為她比另外兩個合夥人頭腦精明，數學也不錯。她會帶著馬塞爾來，把他放在酒館後面的一個小柵欄內，然後開始在簿子上記帳。她連最瑣碎的啤酒費用也不厭其煩地算得一清二楚。他們找了一個廚娘製作茄子塊香腸、酥炸鯷魚和大蒜蝦、番茄鮪魚，和遙遠故土的其他美食，吸引了忠實的西班牙移民顧客。他們把酒館取名為溫尼伯號。

維克多和柔瑟結婚十八個月後，發展出一種近似手足和同伴的完美關係。他們共享一切，但是床鋪除外，她還是惦念著吉耶，他則為了避免尷尬。對於愛情，柔瑟認為要從一而終，而她已經用掉額度。維克多則是靠她治療內心的憂傷，她是他最好的朋友，愈是認識她，便愈是喜愛她；有時他希望跨過那條隔開他們的界線，假裝不經意攬住她的腰想吻她，但這等於背叛他的弟弟，將招致不幸的後果。有一天，他們不得不談談要花多久時間守喪和悼念往生親人。這是柔瑟的決定，一如她也決定幾乎所有的事；在此之前，他還會思念奧菲莉雅，但就跟想著中彩券一樣只是白日夢。他恍若熱血澎湃的青少年，對她一見鍾情，但是無法再見到她之後，這份愛很快地化為遐想。他在恍恍惚惚的做夢時刻，一吋吋檢視她的臉龐，她的動作，她的洋裝，以及她的嗓音；奧菲莉雅是模糊的鏡中倒影，一搖晃就消失得無影無蹤。他就像從前的吟遊詩人，愛上了她的形象。

打從一開始，維克多和柔瑟就建立一套互信互助的系統，對於同居和在流亡生涯往前邁進，這是必不可少的。他們同意以馬塞爾為他們生活的優先，直到他滿十八歲為止。維克多幾乎忘了他不是親生兒子而是侄子，但柔瑟記在心裡，因此她愛維克多，如同他愛孩子。兩人賺的錢放在一個香菸盒，由柔瑟來理財和支出共同花費。他們把每個月的錢分裝在四個信封袋，每個信封袋是一個星期的生活費，他們嚴守額度，即使得吃菜豆或只能吃更多的菜豆果腹。但絕不吃扁豆；維克多在集中營已經吃厭這種食物。如果生活費有剩，他們會帶孩子去吃冰淇淋。

他們的個性相反，因此十分能體諒彼此。柔瑟從不沉浸在流亡的多愁善感，她不回頭，也不理想化已經不存在的西班牙。他們因而繼續往前。她對現實的強烈感受讓她拋下落空的希望、無用的責備、沉重的怨恨，和顧影自憐的壞習慣。她不畏疲累和失望，不覺得自己過於努力和犧牲，她意志堅強，猶如坦克碾碎障礙物。她的計畫一直相當明確。她不願繼續替以劇情為主的廣播小說伴奏，彈奏同樣一套悲傷、浪漫、英勇或哀傷的曲目。她受夠了《阿依達進行曲》和《藍色多瑙河》。她喜愛的是真正的音樂，那是這輩子唯一的目標，視其他音樂為糞土，但是她得耐心等待。等到他們能夠靠酒館生活，還有維克多完成學業，她就能進入音樂學院就讀。她要跟隨她的導師馬塞爾・路易斯・達爾茂的腳步成為教授和作曲家。

相反地，她的丈夫經常與不好的回憶和濃厚的鄉愁糾纏。只有柔瑟知道維克多何時失神，他一如往常上學、讀書和到酒館輪夜班，但是失魂落魄，像是夢遊者心不在焉，這不只是因為身心疲累，睡得不多，或是得像馬一樣站著補眠，而是他感覺自己油盡燈枯，被一堆責任壓得喘不過氣。當柔瑟編織著光明的未來，他卻左顧右盼。「活到二十七歲，我已經覺得自己像老頭子。」他說，而柔瑟聽到他的話，狠狠地回他：「你缺乏勇氣，我們全經歷過貧困，但你只是自怨自艾，不珍惜當下所有，不懂感激，要知道在大海的另一頭烽火連天，我們在這裡吃得飽，過著平靜日子，而我告訴你，我們會留在這裡很久，因為不論西班牙大元首多麼該死，他身體非常硬朗，而且壞人總是非常長壽。」然而，每到夜裡，當她聽見他在睡夢中驚叫，態度會柔和一些。她會叫醒他，鑽進他的床，像個母親抱住孩子，讓他發洩在噩夢中見到的斷肢殘骸、榴散彈、刺刀、血窪，和堆滿屍骨的墓穴。

過了一年多，奧菲莉雅跟維克多才又重逢。在此之前，馬堤亞斯．艾茲奇雷在巴拉圭的亞松森一條主要大街上租下一棟氣派的大宅，跟他的二等職和公務員薪水不太搭調。大使認為他膽大包天，因此不放過任何尖酸批評他的機會。馬堤亞斯從智利運來家具和裝飾品以擺設屋子，他的母親還特地過來替他訓練家僕，這可不是一項簡單的工作，因為他們講的是瓜拉尼語。他桀驁不馴的的女朋友終於答應婚事，這要多虧他不間斷的情書攻勢、彌撒的感化，和未來丈母娘勞拉夫人的九日連禱。十二月初，奧菲莉雅滿二十一歲，馬堤亞斯返回聖地牙哥舉辦正式的訂婚儀式，他們在德索勒大屋的花園裡舉辦慶祝會，邀請兩家人比較親近的親戚參加，大約有兩百人。婚戒經過勞拉的外甥維生德．烏爾比納祝福，他是一位蒙受神恩、風趣和精力充沛的修士，對他來說穿上上校的制服會比長袍更適合。烏爾比納還不到四十歲，但是他對教會高層和上城教區的信徒有著驚人的影響力，他扮演他們的顧問、裁判和仲裁官。家族有他這樣的人才是一種優勢。

婚禮訂在隔年九月，那是舉辦優雅婚禮的好月份。馬堤亞斯將家傳的鑽石戒指套在奧菲莉雅右手的無名指上，藉以警告其他可能的情敵，這個女孩已經名花有主，訂婚隔天再把戒指換到另外一隻手，這表示她已經確定將出嫁。他想巨細靡遺告訴她，他在巴拉圭準備的一切，為的是以王后的規格迎接她的到來，但是她有些心不在焉地打斷他。「馬堤亞斯，急什麼呢？從現在到九月可能還會發生很多事情。」他聽了心中警鈴大響，問她是什麼事，她說第二次世界大戰可能會延燒到智利，可能又會發生地震，或者在巴拉圭發生什麼天災。「或者我們會平安無事。」馬堤亞斯下結論。

奧菲莉雅享受這段等待的時光，整理她的嫁妝，在衣箱放進絲紙和薰衣草花束，委託她的阿姨德蕾莎的修道院縫製刺繡的桌巾、床單和毛巾，上面交叉繡著她跟馬堤亞斯的姓名首字母，接受好姊妹在克里雍飯店的飲茶沙龍的招待，一次又一次試穿新娘禮服和結婚飾品，跟姊姊們學習家務管理基礎，這一項她出乎意料表現很好，畢竟她素有懶散和邋遢的名聲。距離婚禮還有九個月，但是她正在想辦法拖延。因為一想到要永遠踏出無法後悔的一步，便惶恐不已，況且必須跟馬堤亞斯在其他國家生活，不認識任何人，遠離她的家人，身邊圍繞著一群瓜拉尼印地安原住民，生兒育女，最後只能認命地活在挫折中，一如她的母親和姊姊……但是另一個選擇更糟糕，選擇單身意味著得要依靠她的父親和大哥菲力浦的經濟支援，被驅逐出社交圈。自食其力的可能性就跟在巴黎蒙馬特的一間小閣樓作畫一樣是天方夜譚。她想了一串拖延婚期的藉口，卻沒想到上天給了她唯一有效的辦法：維克多．達爾茂。當她遇見他，也就是在她訂婚兩個月後和距離婚期的七個月前，她發現了小說裡描述的愛情，那是忠誠不渝的馬堤亞斯從來不曾在她身上點燃的火花。

就在聖地牙哥乾熱的夏季中旬，大家想盡辦法成群湧向沙灘和鄉間之際，維克多跟奧菲莉雅在街上巧遇。他們驚訝不已，彷彿當場被抓到而動彈不得，過了恍若永恆的幾分鐘後，她先主動打招呼，吃力地吐出一句低得幾乎聽不見的「哈囉」，在他聽來似乎沒有排斥的意味。他知道這一年來自己不抱希望地愛著她，如今看來她也想念著他，他可以從她小鹿亂撞的緊張神色看出來。她比他腦海中的倩影還要美麗，那雙清澈的眼眸，那身古銅膚色，那件低胸洋裝，和從女學生帽散落的幾縷凌亂髮絲。他好不容易回過神，開始乏味的寒暄。就這樣，他得知德索勒家族正在鄉間莊園和比尼亞德爾馬沙灘的屋子避暑三個月，而她回到首都來是為了剪頭髮和看牙醫。他則是簡短交代柔瑟、兒子、大學和酒館的事。很快的，他們的話題說完了，兩人陷入沉默，在豔陽底下汗流浹背，他們心知道別會失去這次寶貴的機會。當她準備離開，維克多拉住她的手臂，把她拉到附近一間藥房的帆布棚的涼蔭底下，唐突地向她要求共度午後時光。

「我必須回比尼亞德爾馬。司機正在等我。」她說，但語氣不怎麼確定。

「叫他等等。我們得聊聊。」

「維克多，我要嫁人了。」

「什麼時候？」

「這重要嗎？你已經結婚了。」

「我們要說的正是這個。讓我跟妳解釋，事情不是妳想像的那樣。」

他帶著她到一間樸素的旅館，儘管他其實不該花這筆錢，最後她在午夜左右回到比尼亞德爾馬，她的父母正打算向憲兵隊通報她失蹤。司機收了賄賂，只說他們的車在路上破胎。

滿十五歲後，奧菲莉雅身高和女人的輪廓都已定型，她的魅力開始不經意地吸引男人。她甚至沒發現自己傷害了多少顆心，只有少數幾次，她的父親不得不出面處理惱羞成怒的追求者。她單身的小姐生涯過得十分愉快，備受寵愛和保護，這是一把雙面刃，一方面降低風險，一方面卻阻礙她培養智慧或敏銳的觀察力。在她看似愛賣弄風騷的態度底下，藏著一種天真爛漫。在接下來幾年，她發現外表能替她打開任何一扇門，輕易得到幾乎所有的事。因為外表是其他人第一眼看到的東西，有時是唯一看到的；這不費吹灰之力，而且沒人會在乎她的想法和意見。從那位殖民地的粗俗征服者算起，已經過了四百年，維茲卡拉家族慢慢地琢磨他們純歐洲血統的基因，儘管菲力浦．德索勒說就算再怎麼像白人，除了剛到的移民者，在智利每個人都多少帶有印地安血統。奧菲莉雅系出美女家系，但是她唯一繼承自英國祖母的是那對美麗的藍眸。勞拉．德索勒相信，惡魔賜予美貌的目的只是讓靈魂迷失，不管是擁有美貌的人還是受到吸引的人都將受害。因此，他們在家絕口不提外表，這是一種虛榮，是一種壞的品味。她的丈夫會欣賞其他女人的美，但是認為美貌對自己的女兒來說是個麻煩，因為他得注意她們的美德，特別是奧菲莉雅。最後家裡的小女兒接受家族認為美貌和智慧是相對的說法：只能選擇其中一種，但是不可能兩種都有。這解釋了她在中學表現不佳、她懶得深造畫技、她難以走上烏爾比納所謂的「正途」。她所不明白的感性折磨著她，烏爾比納神父不斷問她這輩子想做什麼，她反反覆覆思考還是找不到答案。對她來說，嫁人和生兒育女就像關在修道院一樣令人窒息，但她接受這是無法避免的命運，只能再拖延一點時間。而且，每個人都說她應該感謝馬堤亞斯．艾茲奇雷的追求，他是這麼善良、高貴和英俊瀟灑。她的命運已經注定。

馬堤亞斯是她從小到大的忠實愛慕者。她從他身上尋覓和探索欲望，但只能受限於天主教嚴厲的規範，以及他天生的騎士風度所能接受的尺度，她經常想要跨越界線，因為穿著衣服愛撫到昏厥過去和脫掉衣服犯罪，究竟有什麼分別？上天的懲罰是一樣的。馬堤亞斯發覺她的弱點，於是獨自扛起兩人禁欲的責任。他尊重她，一如他也要求他人尊重他的姊妹，他相信她永遠不會背叛他對德索勒家族的信任。他認為肉體的欲望只能藉著經過教堂神聖的結合來滿足，目的是孕育子嗣。他不會承認，禁欲最主要的理由不是出於尊重或害怕犯罪，而是避免懷孕。奧菲莉雅從沒跟母親或姊姊談過這類話題，但是她很清楚這類罪惡，不管多麼輕微，只有結婚才能抵消。這種罪過能靠懺悔得到原諒，可是社會不會原諒也無法忘記。「端莊小姐的名聲就像潔白的絲布，任何污點都會毀了它。」修女信誓旦旦地說。何必要說出她跟馬堤亞斯累積了多少污點呢？

那天炎熱的下午，奧菲莉雅跟維克多．達爾茂上旅館，心知這跟她與馬堤亞斯的遊戲不同，他那些累人的欲迎還拒總讓她感到迷惑又生氣。她非常訝異自己在瞬間所下的決心，以及當兩人在房間內獨處，她表現出的開放和積極。她駕馭著一種不知道從哪裡學到的知識，放下羞恥，這通常只有經驗累積才可能做到。她曾跟修女學到寬衣解帶的辦法，首先要套上一件長袖睡袍，從脖子覆蓋到腳，再從裡面偷偷地脫掉衣服，但是跟維克多在一起的那個下午，她拋開矜持，直接脫掉洋裝、襯裙、胸衣和內褲，從地板的衣服堆跨過去，既是好奇將發生的事，又氣馬提亞斯是個偽君子。「他活該被戴綠帽。」她決定豁出去，興奮不已。

維克多沒料到奧菲莉雅是處女，因為從這個女孩自信滿滿的動作看不出來，而且他不曾問過。他的童貞早在幾乎模糊、遭到遺忘的青少年歲月就給出去。他來自另一個現實世界，一場消除社會階級、控訴傳統和宗教威權的革命。在共和政府掌權的西班牙，童貞是種過時的東西；他曾短暫愛過的女民兵和護士跟他一樣同享性愛自由。他也沒想到奧菲莉雅是出於一個被寵壞的女孩的衝動，才跟他上旅館，而不是愛情。他戀愛了，他猜想她也是。之後，當他們在翻雲覆雨後抱在一起休息，躺在那張泛黃又沾上處女血跡的舊床單上，當他告訴她自己娶柔瑟的前因後果，向她吐露一年多來都夢到她，他也必須評估這件事的影響有多大。

「妳怎麼不告訴我這是妳的第一次？」他問她。
「因為你會打退堂鼓。」她回答，同時像隻貓伸展四肢。
「很抱歉，奧菲莉雅，我應該對妳再小心一點。」
「不用說什麼抱歉。我很快樂，身體像發癢。但是我得走了，已經很晚。」
「我們什麼時候還能再見面？」
「如果我能溜出來，再通知你。我三個星期後會回聖地牙哥，到時候會比較容易一點。我們應該要非常非常小心，這件事如果傳出去，我們會付出高昂的代價。我不想去想我爸爸會做出什麼事。」
「我得找個時間跟他談談……」
「你瘋了不成？你怎麼敢這樣想？他要是知道我跟一個有孩子的已婚移民在一起，一定會殺掉我們兩個。菲力浦已經警告過我。」
之後奧菲莉雅藉口看牙醫，又回來聖地牙哥一趟。分別幾個星期後，她訝異地發現一開始的好奇心，已經變成仔細回味在旅館的那天下午的沉迷，變成一種難以忍受的、再見到維克多和上床的需要，她想跟他一聊再聊，向他傾訴她的祕密，調查他的過去。她想要問他為什麼會跛腳，細數他身上的傷疤，了解他的家庭，和他對柔瑟的感覺。這個男人充滿謎團，要一一解開是曠日持久的任務：「流亡」代表什麼意義？軍事叛變、公共墓穴、集中營？騾子累死或者戰爭的麵包是指什麼？維克多．達爾茂年紀跟馬堤亞斯．艾茲奇雷相仿，但是看起來老成許多，外表像水泥堅硬，內心難以猜透，身上烙印著傷疤和痛苦的回憶。他和馬堤亞斯不同，馬堤亞斯樂於忍受她暴躁的脾氣和難以預測的行為，維克多卻對她的幼稚感到不耐，他期盼她思緒清晰。他對表面膚淺的東西一點也不感興趣。他問問題，總像個大師一樣專注聆聽答案，絕不會讓她用笑話帶過或轉換話題。奧菲莉雅感覺自己被認真對待，她驚恐地發現這是一種挑戰。

奧菲莉雅在歡愛過後睡了半晌，當她第二次在情人的懷中甦醒，便決定她已經找到真命天子。跟她同一個階層的年輕男人個個自命不凡、驕縱軟弱，前途已經鋪好了家族的錢財和權力，但全都比不上他。維克多聽了她的想法很感動，因為他也覺得她是他的真命天女，但是他沒被沖昏頭：他把兩人共同的命運和她的新處境做比較。目前的情況下，一切反應都是誇大的，等到身體冷卻下來，他們勢必得再談談。

如果維克多點頭，奧菲莉雅會毫不猶豫退掉跟馬堤亞斯．艾茲奇雷的訂婚，但是他要她看清楚他不是自由之身，一無所有，能給她的只有這種應當禁止的衝動幽會。於是她提議兩人私奔到巴西或古巴，到了那裡他們可以在棕櫚樹下過日子，不怕被人認出來。在智利，他們注定得一輩子偷偷摸摸，但是世界很大。「我對柔瑟和馬塞爾有責任，況且妳不明白貧窮和離鄉背井的滋味。跟著我在棕櫚樹下，一定撐不了一個星期。」維克多好聲好氣地回答她。奧菲莉雅開始不回馬堤亞斯的信，想看看他是否會忍受不了她的冷漠，但事情不若她期盼，她鍥而不捨的情人把沉默當作是新娘太過緊張。與此同時，她相當訝異自己能扮演雙面人，把真正的感覺放到一旁，繼續在家人面前展現溫柔的態度，並且準備婚禮。好幾個月過去了，她無法下定決心，她擠出時間跟維克多偷偷見面，但是隨著愈來愈接近九月，她明白不論維克多是否答應，自己都該鼓起勇氣取消訂婚；結婚請帖已經發送，婚禮也在《水星報》上公告。最後，她沒告訴任何人，逕自去了外交部一趟，要求一個朋友在外交行李附上一枚信封一起寄到巴拉圭。信封裡面放了婚戒和一封信，她向馬堤亞斯解釋自己已經愛上其他男人。

馬堤亞斯・艾茲奇雷一收到信，立刻搭乘軍機飛回智利，他坐在地板上，因為在世界大戰打得如火如荼期間，能分配給一般飛機用的汽油不多。他在午茶時間像一陣旋風掃進位於銀海街的大宅，把脆弱的小桌子和椅子撞得四腳朝天，奧菲莉雅看見他彷彿是陌生人。原本和善又處處退讓的未婚夫，此刻發狂地搖她。他氣得脹紅了臉，淚流滿面，而且汗流浹背。他巨大的斥責聲引來家族的注意，於是伊西德羅・德索勒終於知道已經發生在他眼前一段時間的事。他把這位氣瘋的追求者請出家門，向他保證會用他的方法處理這件事，但是他不容抗拒的權威對上了女兒狡詐的任性——奧菲莉雅拒絕解釋，不肯透露情人的名字，更不後悔這個決定。她只是閉上嘴巴，怎麼樣都無法從她嘴巴挖出一個字，她面對父親的百般威脅、母親傷心的眼淚，毫不動搖，他們把維生德・烏爾比納神父緊急叫來，讓他扮演精神導師，仲裁天主的嚴厲懲罰，展開災難性的警世勸說。眼看無法跟她講理，她的父親便下禁足令，派歡娜監視她，不准任何人接近。

歡娜・拿古切嚴格執行這件事，因為她對馬堤亞斯・艾茲奇雷很有好感，這個年輕人是血統純正的紳士，是那種會記住家僕名字，並跟他們打招呼的人，他愛慕奧菲莉雅小姐，對這種人夫復何求呢？她忠心服從主人的命令，但是她身為獄卒的意志怎麼樣也抵擋不了精明的情侶。維克多和奧菲莉雅決定改變見面的時間，約在難以意料的地點：歇業時間的溫尼伯號酒館、三流的旅館、公園和電影院，幾乎都是靠司機的幫忙。奧菲莉雅多的是自由時間，她嘲弄歡娜監督不周，但是維克多的時間分秒必爭，他東奔西跑，必須兼顧學業和酒館，得想盡辦法才能擠出時間與她共度。他完全忽略了家庭。柔瑟發覺他的作息改變，一如往常跟他誠實對談。「你是不是戀愛了？我不想知道對象是誰，但是我求你要謹慎一點。我們在這個國家是過客，若你捲進任何麻煩，我們會被趕走。知道了嗎？」他對柔瑟的嚴厲感到不悅，儘管這是根據他們莫名的婚姻協定。

十一月，佩德羅．阿奎爾．凱爾達總統罹患肺結核過世，在位僅僅三年。那些接受他的改革而受惠的窮人，在他前所未見的葬禮上呼天搶地，像是為過世的慈父哭泣。連他右派的政敵都承認他為人正直廉潔，不甘願地接受他的遠見，推動國內工業、保健和教育，但是，他們不會容許智利倒向左派。社會主義永遠都不會適合他們的國家，或許對蘇聯來說是好的制度，但是他們住得很遠，而且是一群野蠻人。過世總統和他的世俗與民主精神是不能再重複的危險先例。

菲力浦．德索勒和達爾茂夫婦在葬禮上重逢。他已經好幾個月沒跟他們見面，於是在遊行過後邀他們一起吃飯聊天。他了解了他們的近況，還沒滿兩歲的馬塞爾已經牙牙學語，會說加泰隆尼亞語和西班牙語。他跟他們聊起他的家族，說寶寶雷奧納多心臟有問題，他的母親打算帶他去利馬聖塔羅莎聖殿朝聖，因為智利沒有太多自己的聖人；此外，他妹妹奧菲莉雅的婚禮延期。維克多聽見他講起奧菲莉雅時，內心沒有絲毫動搖，但是柔瑟察覺他身體的反應，於是她知道奧菲莉雅毫無疑問的是丈夫的情人。她不想戳破她的身分，因為一提起就會無可避免變成事實。情況比她想的還要糟糕。

「維克多！我叫你忘了她的！」這一晚當他們獨處時，她斥責他。

「柔瑟，我情不自禁。妳還記得妳怎麼愛著吉耶、到現在還愛著他嗎？這就是我對奧菲莉雅的心情。」

「那她呢？」

「我們是相愛的。她知道我們永遠沒辦法公開在一起，也接受這個事實。」

「你以為那個小姐能忍受當你的情人多久？她有美好的人生。她應該是瘋了才會為你犧牲。維克多，我再跟你重複一遍，要是這件事見光，我們會被趕出這個國家。他們是有權有勢的一群人。」

「沒人知道。」

「大家遲早會知道。」

最後，奧菲莉雅的婚禮遭到取消，理由是新娘健康不佳，馬堤亞斯．艾茲奇雷回到他在烏拉圭的工作崗位，他急急忙忙離開時根本沒經過上司或外交部允許。他因曠職被記申誡，但是沒有太大影響，因為他一展難得一見的外交長才，成功打進政治和社交圈，那兒連滿腹牢騷和個性陰鬱的大使都進不去。至於奧菲莉雅，家人處罰她不准有任何娛樂。她年僅二十一歲，在家無所事事，被歡娜．拿古切盯著一舉一動，無聊至極。這個年紀唯一讓人感到高興的是，她在法律上已算成年，但是家人要她看清楚，她無處可去，不能一直保持單身。「奧菲莉雅，小心啊，妳要是敢踏出大門一步，就永遠回不了這個家。」她的父親威脅她。她想要博取菲力浦或是其他姊妹的同情，但是所有人為了保護家族名譽對她充耳不聞，最後她只得到司機的幫忙，他是個可以打商量的正直男人。她的社交生活已經結束，因為既然「生病」，也就不可能參加派對。她唯一出門的機會是跟著天主教夫人團去窮人社區，跟家人望彌撒，和上藝術課程，在那兒比較不容易遇到跟她同一個生活圈的人。她還是經過大吵大鬧才讓父親妥協。司機得到的指令是守在畫室外等三或四個小時直到她下課。幾個月過去了，奧菲莉雅的造詣沒有進步，於是家人確立他們早已知道的事實：她缺乏天賦。事實上，當奧菲莉雅拿著畫布、畫架和顏料從藝術學校的大門進去，卻穿過建築從後門離開，維克多在外面等著。他們不再那麼頻繁幽會，因為他僅有的自由時間很難配合她的上課時間。

維克多因為熬夜掛著夢遊者的黑眼圈，他太過疲累，有時當他們在幽會的旅館中，情人還沒脫掉衣服，他就先睡著。相反地，柔瑟容光煥發，充滿無窮的活力。她逐漸適應這座城市，學習了解智利人，他們本質上跟西班牙人一樣慷慨、衝動，以及總愛大驚小怪；她主動交朋友，經營鋼琴師的好名聲。她彈琴的地點包含電台、克里雍旅館、教堂、俱樂部和宅第。大家說她是個彬彬有禮、舉止端莊的年輕女孩，說她只要聽過就能彈奏點歌；只要吹幾段口哨，就能在幾秒內在鋼琴上重現曲子，她是派對和隆重場合不可少的配角。她賺的比維克多經營的溫尼伯號酒館還多，但是也因此不得不犧牲母親的角色，馬塞爾一直到四歲而為止，都不叫她媽媽，而是喊她太太。他最先學會的字是加泰隆尼亞語的「白酒」，那是他在父親酒館櫃台後面的柵欄裡學會的。柔瑟和維克多輪流用背包背著他，直到他長大變得太重。他喜歡被背包緊緊包住的溫暖，貼著母親或父親能給他安全感；他是個性情寧靜的孩子，個性安靜，會獨自玩耍，很少要求東西。母親會帶他去電台，父親則帶他去酒館，但是他大部分的時間都是待在一個養了三隻貓的寡婦家裡，她收取微博的費用看顧他。

在這段混亂的期間，儘管維克多和柔瑟的生活幾乎沒有交集，而且他心繫著另一名女子，他們的關係卻出乎意料變得更穩固。不變的友誼轉化成更進一步的默契，他們之間沒有祕密、猜疑或羞辱；他們從一開始就說定永不傷害對方，萬一發生也只是誤解。兩人互相攙扶，因此能面對現在的貧困，也能忍受過去的悲傷。

柔瑟在佩皮尼昂跟貴格會教友生活的那幾個月學會了裁縫。在智利，她利用最初的存款買了一台勝家腳踏縫紉機，黑色的，閃閃發亮，上面烙印著金色字體和刻花，是一台相當實用的機器。縫紉機帶著節奏感的聲音彷彿鋼琴演奏，每當她完成一件洋裝或給孩子穿的連體衣，總感到心滿意足，就像接受觀眾掌聲那刻的感覺。她摹擬時尚雜誌上的款式，總是精心打扮。她為音樂表演縫製一件銀色長禮服，再搭上幾種配件，如不同顏色的蝴蝶結、短袖或長袖、領子、花朵以及胸針，這樣一來出席每場表演都能有些許變化。她梳著復古髮型，脖子戴上裝飾領結，再搭配髮插或胸針，塗上鮮紅的蔻丹和唇膏，彷彿這輩子到臨死那天，即使頭髮花白，嘴唇乾癟，都會一直如此打扮。「你太太非常漂亮。」有一次奧菲莉雅對維克多這麼說。她利用參加某個伯父葬禮的時機跟他碰面，柔瑟就在葬禮上以手風琴演奏哀傷的曲調，死者的親戚排隊一一向寡婦和她的子女致哀。柔瑟一看到奧菲莉雅，立刻放下演奏，在她的臉頰印下打招呼的吻，然後在她耳邊低聲說需要幫忙的話，她會盡力而為。這個舉動讓奧菲莉雅確定維克多所言屬實，也就是他跟妻子之間是手足之情。奧菲莉雅對柔瑟外表的評語，著實嚇了維克多一大跳，因為他每每想起柔瑟，腦中浮現的永遠是她在西班牙時瘦弱和純樸的青澀模樣，是他父親認養的無依無靠女孩，是吉耶的未婚妻。不管是以前的柔瑟還是奧菲莉雅剛剛讚美的柔瑟，都不會改變他愛她的事實。他絕不會丟下她跟孩子，即使有多麼想要跟奧菲莉雅私奔到棕櫚樹搖曳的樂園。

8 一九四一至一九四二年

然而，
如果你慢慢地不再愛我，
我也會慢慢地不再愛你。
如果你
突然遺忘了我
請不要找我，
因為我也會遺忘你。

——聶魯達，《船長的詩》，〈如果你遺忘了我〉（Si tú me olvidas）

自從奧菲莉雅被關在銀海街的大宅之後，他們上旅館幽會的次數愈來愈少，也愈來愈短暫。既然維克多．達爾茂跟奧菲莉雅在一起的次數有限，他擁有的時間就變多，開始偶爾接受薩爾瓦多．阿言德的下棋邀約。他心裡惦念著情人，但是已經不再老是渴望著溜去偷偷摸摸抱她，也不需要為了彌補跟她見面的時間而徹夜苦讀。他跳過大學的理論課，因為那堂課沒人管理出席率，只要有書和筆記就能通過。他把精力投注在實驗室、解剖和醫院的實習，在那裡他得隱瞞自己豐富的經驗，以免冒犯到教授。他確實完成酒吧的夜班工作，利用人少時間一邊讀書一邊看顧柵欄內的馬塞爾。加泰隆尼亞的鞋廠老闆喬迪．莫里內是個完美的合夥人，他一直對溫尼伯號微薄的利潤很滿意，感激擁有一個比單身漢的家還溫暖的地方，他可以跟朋友聊天，喝羼有茴香酒的雀巢咖啡，品嘗家鄉菜，拿起手風琴彈奏歌曲。維克多曾邀他下棋，但是莫里內永遠搞不懂為什麼要在棋盤上移動棋子，還沒有實際的好處。有些夜晚，他看維克多滿臉疲憊，就會叫他去睡，他很願意代班，雖然他只提供熟客紅酒、啤酒和白蘭地；他對調酒一竅不通，認為那是娘娘腔帶起的流行。他相當尊重柔瑟，也相當疼愛馬塞爾；他可以待在櫃台後面彎腰跟小不點玩上許久，把他當成自己未曾有過的孫子。有一天，柔瑟問他是否還有家人在加泰隆尼亞，他說他隻身離開小村莊出來謀生已經是三十年前的事。他曾在東南亞當過水手，在奧勒岡當過伐木工人，在阿根廷當過火車技師和建築商，在抵達智利開鞋廠賺錢之前，做過非常多工作。

「或許一開始我還有家人在那邊，但是誰知道他們現在怎麼了。內戰期間，他們分崩離析，有的是共和黨分子，有的投效佛朗哥；有的是共黨民軍，有的是神父和修女。」

「您還跟他們保持聯絡嗎？」

「跟幾個親戚還有。我有個表弟東躲西藏，直到內戰結束，現在當上村長。他是法西斯分子，但是個好人。」

「最近我可能要請您幫個忙……」

「現在就說吧，柔瑟。」

「我的婆婆在大撤退期間走失，她是維克多的媽媽，當時我們找不到她。我們找過法國的集中營，也在邊界尋人，但是毫無結果。」

「很多人的遭遇都是如此。有太多人丟掉性命、流亡和流離失所！有太多人被迫離群索居！監獄人滿為患，他們每天晚上隨機抓人出來槍殺，就這樣處理，沒有審判。這是佛朗哥所謂的正義。柔瑟，我不想太悲觀，但是您的婆婆可能已經過世……」

「我知道。卡門寧死也不想離鄉背井。她跟我們在前往法國的路上分開，就在一天夜裡不告而別，沒有留下任何線索。如果您在加泰隆尼亞有任何聯絡人，或許可以幫忙問問她的下落。」

「把她的資料給我，我來試試，但柔瑟，我想希望不大。戰爭就像颶風，把所到之處都夷為平地。」

「我知道了，喬迪。」

柔瑟不只尋找卡門。她有一份兼差，時間不定但是次數很頻繁，那就是到委內瑞拉大使館工作，那是一棟隱藏在一座樹木茂密的花園裡的屋子，經常可以看見一隻稀有的孔雀溜達。大使瓦倫汀．桑切茲品味高尚，他熱愛美食、美酒，尤其喜愛欣賞音樂。他身上流有音樂家、詩人和夢想家的血，到過歐洲好幾趟，救出被遺忘的樂譜，在他的音樂沙龍裡有一系列令人驚奇的樂器收藏，從莫札特的大鍵琴到他最珍貴的寶物——一支史前笛子，根據主人的介紹，這是用一頭猛獁象的象牙雕刻製作。柔瑟沒問究竟大鍵琴或笛子是不是真品，但是她非常感激瓦倫汀．桑切茲借她閱讀歷史和音樂書籍，而且她是唯一能一窺他的部分收藏的人。有一晚，當賓客都離開後，她多留一些時間跟大使喝一杯，看了他的收藏後，她說起一個瘋狂的計畫：組一個古典樂交響樂團。兩人對這個話題都興致勃勃，她想指揮樂隊，他則想支持這個計畫。告別之前，柔瑟大膽求他幫忙尋找某個在流亡途中失散的人。「他叫埃托．伊巴拉，到委內瑞拉去了，因為他在那裡有從事建築業的親戚。」她對他說。兩個月後，大使館祕書打電話通知，在馬拉卡波有一間建築材料公司，名字叫「伊納基．伊巴拉父子」的公司。柔瑟寫了幾封信，懷著一種把瓶中信扔進大海的感覺。她一直沒收到回應。好幾個月以來，德索勒家族一直拿奧菲莉雅健康欠佳為由，作為她跟馬堤亞斯．艾茲奇雷婚禮延期的藉口，而就這麼好巧不巧，到了隔年初，歡娜．拿古切發現他們家小姐懷孕。首先，她在早晨孕吐，歡娜給她喝泡了茴香、薑和孜然的藥劑，可是不管用，後來她推估九個星期以來，洗衣服時都沒看到衛生棉布。有一天，她再次發現奧菲莉雅在廁所嘔吐，立刻扠腰質問她。「請告訴我，您到底搭上哪個人，最好在您父親調查誰是罪魁禍首以前。」她挑釁小姐。奧菲莉雅顯然對自己身體的變化一無所知；直到歡娜問她到底在跟誰交往之前，她都沒想到維克多．達爾茂是她身體不適的原因，而是歸咎於消化系統感染病毒。就在這一刻，她才恍然大悟發生了什麼事，嚇得說不出話來。「那個傢伙是誰？」歡娜繼續追問。「我死也不告訴妳。」奧菲莉雅終於能開口時這麼說。而這也是她在接下來五十年的唯一答案。

歡娜決定處理這件事，她思索有哪些禱文或民間配方可以解決問題，而不會引起家族的猜疑。她向樂於助人的聖猶達獻上香氛蠟燭，讓奧菲莉雅喝芸香茶，在她的陰道塞巴西利。她明知道芸香有毒，但她認為胃部破洞跟生下私生子比起來實在無足輕重。一個星期過去，歡娜眼看毫無效果，小姐的孕吐反而更嚴重，一直疲累不堪，已經到了令人擔心的地步，於是決定求助她一直信任的菲力浦。首先她要他發誓絕不能說出去，但是當她說完發生的事，菲力浦說服她這個祕密太沉重，他們兩個都扛不起。

菲力浦去見奧菲莉雅，發現她躺在床上，因為喝了芸香茶而腹痛縮成一團，而且憂心如焚。

「這是怎麼回事？」他問，並試著保持冷靜。

「就是這麼回事。」她回答他。

「我們家從未發生過這種事。」

「菲力浦，那是你以為這樣。這種事經常發生，只是男人都不知道。這是女人的祕密。」

「妳跟誰……？」他猶豫半晌，不知道該怎麼說才不會冒犯。

「我死也不會告訴你。」她說。

「妹妹，妳非說不可，因為唯一的解決辦法是嫁給對妳做這種事的人。」

「不可能。他不住在這裡。」

「什麼叫作他不住在這裡？奧菲莉雅，不管他在哪裡，我們都會把他找出來。如果他不肯娶妳……」

「你想做什麼？殺掉他？」

「老天！妳怎麼這麼說。我一定會跟他談判，但談不出結果的話，爸爸可能會介入……」

「不行！爸爸不行介入！」

「奧菲莉雅，總得要做些什麼。這件事是紙包不住火，大家很快就會發現，醜聞會鬧得沸沸揚揚。我保證，我會盡全力幫妳。」

終於，他們一致同意把事情告訴母親，讓她做好準備面對丈夫的脾氣，之後再看該怎麼辦。勞拉・德索勒聽到消息後，篤定天主終於來找她結清她欠的債。奧菲莉雅的鬧劇是部分她償還給上天的債，另一部分，也就是代價最昂貴的是雷奧納多的心臟可能停止跳動。正如醫生在他出生時的預測，他的器官衰弱，活不了多久。寶寶的生命無可救藥地慢慢熄滅，他的母親不斷禱告，以及向聖人祈願，她拒絕承認顯而易見的病徵。勞拉感覺自己拉著家人，一塊陷進濃稠的泥淖。她的頭開始發疼，彷彿有人拿起一把木槌重擊她的後頸，使她頭昏眼花，視線模糊。她該怎麼把這件事告訴伊西德羅？沒有任何辦法可以減輕這個打擊或撫平他的反應。最好的辦法是再等等，看看上天能不能用自然的辦法解決奧菲莉雅的麻煩？懷孕未必會一路平安到生產。但是菲力浦說服她，事情只會愈拖愈棘手。他負責引父親到書房深談，與此同時，勞拉跟奧菲莉雅躲在屋內隱蔽處，抱著壯士犧牲的心情瘋狂禱告。

一個多小時後，歡娜出現，捎來她們立刻到書房的口信。伊西德羅・德索勒就在門口等她們，對奧菲莉雅直接賞了用力的兩巴掌，勞拉立刻上前擋在女兒前面，菲力浦則拉著父親的手臂。

「是哪個不要臉的傢伙毀了我女兒？快說是誰！」他咆哮。

「我死也不說。」奧菲莉雅回答，並用袖子擦乾淨鼻子的鮮血。

「我打也要打到妳說出來！」

「打就打。我永遠都不會說出來。」

「爸爸，拜託……」菲力浦試圖打斷他的話。

「住嘴！我不是已經下令把這個該死的小女孩關起來？勞拉，妳在哪裡？怎麼會允許這種事發生？我想是去望彌撒時，惡魔在屋內遊蕩。你們知道這是多大的羞辱？多大的醜聞？我們怎麼還有臉面對外面的人！」他繼續憤怒地咆哮好一會兒，直到菲力浦第二次打斷他的話。

「爸爸，冷靜下來，我們得找個解決辦法。讓我來調查一下……」

「調查？什麼意思？」伊西德羅問，他突然間放鬆下來，因為不用由他決定該做的事。

「他的意思是幫我進行流產。」奧菲莉雅面不改色地說。

「難道妳還有其他辦法？」伊西德羅冷冷地說。

這時，勞拉．德索勒第一次介入，她用顫抖的聲音清楚說要他們想都別想，因為這是彌天大罪。

「不管是不是罪，這個麻煩不能等到天堂再解決，而得在人間，在這裡解決。我們要做該做的。天主會明白。」

「我們要跟烏爾比納神父談談，在此之前不可以輕舉妄動。」勞拉說。

當天晚上，維生德．烏爾比納神父應德索勒家族的要求前往。他一出現，立刻安撫了他們一家；他散發著智慧與堅毅的光芒，知道怎麼引導迷失的靈魂，能與天主直接溝通。他接下他們送上的波爾多葡萄酒，然後分別跟每個家庭成員對談，從奧菲莉雅開始。只見她兩頰紅腫，一隻眼睛睜不開，他跟她談了快兩個小時，但是也無法從她口中套出情人的名字或讓她掉淚。「不是馬堤亞斯，不要把責任推到他身上。」奧菲莉雅說了至少二十遍，彷彿那是一句歌曲的疊句。烏爾比納神父擅長用恐懼來催眠信眾，但是他快被這個女孩冷若冰霜的態度氣瘋。他跟負罪女信徒的父母與兄長談完時，已經過了午夜。他也詢問了歡娜，但是她無法說清楚，因為她想不出這個神祕情人是誰。「神父，可能是聖靈。」她下結論，語氣流露嘲諷。

烏爾比納神父不建議採取流產手段。這在法律上算犯罪，在天主面前是令人髮指的罪過，而只有祂能決定生與死。他們有其他選擇，可以在接下來幾天一一研究。最重要的是家醜不可外揚。不能對任何人說，包括奧菲莉雅的姊姊和另一位哥哥在內，幸好後者正在加勒比海測量颶風規模。「流言就像有翅膀。」伊西德羅說得好；最重要的是顧及奧菲莉雅的名聲和家族的名譽。烏爾比納神父對每個人提出建議：他要伊西德羅不要暴力行事，因為只會導致錯誤，當下最需要的是小心謹慎；他要勞拉繼續祈禱，捐助教堂的慈善工作；他要奧菲莉雅懺悔和告解，因為肉體是脆弱的，而天主的恩典是無限的。他把菲力浦帶到一旁，私下告訴他這次危機是他成為家族核心的機會，要他到他的辦公室共商計畫。

烏爾比納神父的計畫雖然簡單但是重要。奧菲莉雅要在接下來幾個月遠離聖地牙哥，到沒有人認識她或看過她的地方，接著當肚子大到無法掩飾，她要到一間修道院，在那裡接受細心的照顧直到分娩，如果有必要，會安排心靈層面的扶助。「然後呢？」菲力浦問他。「嬰兒會交給好家庭認養。我會親自負責這件事。你則是要安撫你的父母和妹妹，還有負責所有細節。當然，會有一些花費……」菲力浦向他確認負責費用跟補助修道院的修女。菲力浦向他要求，希望他們在另一個教會的阿姨德蕾莎能在接近生產日期時，陪在他妹妹身邊。

在家族鄉間莊園接下來的幾個月，彷彿進行一場馬拉松賽，勞拉夫人向天主祈禱，向聖人祈願，以及懺悔和行善，歡娜・拿古切繼續日常家務，照顧寶寶，他已經退化到要包尿布，需要人一口口餵食磨碎的青菜泥；此外歡娜要監視奧菲莉雅，她口中遭遇不幸的小姐。伊西德羅・德索勒留在聖地牙哥的住處，假裝忘記家裡的女人發生的鬧劇，他相信菲力浦已經採取行動平息流言，比較須要擔心的反而是政治情勢可能影響他的生意。右派在選戰落敗，來自激進黨的新總統試著沿用上一任總統的政策。智利在第二次世界大戰中的立場對伊西德羅來說至關重要，因為這會影響他經由瑞士出口到蘇格蘭和德國的羊毛。右派力求中立——何必冒著選錯邊站的風險？但是政府跟大眾傾向支持同盟國。他暗想，如果這個支持到最後成真，將會毀了他在德國的生意。

奧菲莉雅及時派司機送一封信給維克多・達爾茂，因為後來他們戲劇性地辭退司機，強行把她帶到鄉間囚禁。歡娜討厭司機，她聽見他跟奧菲莉雅低聲交談，但沒有掌握確切證據就控訴他。「老爺，我說過了，但您就是不聽。這個粗人是禍首。是他害奧菲莉雅小姐懷孕。」伊西德羅・德索勒感覺氣血往上暴衝，大腦就要炸開。家裡的男工的確偶爾會侵犯女傭，但是他難以想像女兒的對象是個下人，有著印地安人的頭髮，臉上留著痘疤。他眼前掠過女兒在車庫樓上的房間，裸身躺在司機懷中，差點就要暈過去，這個該死的無名小卒，狗娘養的兒子。當他聽到歡娜跟他說，這個男人只是個中間者，不禁鬆了一口氣。他把司機叫到書房，大聲質問他，要他交出禍首的名字，威脅送他去坐牢，讓憲兵拿槍托打他，對他拳打腳踢逼問真相，可是未果，於是他又試圖買通他，但是這個男人什麼都說不出來，因為他從沒看過維克多。他頂多能說出他送奧菲莉雅到藝術學校門口和接她回家的時間。伊西德羅意識到女兒從未去上課；她從學校徒步或搭計程車離開，投向情人的懷抱。這個該死的女孩沒他想像的那麼笨，或者她經過肉欲的洗禮變得精明。

在信中，奧菲莉雅寫著，她應該親自向維克多解釋，但是在她少數能打電話給他的時間，不管是他家還是溫尼伯號酒館，他都沒接電話。之後到鄉間莊園，她將形同與世隔絕，離最近的電話十五公里遠。她據實以告：他們的激情迷醉她的理智，此刻她總算明白為什麼他一直認為他們之間的阻礙難以跨越。她用冰冷的語氣說，其實她感覺到的不是愛情，而是氾濫的激情，她在嘗鮮中隨波逐流，但是終究不能為了他犧牲自己的名譽和人生。她告訴他，她將跟著母親出門旅行一段時間，等腦袋清醒一點之後，再看看有沒有機會回到馬堤亞斯的身邊。她在信末以一句永別畫下句點，並警告他別試圖與她聯絡。

維克多收到奧菲莉雅的信時，彷彿早就料到這是必然的結果，也早已做好心理準備。

他一直不相信這段愛情會延續下去，正如柔瑟從一開始就要他看清楚，這段愛情就像無根的植物終將枯萎，沒有任何東西能在隱藏祕密的黑暗中生長，愛情需要陽光和滋長的空間。維克多把信讀了兩遍，然後交給柔瑟。「妳一如以往，又說對了。」他對她說。她僅僅看一眼，就能讀出字裡行間的意思，並且了解奧菲莉雅的冷淡隱瞞不了翻騰的怒氣，她認為自己能猜到原因：這不只是覺得跟維克多在一起沒有未來，或任性的千金小姐的反應。這個女孩必定被家人綁架，以藏匿懷孕的恥辱。但是她不願把猜測跟維克多說，因為太過殘忍；不必再讓更多的猜疑折磨他。她對奧菲莉雅感到既同情又難過，她是如此脆弱和天真，就像茱麗葉，被純潔激情刮起的強風吹得搖搖欲墜，但是她的對象不是叫羅密歐的男孩，而是個嚴肅的男人。

她把信擱在廚房的桌上，牽起維克多的手，帶著他到沙發坐下來，這是他們簡陋住處唯一舒服的位置。維克多躺在沙發上，把頭枕在柔瑟的裙子上，順服地讓她那雙鋼琴師溫柔的手撫摸他的頭髮，並確信只要她活著，他在這個不幸的世界就永遠不會感到孤單。跟她在一起，再醜陋的回憶都能忍受，即使奧菲莉雅在他的心中央戳破了一個窟窿。他想要向柔瑟坦白那快讓他窒息的痛苦，但是找不到字眼形容他跟奧菲莉雅共度的時光，像是她曾提議兩人私奔，以及她是如何向他發誓兩人是一生一世的情人。他說不出口，但是柔瑟太了解他，一定知道他的感受。此時，馬塞爾從午覺甦醒，大叫著他們。

柔瑟果然猜中奧菲莉雅的感覺。她自從知道自己的狀況後，接下來的日子，原本的激情慢慢化為一股無聲的怒氣在她的心底燃燒。她照著烏爾比納神父的要求，無時無刻不在分析自己的行為，檢視自己的良知，但是讓她後悔的不是罪過，而是她實在太過愚蠢，竟沒想到問維克多如何避孕；因為她相信他一定有所掌控，而且他們不是那麼頻繁地碰面，應該不會發生這種事。這是個荒謬的想法。維克多年紀比較大，又有經驗，他是這個不可原諒的錯誤的禍首；她是受害者，卻活該替兩人付出代價。這天大的不公平。她幾乎想不起來當初為什麼要執著於這段沒有希望的愛情，對象則是個幾乎沒什麼共通點的男人。他們總在某個破舊的地點幽會，總是匆促和彆扭，她在床上無法滿意，就像對馬堤亞斯只敢偷偷摸摸愛撫。她猜兩人若有多一點時間認識彼此，能有多一點信任，就會不一樣，但是她跟維克多沒有發展下去。她是愛上戀愛的感覺、浪漫的故事，和這個她口中的戰士過往的英雄事蹟。她演出了一場結局注定成為悲劇的戲劇。她知道維克多是真的愛上自己，至少是一顆滿布傷痕的心能做到的愛；對她來說，部分卻是出於衝動、想像，而另一部分是出於任性。她感覺自己被逼得神經兮兮、進退兩難，甚至身心俱疲，她跟維克多的愛情冒險，即使是最快樂的片斷，都因為蒙上摧毀自己人生的恐懼的陰影，最後都變了形。對他來說，這是沒有危險的享樂，對她則是沒有享樂的危險。此時此刻，她終於得承受後果，他的人生卻得以繼續，彷彿什麼事都沒發生。她恨他。她隱瞞維克多懷孕的事，是怕他知道的話，會聲討他身為父親的角色，讓她不得安寧。任何關於她懷孕的決定，都是她的事，沒有人有權利發聲，更不用提這個傷害她夠深的男人。她在信裡隻字不提這件事，卻被柔瑟猜中。

懷孕滿三個月後，奧菲莉雅停止孕吐；感覺身體充滿一股前所未有的活力。那封寄給維克多的信結束了跟他的一章，短短幾個星期過去，她已經丟開折磨自己的回憶，放下所有可能的猜測。她掙脫情人的枷鎖，重獲自由，感覺自己變得強壯、健康，食欲跟青少女時一樣旺盛；她跨著堅定的腳步，在田野散步許久，身後跟著幾隻狗；她鑽進廚房不斷地烘烤餅乾和麵包，分給莊園附近的孩子；她跟雷奧納多隨意塗鴉自娛，認為大片的顏色要比之前的風景畫或靜物畫有趣多了；她拿起沉重的木炭熨斗，當著吃驚的洗衣婦面前燙床單，滿頭大汗卻開心無比。「讓她做她想做的事，興頭很快就會過去。」歡娜預測。奧菲莉雅的好心情跟勞拉夫人的想像相反，她本以為會看見女兒一邊縫嬰兒的小衣服，一邊以淚洗面，但是歡娜提醒她，女人懷孕期間曾經歷幾個月的神清氣爽，直到肚子重得再也無法忍受。

菲力浦一個星期來莊園一次，負責看帳和算花費，並給歡娜指示。她代理一家之主一職，因為夫人忙著跟聖人進行複雜的溝通。他還帶來沒人關心的首都消息，以及給奧菲莉雅的顏料和雜誌，還有給寶寶雷奧納多的絨毛熊和馬鈴，但寶寶已經不再走路，只會爬行。維生德．烏爾比納神父來過兩次，歡娜．拿古切形容他身上散發的神聖氣味，只不過是混合了長袍沒洗的臭味和刮鬍膏的香味。神父來評估狀況，引導奧菲莉雅走上靈性的道路，以及勸說她全心全意懺悔。她聽著神聖的字句，實際上心不在焉，對於即將為人母沒有一絲感動，彷彿腹中的孩子只是一顆腫瘤。烏爾比納神父心想，這樣一來把孩子送養簡單多了。

居留鄉間莊園的時間從夏季末延到冬天，勞拉夫人對上天瘋狂的祈求逐漸平息。她不敢奢求突然流產的奇蹟，即使這樣能解決家庭鬧劇，因為這就像希望丈夫早死一樣嚴重，但是她還是在祈禱時如此暗示。大自然的寧靜和穩定而平和的節奏，漫長的白天和寂靜的夜晚，畜棚裡浮著泡沫的溫熱牛奶，大盤的水果和從泥灶剛出爐的芳香麵包，都符合她靦腆的性情，而在聖地牙哥只有漫天的流言蜚語。如果她能作主，她會選擇永遠留在這裡。奧菲莉雅也在鄉村放鬆了身心，她對維克多・達爾茂的怨恨變成一種淡淡的懊悔；他不該負全責，她也有責任。她開始想念馬堤亞斯・艾茲奇雷，內心浮現隱約的惆悵。

他們的莊園是殖民世代建築和舊時結構風格，厚實的磚牆、木頭梁柱和瓷磚地面，雖安然度過一九三九年的地震襲擊，同個區域的其他建築卻化為廢墟。這棟建築只有幾面牆壁出現裂痕，和將近一半的屋頂瓦片陷落。地震過後一片混亂，偷搶事件四起：有流浪漢到處找東西填飽肚子，還有更多人失業，這歸咎於一九三〇年代的世界經濟大蕭條和硝石危機。當化學合成物取代了天然硝石，數以千計的勞工失去工作，十年後還餘威盪漾。在鄉間，小偷趁黑進屋，他們先毒死狗，再帶走水果、母雞，還有人偷了豬或驢子去賣。工頭往往拿著獵槍去追趕他們。但是奧菲莉雅對這些事渾然不知。夏季的白天拉得很長，她在涼爽的長廊上休息解暑，或者獨自畫鄉間景色的素描，因為雷奧納多已經無法跟著她一起拿著畫筆在大畫布上揮灑顏料。她在小紙卡上描繪載運乾草的牛車、牛棚裡打盹的乳牛、院子裡的母雞、洗衣婦，以及葡萄採收。德索勒家族的葡萄酒在品質上比不過其他比較知名的品牌，產量有限，全部賣給跟伊西德羅有關係的餐廳。他的葡萄酒利潤不高，但對他來說，重要的是成為葡萄酒農一員，那是只限有名的家族的俱樂部。

奧菲莉雅懷孕六個月時剛好是初秋。太陽很早下山，夜晚寒冷而漆黑，似乎看不到盡頭；她們靠毯子和壁爐取暖，點蠟燭照明，因為還要好幾年，這些荒郊僻野才會開始裝設電力。她不怕冷，因為前幾個月的愉快心情已經轉為海獅般的沉重，不只是多了十五公斤的身體和像火腿腫脹的雙腿，心靈層面也是。她不再畫卡片，不再到牧草地散步，不再閱讀、編織或刺繡，因為很容易五分鐘內就睡著。她很高興繼續發胖，自暴自棄，讓歡娜・拿古切幫她洗澡和洗頭。她的母親警告，她自己生了六個孩子，如果好好保養，或許還能留住一絲青春的魅力。「媽，何必呢？我已經毀了，大家都這麼說，沒有人會在意我看起來是什麼模樣。我要當個嫁不出去的胖大嬸。」她百依百順，把自己交給烏爾比納神父和家人，不過問他們打算如何處置即將呱呱墮地的孩子。因為她答應躲藏鄉間，過著避人耳目的生活，進而也接受了神父和四周的人往她腦袋灌輸的觀念，認為生下這個孩子是羞恥的行為，送養是必然的解決途徑。她沒其他選擇。「如果我年輕一點，或許能把妳的孩子說成是我的，那麼我們就能在家裡養大他，但是我已經五十二歲了。沒有人會相信。」她的母親對她說。在這段日子，奧菲莉雅無法思考，她唯一想做的只有睡覺和吃飯，但是到了第九個月，她已經不再想像腹中懷的是腫瘤，而是清楚感覺到身體正在孕育生命。在這之前，這生命只像是驚慌的小鳥揮動雙翅，此刻一摸肚子，就可以感覺他的小身體，認出是腳或是頭。於是她再次拿起鉛筆素描，在筆記簿上畫出像她的男寶寶或女寶寶，完全沒有維克多・達爾茂的特徵。

每隔十五天，會有個產婆到莊園來看奧菲莉雅，她是烏爾比納神父派來的，叫作歐琳達・拿南赫，神父說她比任何醫生更了解「女人的疾病」，他是這麼稱呼有關生育的問題。歐琳達第一眼就能博得人的信任，她身穿護士服，脖子掛著一條十字架銀項鍊，手上提著一個工作必備的器具箱。她測量奧菲莉雅的肚子，替她量血壓，給她建議時，語氣過度感性，彷彿對象是一個垂死的病患。奧菲莉雅相當不信任她，但還是盡力溫柔回應她，因為這個女人會在分娩的關鍵時刻扮演重要角色。奧菲莉雅從沒算過她的經期，也沒記住跟情人幽會的時間，因此她不知道自己何時懷孕，但是歐琳達・拿南赫根據肚子大小，算出了大概的出生日期。因為奧菲莉雅是初產婦，胖得超過正常比例，因此她預估分娩會不容易，但是要她安心，因為她相當有經驗，接生過的孩子比記住的還要多。她建議把奧菲莉雅帶去聖地牙哥的修道院，她在那裡有一間設備齊全的醫務室，萬一發生緊急狀況，附近還有一間私人診所。於是他們就這麼辦。菲力浦開著家族的汽車去接妹妹，卻完全認不出眼前的人，她的身軀臃腫，臉上有髒污，拖著一雙穿著拖鞋的大腳，蓋著肚子的斗篷散發一股羊騷味。「菲力浦，當女人是一種不幸。」她對他說，當作是解釋。她的行李只有兩件像是帳篷的孕婦裝，一件男用的厚背心，她的畫箱，以及一個精緻的行李箱，裡頭放著她的母親和歡娜替寶寶準備的衣服。她親手做的少數衣服都織壞了。

到了修道院的第二個星期，奧菲莉雅·德索勒彷彿突然從一場混沌的夢甦醒，全身汗水淋漓，她感覺自己在一個漫長的黃昏睡去，一連睡了好幾個月。他們安排她住進一個單人房，裡面有一張鐵床，鋪上馬鬃製成的墊子，兩條粗糙的羊毛毯子，一張椅子，一個可以放衣物的大箱子，一張沒有磨亮的原始桌子。她不需要其他東西，因此很感激這樣符合她的精神狀態的簡陋環境。這個房間有一扇窗戶，窗外是修女的花園，有個摩爾式的中央噴泉，參天古樹，奇花異草，還有一盤盤藥草，花園中穿插著幾條石頭小徑，四周幾扇鐵製拱門，到了春天，上面會爬滿蔓性玫瑰。那個姍姍來遲的冬天早晨，奧菲莉雅被晨曦和窗戶邊一隻鴿子的叫聲喚醒。她花了幾分鐘才弄清楚身在何方，發生了什麼事，以及為什麼會困在這具堆積脂肪的軀體裡，她感到如此笨重，幾乎無法喘息。她在無法動彈的短短幾分鐘內，記起夢的細節，她在夢中是以前那個身體輕盈、動作靈活的女孩，赤著雙腳在黑色的沙灘上跳舞，陽光灑落在她的臉上，帶著鹹腥味的海風拂得她的髮絲亂飛。突然間，大海開始搖晃，一陣浪把一個全身長滿鱗片的小女嬰送上沙灘，彷彿那是人魚的寶寶。她躺在床上，聽見望彌撒的鐘聲，一個小時過後，有位見習修女敲打三角鐵宣布早餐開始。這是這麼久的時間以來，奧菲莉雅第一次沒胃口，她寧願整個早上都在打盹。

同樣這天下午，到了誦念玫瑰經的時刻，維生德·烏爾比納神父前來探訪。他的到來引起一群黑長袍白頭巾修女的騷動，她們爭相親吻他的手背，乞求他的祝福。他還算得上是年輕的男人，散發一股傲氣；那身袍子似乎只是他掩飾自己的工具。「我的信徒，近來如何？」他親切地問候，手上端著一杯濃稠的巧克力。他們來找奧菲莉雅，於是她拖著巨大的雙腳前往，搖搖晃晃的模樣彷彿軍艦鳥。烏爾比納神父伸出他那隻神聖的手讓她親吻，但是她只是用力握住，用堅定的語氣跟他打招呼。

「孩子，妳感覺好嗎？」

「我挺著這顆西瓜，怎麼會感覺好呢？」她用嚴肅的語氣回答。

「我懂，但是妳要接受身體的不適，這對妳來說是正常的情形；把妳的煩惱獻給全能的天主。聖經上說，男人要汗流滿面才得餬口，女人要經歷痛苦才得分娩。」

「神父，據我所知，您的工作並不需要汗流滿面。」

「好吧，好吧，我看妳的心現在很亂。」

「我的阿姨德蕾莎什麼時候會來？您說您會幫她拿到來陪我的許可。」

「孩子，我們再看看，我們再看看。歐琳達．拿南赫跟我說，距離孩子出生還有幾個星期。妳要呼喚聖母，請她幫助妳，妳要準備洗滌罪惡。記住，很多女人在分娩時刻，把靈魂交給了天主。」

「我已經懺悔，而且到了這裡以後每天領聖餐。」

「全部都懺悔了嗎？」

「您想知道我有沒有告訴懺悔神父孩子父親的名字……我認為沒必要，因為重要的是罪過本身，而不是跟誰犯下罪過。」

「奧菲莉雅，妳知道罪過的等級嗎？」

「不知道。」

「不完整的懺悔等於沒有懺悔。」

「神父，您好奇得要命，對吧？」奧菲莉雅微笑說。

「不要這麼厚顏無恥！我身為神父的責任是引導妳走向正途。我想妳是知道的。」

「我知道，神父，我心懷感激。如果沒有您的幫助，我實在無所適從。」她說，那過度卑微的語氣流露一絲諷刺。

「總之，孩子。妳在這件事上面很幸運。我帶了好消息給妳。我費盡千辛萬苦，四處調查，尋找可以領養妳的寶寶的善心夫婦，現在可以提前告知，我應該找到了。他們非常善良，勤奮工作，經濟寬裕，當然，他們是天主教徒。我沒辦法再多透露什麼，但是請妳安心，我會看顧妳跟妳的孩子。」

「這孩子是個女孩。」

「妳怎麼知道？」神父嚇一跳。

「因為我夢見她。」

「夢終究只是夢。」

「有些夢是帶來預言的夢。不管如何，是男孩還是女孩，我都是母親，我想親自養育，忘了領養這件事吧，烏爾比納神父。」

「妳在胡說八道些什麼！看在天主的份上！」

奧菲莉雅的決定堅不可摧。任憑神父再怎麼勸說威脅，她都無動於衷，不久她的母親和大哥菲力浦受修道院院長之託前來勸服她，她安靜地聽他們說，覺得有點有趣，彷彿他們講的是法利賽人的語言，但是如雪崩而來的過度指責和駭人警告最後起了作用，也或許是那個每年都害死老人跟孩子的冬天病毒吧。她發著高燒，在夢囈中跟人魚胡言亂語，因為背痛臥床，被咳嗽折磨得精疲力竭，她食不下嚥，夜不成眠。菲力浦帶來的醫生開了加在紅酒裡的鴉片染料，和裝在藍色瓶身裡的藥物，沒有任何標示但是貼上了號碼。修女用取自花園的草藥茶以及溫熱的亞麻泥敷劑治療她的腫脹不適。到了第六天，她的胸部被敷劑灼傷，可是人好多了。她在兩名夜以繼日照顧她的見習修女攙扶下起床，能夠踩著短促的腳步走到修道院的小娛樂廳，院內修女在休息時間都會到這裡來，這是間可愛的廳堂，滿室自然採光，鋪著發亮的木頭地板，擺設盆栽，中央佇立一尊智利聖母的卡門聖母雕像，雙手抱著聖嬰，兩人都戴著象徵權力的鍍金黃銅頭冠。她坐在一張扶手椅上，度過了一個早上，蓋著一條毛毯，出神地望著窗外烏雲密布的天空，在鴉片和酒精結合的神奇催化下，她彷彿升到了天堂。三個小時過後，當見習修女攙扶她站起來，卻看見座位上有一片血漬，一絲鮮血正從她的腿間淌下。

她們遵照烏爾比納神父的指示，沒叫醫生，而是通知歐琳達．拿南赫。這個女人以專業之姿現身，語調起伏中帶著哀戚；分娩隨時可能開始，儘管她一開始推測從受孕算起，還要再兩個星期才會生下孩子。她指揮修女讓產婦躺下，雙腿抬高，拿浸泡冷水的溼布蓋在她的肚皮上。「禱告！因為聽不到心跳，寶寶非常虛弱。」她補充。修女則拿肉桂茶和溫牛奶加上芥末籽努力止血。

烏爾比納神父接到產婆的報告後，立刻下令勞拉．德索勒到修道院陪女兒。他說，這對她們都好，能幫母女重修舊好。她表示她們心中並沒有怨恨，神父則解釋奧菲莉雅對大家甚至對天主都心懷怨恨。她們安排勞拉住進跟女兒一樣的單人房，她第一次感受到宗教生活那種深沉的平靜，立刻適應了修道院內的冰冷空氣和固定的儀式時間。她在天亮前就起床，在禮拜堂稱頌天主，等待晨曦乍現，然後在七點的彌撒領聖餐，中午和修女一起喝湯配麵包和起司，大家安安靜靜，只有一個人高聲誦讀當天的經文。到了下午，她有沉思和禱告的私人時間，天黑以後，則參加晚禱。晚餐也是在安靜中進行，餐點跟午餐一樣是粗茶淡飯，但是多了一點魚肉。勞拉在這個女性的庇護所中感到幸福，一想到能夠減重，不管是飢腸轆轆還是無法吃甜點，都變得愉快起來。她愛院內的可愛花園，挑高的寬闊走廊，走在那裡腳步就像響板聲迴盪，禮拜堂內的蠟燭和線香的芳香，沉重木門的嘎吱聲，塔樓鐘響，歌聲，長袍的窸窣聲，禱告的低語。院長要她不用參與果園、刺繡坊、廚房或者洗衣房的工作，全心全意照顧奧菲莉雅的身心，她得完成烏爾比納神父的請託，說服女兒送養孩子，讓這個孕育自色欲的小生命有個合法身分，也讓女兒有重啟人生的機會。奧菲莉雅喝下一杯靡酒的靈丹妙藥後開始打盹，她躺在馬鬃毛床鋪上，像個一動也不動的娃娃，聽著母親低沉的哄睡聲，卻不知道她在說什麼。烏爾比納神父好意前來探訪她們，又再一次確定這個出軌的女孩有多麼固執，他帶著勞拉·德索勒一塊去花園散步，手中撐著一把雨傘遮擋猶如露水的綿綿細雨。兩人都沒對外透露他們究竟談了哪些東西。

奧菲莉雅聽說，她的分娩漫長而艱困，但她沒留下任何印象，彷彿未曾經歷，這都是因為酒精、嗎啡和歐琳達・拿南赫的神祕湯藥，而且她在接下來整個星期都神智不清。後來她慢慢甦醒，整個人恍恍惚惚，連自己的姓名都忘記了。她的母親滿臉淚水，不斷禱告，由烏爾比納神父來告訴她壞消息。她們減少對她的用藥，等到恢復得差不多後，她問發生什麼事，她的女兒在哪裡，這時神父出現在她的床鋪前。「奧菲莉雅，妳生了一個壯丁。」神父用盡可能憐憫的語調說：「但是天主有祂的安排，在他出生短短幾分鐘後帶走了他。」他解釋孩子出生時臍帶繞頸窒息，但是幸運的是他及時受洗，因此可以跟著天使上天堂，而不是到地獄的邊境。天主免去這個純真的孩子在人世間的痛苦和羞辱，而祂的無盡憐憫也給她救贖的機會。「孩子，盡量禱告。妳應該壓制妳的傲氣，接受上天的意思。乞求天主原諒妳，幫助妳在餘生，帶著尊嚴默默地扛起這個祕密。」烏爾比納神父想要用聖經引句和他的智慧來安慰她，但是奧菲莉雅卻像母狼嚎叫和掙扎，實習修女用力制服她，甚至逼她再喝下一杯鴉片的紅酒。就這樣，一杯接著一杯，她接下來整整兩個星期都在昏睡中度過，之後連修女都認為別再禱告和下藥，應該讓她回到活人的世界。當她終於能起身，她們發現她的身形消腫許多，恢復女人的曲線，而不再像是齊柏林飛船。

菲力浦來修道院接母親和妹妹時，奧菲莉雅要求看她的兒子的墳墓，她們回到鄉間，前往附近村莊的一座小墓園，她終於能在一座刻著死亡日期的白色木頭十字架前獻花，但是上面沒寫名字，裡面安息的是一個來不及活下來的嬰孩，「我們怎麼能把他孤零零丟在這裡？想來看他，千里迢迢啊。」奧菲莉雅嗚咽出聲。

回到銀海街的老家後，勞拉沒告訴丈夫最後幾個月發生的事，因為她猜想菲力浦已經告知，另外就是伊西德羅盡可能不想知道太多，他一如以往避開家族女人的出軌情事。他迎接女兒，在她的額頭印下一個吻，彷彿這是個平常的早晨；自此到二十八年後他嚥下最後一口氣，都不曾問起有關孫子的事。勞拉在教堂和甜點間尋找安慰。寶寶雷奧納多已經走到他短暫一生的最後階段，獨占了母親、歡娜和其他家族成員的全部注意力，因此他們讓奧菲莉雅安靜地沉浸在她的哀傷當中。

德索勒一家從未刻意迴避奧菲莉雅懷孕的醜聞，因為這類八卦總像急速飛翔的鳥兒，跟家族親近的親朋好友都會知道。奧菲莉雅已經穿不下小姐時代的洋裝，於是興致勃勃地採購和訂製衣服，多少沖淡了一些哀傷。她在半夜才會哀鳴，因為她對孩子的回憶是如此鮮明，彷彿能清楚感覺他在肚子裡玩耍似地拳打腳踢，她的胸部彷彿能分泌乳汁。她重拾繪畫課（這一次是認真的），也重回社交圈，不怕承受那些好奇的眼光和在她背後的竊竊私語。遠在巴拉圭的馬堤亞斯・艾茲奇雷也聽到流言，但是他沒放在心上，因為這不過是另一個來自故鄉典型的假正經和惡意攻擊。他聽說奧菲莉雅生病了，被家人帶到鄉間休養，於是寫了幾封信，但沒收到回應，又發了電報給菲力浦問起他妹妹的健康狀況。「恢復狀況良好。」菲力浦回覆。這句話任何人聽起來都會起疑，馬堤亞斯除外，他不像奧菲莉雅以為的那麼笨，只是個怪異的爛好人。到了年末，這個鍥而不捨的追求者拿到休假一個月的許可，準備回智利度假，逃離亞松森的溼熱和氣旋。十二月的一個星期四，他抵達聖地牙哥，隔天即刻出現在銀海街那棟法式風情的大屋前。歡娜・拿古切迎接他時驚惶失措，彷彿出現的是一群憲兵，她以為他是前來責罵奧菲莉雅小姐的所作所為，但是馬堤亞斯的來意非常不同，他的口袋裡裝著曾祖母的鑽石戒指。歡娜帶著他穿過陰暗的屋內，因為百葉窗在夏天都是拉下的，另外也是替雷奧納多提前守喪。這裡不見以往的鮮花，也沒有平時從莊園帶來的水蜜桃和香瓜的濃郁香氣，更沒有收音機的音樂飄揚或者狗兒歡迎的吠叫，映入眼簾的只有令人窒息的法式家具和金框古畫。

山茶花露台上，他看見奧菲莉雅正在遮陽傘下拿著鵝毛筆蘸墨水素描，她戴著一頂草帽遮蔽刺眼的陽光。馬堤亞斯駐足在那裡凝視她，他跟從前一樣深愛她，根本沒注意她身上還沒減去的脂肪。奧菲莉雅站起來，目瞪口呆地往後退一步，因為她壓根兒沒想過還會再見到他。第一次，她細細欣賞他，彷彿這個男人不再是十多年前她取笑的、求她賞賜一眼的那個表哥。這幾個月來她想過他，認為自己已失去他，這是她為犯下的錯誤所該付出的代價。從前，她覺得馬堤亞斯的性格古板，現在，她卻認為那是古怪的美德。她感覺他變了，變得更成熟和穩重，變得更俊美。

歡娜端來冷茶和焦糖甜點給他們，然後留在杜鵑花叢後面，想要聽他們說話。依照她在這個家的分量，應當有資格知道一切，這是後來菲力浦責罵她總是躲在門後窺探隱私時，她所回應的話。「奧菲莉雅小姐為什麼要害馬堤亞斯心碎呢？他是這麼善良，不值得這樣被傷害。菲力浦少爺，您知道嗎？之前他問小姐什麼都問不出來，現在小姐卻把發生的事全部告訴他。一五一十，您能想像嗎？」

馬堤亞斯安靜聆聽，拿著手帕擦拭臉頰的汗水，難以承受奧菲莉雅的據實以告、燠熱，和花園裡飄來的玫瑰與茉莉花的香甜氣味。當她說完，他花了好一會兒整理情緒，認為一切都沒變，奧菲莉雅還是世界上最美麗的女人，他唯一愛著、也會一直愛下去直到離開世界那天的女人。他試著在信裡傳達心意，無奈學不來花言巧語。

「奧菲莉雅，嫁給我吧，拜託。」

「難道你沒聽懂我剛剛說的？你不想問我孩子的父親是誰？」

「那不重要。重要的是妳是不是還愛著他。」

「馬堤亞斯，那不是愛，是衝動。」

「那麼，他就跟我們無關。我知道妳需要時間復原，儘管我想沒有人能從失去孩子的悲痛復原，我會等妳，直到妳準備好為止。」

他從口袋拿出黑色天鵝絨小盒子，輕輕地放在茶點的托盤上。

「如果我懷中抱著私生子，你也會這樣跟我說嗎？」她對他出難題。

「當然會。」

「我想，我跟你說的你應該一點也不驚訝。馬堤亞斯，你應該聽到了流言。我敗壞的名聲會跟著我到任何地方。這會毀掉你的外交前途跟你的人生。」

「這是我的問題。」

歡娜．拿古切躲在杜鵑花叢後面，看不見奧菲莉雅拿起天鵝絨小盒子，放在手掌上細細檢視，彷彿那是個埃及甲蟲。一片靜悄悄。她不敢從枝葉之間探身，而就在她心想這個停頓未免太長時，決定從藏身處出來端走托盤。就在這一刻，她看見奧菲莉雅的無名指上戴著戒指。

他們想要悄悄完婚，可是伊西德羅・德索勒認為這等同承認有罪。此外，她女兒的婚禮是社交和解的大好機會，順便還能賞那些嚼奧菲莉雅舌根、該死的人一記重重的耳光。他沒聽過哪些流言蜚語，但是不只一次覺得聯合俱樂部的人在他背後嘲笑他。婚禮的籌備是小事，因為這對新人早在前一年便已準備完成，包括繡上他們姓名首字母的床單和桌巾。他們在《水星報》的社交版上刊登告示，設計師卯足全力趕出新娘禮服，跟之前的款式類似，但是比較寬鬆一點。維生德・烏爾比納神父主持他們的婚禮；他的出現重建了奧菲莉雅的名聲。他在準備新人的結婚誓詞和必要的告誡時，小心翼翼繞過關於新娘的過往，但是她很高興告訴他，馬堤亞斯知道發生什麼事，下半輩子她不必獨自扛著祕密。他們會一起扛。

出發到巴拉圭之前，奧菲莉雅想去埋葬兒子的鄉間墓園，馬堤亞斯陪同前往。他們把白色十字架扶正，獻上鮮花，然後一起禱告。「有一天，當我們在天主教墓園有自己的墓地，再幫妳的兒子遷墓，讓他跟我們在一起，這是應該的。」馬堤亞斯說。

他們到布宜諾斯艾利斯度蜜月，一個星期後繼續行程到亞松森。短短幾天，奧菲莉雅便認為嫁給馬堤亞斯，是她這輩子做過最好的決定。「我會永遠愛他，對他忠誠，讓他快樂，這是他應得的。」她在內心暗暗發誓。這個像牛一樣鍥而不捨和耐心十足的男人終於跨進她家大門，抱起精心打扮的妻子離開。她比預期還要重，但是他夠強壯。

第三部

返鄉與落地生根

9 一九四八至一九七〇年

萬物
都將有權利
之於土地和生命
也之於明日的麵包……

——聶魯達，《元素頌歌》（*Odas elementales*），〈麵包頌歌〉（Odas al pan）

一九四八年夏天，達爾茂一家開始一個傳統，而且將延續十年之久。二月時，柔瑟帶馬塞爾到沙灘一棟租來的茅草屋，維克多繼續工作，到了週末再去跟他們相聚，跟大多數智利丈夫一樣，他們自誇永不度假，因為工作不能少了他們。在柔瑟看來，這樣的說法充其量只是土生白人的大男人主義，他們怎麼可能放棄在夏季能夠享受單身自由的時光呢？

維克多離開醫院一個月或許不太恰當，但是主要的理由是沙灘會讓他想起在濱海阿熱萊斯難民營的不好回憶。他希望不要再踩上沙灘。正巧那個二月，維克多遇到還聶魯達人情債的機會，感謝他挑中他移民智利。這位詩人成了國家議員，與總統為敵，因為總統反對共黨，即使後者支持他登上權力頂峰。聶魯達對他的侮辱不少：「他是政治熟食鋪端出來的菜。」他認為他是叛徒：「一隻邪惡野蠻的小蝙蝠。」政府控訴他羞辱和謾罵，摘除他的議員職位，緊咬他不放。

幾個很快將被宣布為身分不合法的共黨領袖，出現在醫院想跟維克多談談。

「您知道，現在政府發布一張對我們的同袍聶魯達的追緝令。」他們對他說。

「我還沒看今天的報紙。實在很難相信。」

「他現在必須藏起來，不能拋頭露面。我們想這個狀況應該很快可以解決，但萬一不是這樣，就得找辦法把他弄出國。」

「我能幫上什麼忙嗎？」維克多問他們。

「收留他一段日子，不會太久。我們得幫他經常換住所，好避開警察。」

「沒問題。這是我的榮幸。」

「還有，不要把這件事說出去。」

「我的妻子跟兒子去度假了。我一個人在家。那裡很安全。」

「我們要提醒您，這可能會讓您惹上藏匿人犯的麻煩。」

「沒關係。」維克多回答，然後把他的住址給他們。

就這樣，聶魯達跟他的阿根廷畫家妻子德莉亞．戴爾．卡瑞爾躲在達爾茂家兩個星期。維克多把床讓給他們，請酒館的廚娘為他們準備餐點，為避開鄰居起疑，還用小的容器裝盛，再帶去給他們。詩人注意到他的晚餐是來自「溫尼伯號酒館」。此外維克多也帶了報紙、書籍和威士忌給他，而唯一能讓他平靜下來和振奮精神的是談話，因為訪客有限。他是個懂得品味和喜好社交的生活家，他需要朋友，甚至也需要對立的思想家，在論辯當中磨練語詞的尖銳度。在那個狹小的空間和彷彿永恆的藏身日子，他跟維克多大略回顧遙遠的一九三九年八月那天，在波爾多上船的難民名單，和接下來幾年陸續抵達智利的其他西班牙移民。維克多讓聶魯達看到，當初拒絕服從只挑合格勞工的命令，也選了藝術家和知識分子來到智利，是怎麼豐富了這個國家的人才、知識和文化。在短短不到十年間，一些科學家、音樂家、畫家、作家、記者的聲名已經遠播，甚至有一位歷史學家夢想從根源重寫智利的歷史。

聶魯達在隔離期間差點發瘋。他不停地繞圈子，像關在牢籠裡的猛獸不斷地走動；他甚至不能從窗戶探頭出去。他的妻子為了陪他，拋下包括藝術在內的一切，卻無法讓他好好待在屋內。在這段日子，詩人開始留鬍子，靠著奮力創作《一般之歌》打發時間。他為回報主人款待，以清晰而哀戚的語調，吟誦昔日詩作和一些其他尚待琢磨的詩句，他的詩癖深深影響了維克多一輩子。

有一天晚上，兩名陌生的不速之客出現，這個時節暑氣依然燙人，他們卻穿戴深色大衣和帽子。他們看似偵探，但自我介紹是共黨的夥伴，沒多做解釋就把聶魯達夫妻帶到其他地方，幾乎沒給他們時間把衣服和未完成的詩作放進行李箱。他們拒絕告訴維克多可以到哪裡去看他們，但是提醒他未來可能需要再次招待他們，因為找避難所並不容易。大概有超過五百人的警力正在搜索逃犯的蹤跡。維克多告訴他們，他的家人下個星期會從沙灘回家，到時候他家就不再安全。事實上，他對家中重拾平靜反而鬆了一口氣。他招待的客人身分貴重，把每一吋空間都給占據了。

三個月後，他再次見到詩人，這一次輪到他跟另外兩個朋友一起計畫幫詩人騎馬逃亡，經由隘道翻過南部山脈到阿根廷。在這段期間，聶魯達留著大鬍子，幾乎辨識不出他的容貌，他躲在朋友和黨內夥伴的家中，與此同時警方對他窮追不捨。這趟前往邊界的旅途，一如詩作，也在維克多身上留下難以磨滅的印記。他們騎著馬穿越景色美不勝收的寒冷森林，那裡有千年古樹、高山和流水；處處可見溪景，隱藏在古老樹幹之間的涓涓細流，還有從天傾瀉而下的高大瀑布、捲走沿途所有東西的湍急大河；渡河時，所有旅客莫不謹慎萬分。許多年過後，聶魯達在他的回憶錄提起這趟翻山越嶺之旅：「每個人都被那片深沉的寂靜捕捉，那片綠色與白色交織的寂靜……眼前的一切不只是耀眼和神祕的大自然，同時還有逐漸升高的威脅，寒冷、白雪，和窮追不捨的緝捕。」

維克多跟他在邊界道別，有一群騎馬的高卓牛仔在這兒迎接他繼續行程。「聶魯達先生，政府會輪替，但是詩人會留下。您將會拿回榮耀和尊嚴。記住我跟您說的話。」他抱住他說道。

之後，聶魯達會拿著米格爾・安赫爾・阿斯圖里亞斯[8]的護照離開布宜諾斯艾利斯，

8 米格爾・安赫爾・阿斯圖里亞斯（Miguel Ángel Asturias），瓜地馬拉小說家，被視為拉丁美洲魔幻現實主義的開創者，在拉丁美洲乃至世界現代文學史上都占有重要地位。一九六七年獲得諾貝爾文學獎。

他是瓜地馬拉的偉大小說家，外型跟聶魯達有點相似，兩人都有「長鼻子，粗獷的長相，和壯碩的身材」。他到了巴黎，被畢卡索當作兄弟接待，在和平會接受表揚，與此同時，智利政府在報上公告這個男人是騙子，是冒牌的聶魯達，正牌還在智利，而且已經被警察抓到。

馬塞爾・達爾茂・布魯克拉滿十歲那天，祖母卡門的一封信翩翩到來，信經過千迴百轉，繞過大半個世界，總算到了收件人手裡。他聽父母提起過她，但是從未看過她的照片，而對他所處的現實世界來說，那個位在西班牙、傳說中的家族實在太過遙遠，一如他所收集的恐怖或奇幻小說般的不真實。這個年紀的他拒絕講加泰隆尼亞語，他只跟老喬迪・莫里內在溫尼伯號酒館講。他跟其他人講西班牙語，而且用的是特別誇張的智利腔調和粗俗用詞，總會招來母親響亮的巴掌；但是除了這個怪癖，他是個乖巧的小孩：獨立應付功課、交通、衣服，經常自行準備餐點，他甚至要自己預約看牙醫和上理髮廳。看起來就像穿短褲的大人。

有一天他放學回家，取出信箱裡的信，拿走他要讀的外星和大自然驚奇的週刊，把其他的放在門口的小桌上。他很習慣家裡沒人。他的父母工作時間並不固定，所以在他五歲時就把大門鑰匙交給他，六歲開始，他就會獨自搭電車和巴士。他又瘦又高，五官立體，有一雙專注的黑色眼眸，和必須用髮膠固定的粗硬頭髮。除了模仿探戈歌手的髮型，他還模仿維克多．達爾茂舉止謹慎，講話精簡，和繞開細節。他知道維克多不是他的親生父親，而是伯父，這件事就跟那位祖母的故事一樣不太重要，他聽說她在半夜時下摩托車，在一群喪氣的人潮中走失。這天柔瑟拿著一個生日蛋糕回到家，不久維克多也到了，儘管他已經在醫院值班三十個小時，可沒忘記兒子從三年前就夢想的禮物。「這是專業的顯微鏡，大人用的，你可以用到結婚以後。」他開玩笑說，然後抱住他，他比母親更溫柔也更平靜；馬塞爾反而更懂得跟他自在相處的祕訣。

吃過晚餐和切完蛋糕後，馬塞爾把郵件拿到廚房。「喔！是菲力浦．德索勒的信。我已經好幾個月沒跟他見面。」維克多看到寄信人時說。那是一個大信封，上面印著德索勒律師事務所的信頭，裡面的信通知該找個時間聚餐，以及請求原諒他這麼晚才寄到，因為信先寄到舊家，才輾轉到他的手裡，現在他們一家住在高爾夫球俱樂部對面的一間公寓。一分鐘過後，維克多的驚叫聲驚動他的妻子和兒子，他們從沒聽過他這樣激動的聲音。

「是媽媽！她還活著！」然後開始哽咽。

馬塞爾對這個消息不怎麼感興趣，他寧願出現的是外星人，但是當父母告訴他，他們即將出遠門，他便改變了看法。從這一刻起，大家都在準備跟卡門見面，甚至沒等回信就急著寄出信、隔空發電報，柔瑟取消行事曆上的教課和音樂會，維克多放下醫院的工作。沒有人管馬塞爾；如果有必要，復活的祖母比他休學一年重要。他們搭乘祕魯航空，在五個地方轉機，抵達紐約之後，再搭船前往法國。他們從巴黎搭火車到土魯斯，最後搭公車到安道爾親王國，車子開在群山之間，彷彿鼬鼠一樣奔馳。他們三個不曾搭過飛機，這次經驗讓柔瑟暴露出這輩子唯一的弱點：懼高症。在日常生活中，比如從最高一層樓探身到陽台，她還能掩飾她的懼高症，一如她很能忍耐各種痛苦和掙扎求生。她的名言是不要過度反應，而要咬緊牙關往前衝，但是她在空中焦慮不堪，無法保持平衡。她的丈夫和兒子得牽著她的手，安慰她，引開她的注意，扶著她嘔吐，就這樣度過在空中的無數個小時，最後他們幾乎在每個轉機點扛著她下機，因為她已經軟腳。在他們到了智利的利馬時（也就是這趟遠征繼安托法加斯塔之後的下一站），維克多看她受盡折磨，本來打算送她搭陸上交通回家，自己跟馬塞爾繼續行程，但是柔瑟以她慣有的堅決態度回應他：「即使要到地獄，我也要飛著去。不准再提這件事。」然後她繼續滿懷恐懼飛到紐約，吐過無數個紙袋。她也是藉此訓練自己，因為一旦古典管弦樂隊正在籌備的計畫成形，她在未來還是會有空中旅行機會。

卡門在巴士站等待他們，她坐在安道爾的巴士站長凳上，身體僵直猶如木樁，一如往常抽著菸，身上是一套為死者、失蹤者和西班牙服喪的黑喪服，頭上一頂滑稽的帽子，提包擱在裙子上，一隻小白狗從包包裡探出頭。他們要相認很容易，因為三人自從十年前一別後並沒有太大改變。柔瑟一如往昔，但是找到屬於自己的風格，卡門覺得在這樣精心打扮、妝容細緻和自信滿滿的女人面前有些自慚形穢。她最後一次看見她是個可怕的夜晚，那時她懷著身孕，精疲力竭，夾在摩托車中間冷得發抖。他們當中唯一感動落淚的是維克多；婆媳則是在彼此臉頰印下招呼的吻，彷彿前一天才見過面，也像是戰爭和流亡只是她們人生中無足輕重的章節，已經平靜過去。「你應該是馬塞爾。我是你的奶奶。肚子餓不餓？」祖母對孫子打過招呼，沒等待回應就從她那特別的提包裡拿出甜麵包給他，狗兒就跟麵包一起窩在裡面。馬塞爾著迷不已，他仔細打量祖母，彷彿她是一張複雜的地圖，那皮膚的皺紋、被尼古丁染黃的牙齒，從帽子露出來恍若乾草的花白頭髮，以及被關節炎折磨變形的手指，他心想，如果祖母頭上有對觸角，一定就是火星人的化身。

他們搭上一輛差不多二十年的老計程車，車子氣喘吁吁，沿著建造在山間的城市爬行。卡門說這是一座情報機構和走私商聚集的首都，都是這個時代利潤最高的行業。她自己靠第二項維生，因為想從事第一項得跟歐洲國家和美國有良好關係。自從一九四五年第二次世界大戰結束算起，已經過了四年，被戰火摧毀的城市漸漸從飢餓和荒廢中站起來，不過仍有大量難民和流離失所的民眾在世界上尋找可以落腳的地方。她跟他們解釋，安道爾在戰時是間諜藏匿的巢穴，現在到了冷戰依舊是首選。在以前，這裡是逃離德國人的一條路，特別是猶太人和逃犯，有時他們會被嚮導背叛和殺害，或者拿走他們身上的錢財珠寶，再交給敵軍。「有好幾個牧羊人突然成了暴發戶，每一年融冰之後，都會出現手腕遭鐵絲綑綁的屍體。」計程車司機開口參與了他們的談話。戰後，德國軍官和親納粹分子途經安道爾，逃到南美洲任何可能落腳的地點。他們希望能到西班牙尋求佛朗哥的幫助，但是機會渺茫。「至於走私，只是些小東西：香菸、酒和其他類似的雜貨，沒有任何危險。」卡門補充。

他們投宿在一棟鄉村房屋，卡門跟一對救了她一命的務農夫婦同住一起，他們在餐桌前坐下來，桌上擺著一鍋美味的鷹嘴豆燉兔肉和兩壺紅酒，開始談起這十年來曲折離奇的故事。在大撤退時，卡門認為自己再也沒力氣繼續前進，而且她一想到流亡就難以忍受，於是丟下柔瑟和埃托．伊巴拉，打算趁著深夜在遠離他們的地方凍死。儘管如此，第二天一早醒來她還活著，沒有如願，只是凍僵，而且飢腸轆轆。她動也不動待在原處，一批又一批拖著腳步的難民經過她身邊，人數愈來愈少，天黑後只剩下她一個人，像蝸牛一樣蜷曲成一團，躺在冰冷的地上。她說，她不記得當時的感覺，但知道要死並不簡單，於是痛罵死神是個膽小鬼。她的丈夫已經死了，或許兩個兒子也踏上黃泉路，但是柔瑟和她腹中的吉耶的孩子還活著，於是她決定繼續活下去，但是已經站不起來。一會兒過後，一隻迷路的小狗崽走近，牠跟在難民隊伍的後面沿途嗅聞，靠在她身邊幫她取暖。這隻小動物救了她。一、兩個小時過後，一對務農夫妻把農產品賣給落後腳步的難民後，在回家路上聽見小狗的呻吟，以為那是個孩子。就這樣，他們發現卡門，幫助了她。她起先跟他們一起住，勤奮耕種卻成果不豐，直到夫妻的大兒子帶著他們到安道爾。他們在這裡度過戰爭，靠著在西班牙和法國之間走私物品維生，如果有機會，有時也帶人越過邊界。

「這就是那隻狗嗎？」馬塞爾問，狗兒正躺在他的膝上。

「沒錯。牠應該十一歲了吧，還會再活很久。牠叫葛西特。」

「這不是名字。是加泰隆尼亞文的小狗的意思。」

「叫這個名字就夠了，不需要再取其他。」祖母吸了一口煙後回答，接著繼續再吸一口。

後來又過了整整一年，卡門才做好移民的心理準備，前去跟她唯一的親人團圓。她對智利一無所知，除了那是地圖南端一條長長的蛆蟲，因此她開始查閱書籍，詢問是否有人認識智利人，但是在這段時間沒有半個智利人途經安道爾。她對收留她的夫妻依依不捨，畢竟他們一起生活那麼多年，而且要帶著一隻老狗繞過大半個地球，對沒有經驗的她來說是一種恐懼。她害怕她不喜歡智利。「我的伯公喬迪說智利跟加泰隆尼亞一樣。」馬塞爾在一封信中這麼安慰她。

她下定決心後，跟朋友告別，深深地吸口氣，然後放下心中的牽掛，準備享受這趟冒險。她途經陸地和海洋，一共花了七個星期，把狗兒帶在身邊的提袋裡，她不疾不徐，給自己時間觀光，欣賞異鄉的風景和語言，嘗試異國食物，比較他國和自己的文化。一天天過去了，她離熟悉的舊日愈來愈遠，即將進入另一個世界。當老師的那些年，她曾在書上讀過世界的面貌，也教學生認識世界，現在她見證了文字組成的描述或者照片跟真實有所不同；真實世界更複雜、更色彩繽紛，沒那麼可怕。她對小狗訴說她的印象，然後把回憶寫在作業簿上，這般小心翼翼，怕的是以後記憶變得模糊。她美化經歷，因為她認為人生即是口中敘述的模樣，何必把細枝末節一併記上。朝聖之旅最後一站是搭船橫越太平洋，循著她的家人在一九三九年走過的同樣路線。她的兒子寄給她錢買頭等艙船票，他說她受盡苦難，這是她此刻應得的，但是她寧願搭經濟艙，在這裡她比較自在。她經過戰爭和走私的洗禮，學會保持低調，不過她會跟陌生人攀談，因為她發現人們喜歡聊天，問幾個問題就能交到朋友跟了解許多東西。每個人都有故事，也想把故事說出來。

因為是老狗，葛西特難免有些毛病，但牠在旅途中慢慢重拾活力，快靠岸智利時，牠似乎煥然一新，更加機伶，身上的臭鼬味也沒那麼濃。維克多、柔瑟和馬塞爾在瓦爾帕萊索港口迎接老祖母和她的狗。他們身邊還有個挺著啤酒肚的紳士，他十分健談，自我介紹叫喬迪．莫里內，「夫人，恭候差遣。」他接著用加泰隆尼亞語說他已經準備好要介紹這個國家最美麗的一面給她認識。「您知道我們年紀差不多嗎？我的太太也過世了。」他說，有些故意作態。前往聖地牙哥的火車上，卡門了解了這個男人完美地扮演伯公的角色，以及她的孫子是他酒館的常客，幾乎每天都去那裡寫功課，因為家裡空無一人。維克多已經不在溫尼伯號上夜班，他現在是天主聖胡安醫院的心臟科醫生，但是他仍會檢查一個退休的會計做的帳，對方幫忙做帳只求換取食物和酒，以及有人陪伴。

卡門終於找到家人，要感謝伊麗莎白．艾登本茲，她在維也納，一如往常傾全力幫助婦女和孩童。她在戰爭剛結束時抵達那座城市，城內在轟炸過後滿目瘡痍，飢腸轆轆的民眾在垃圾堆裡翻找食物，數百個迷路的孩童像是老鼠生活在殘磚碎瓦之間，而那裡曾是最美麗的帝國城市。一九四〇年，伊麗莎白在法國南部的埃爾恩進行她的計畫，將一棟廢棄大宅改建為母嬰中心，收容孕婦，讓她們平安生產。一開始都是來自集中營的西班牙難民，後來也陸續收容了猶太婦女、吉普賽婦女，和其他逃離納粹的婦女。埃爾恩母嬰中心在紅十字會的保護傘下，為了保持中立，本該避免幫助逃亡的政治犯，但是伊麗莎白不怎麼理會規定，而在遭到監控的情況下，她在一九四四年被蓋世太保拘禁。她成功救助超過六百個孩子。

卡門是在安道爾湊巧認識一位曾接受伊麗莎白幫助而生下孩子的幸運媽媽。於是她把那位護士的名字，跟她的家人過了邊界後在法國的聯絡人串起來。她寫信給紅十字會，寫遍一個又一個辦公室，一個又一個國家，鍥而不捨，跨越官僚體制的重重阻礙，往好幾個方向橫越了歐洲，終於查到伊麗莎白在維也納；她寫信告訴卡門，她的兒子維克多還活著，娶了柔瑟，柔瑟生了個兒子叫馬塞爾，他們三個在智利。她不知道怎麼找他們，但是柔瑟曾寫信給當初離開濱海阿熱萊斯集中營時收留她的一家人。卡門花了一番力氣聯絡上住在倫敦的貴格會教友。他們翻遍了閣樓，找到柔瑟的信，那是他們唯一有的住址，也就是菲力浦・德索勒在聖地牙哥的住址。就這樣，花了幾年時間，伊麗莎白・艾登本茲終於幫助達爾茂一家人團圓。

六〇年代中，柔瑟在她的朋友瓦倫汀・桑切茲的多次邀請下，去了委內瑞拉的卡拉卡斯，這位前委內瑞拉大使已經從外交崗位退休，把全副心力投注在音樂上。從溫尼伯號下船後，已經過了二十五年，柔瑟跟大多數西班牙難民一樣，比任何生在智利的人還要更像智利人。他們不但成為這片土地上的國民，更實現聶魯達的夢想，喚醒這個沉睡的社會。已經沒人記得是否曾有過反對他們的聲浪，大家肯定的是這些聶魯達邀來智利的人做出的偉大貢獻。柔瑟和瓦倫汀．桑切茲經過多年籌畫，創立大陸的第一支古典管弦樂樂團，期間經過頻繁的通信和旅行，贊助資金來自委內瑞拉源源不絕的寶藏，也就是豐沛的石油。當瓦倫汀跑遍歐洲尋找珍貴的樂器和重見天日的陌生樂譜，她則擔任聖地牙哥音樂學校的副校長，並在嚴格的選角後成為演奏家。候選人來自各國，人數非常多，每個人都希望加入這支恍若來自烏托邦的管弦樂團。智利缺乏類似的活動管道；儘管因為具有其他文化優勢，柔瑟曾幾次挑起大家對計畫的興趣，但只要遇到地震或政府輪替，計畫又會泡湯。而在委內瑞拉，只要運用正確的影響力和人脈關係，任何夢想都可能實現，瓦倫汀．桑切茲遊刃有餘，因為這是少數幾種在獨裁、軍事叛變、民主欲起，和妥協現狀的政府之間，不受任何阻礙，依然能由他的一個朋友進行的計畫。他的國家正在對抗一場由古巴革命帶起的游擊戰，同樣的戰役發生在整個拉丁美洲，只有智利除外，那裡正開始一場理論性而非武裝的戰爭。這一切並未影響委內瑞拉的繁榮或者他們人民對音樂的熱愛，連古典樂也包括在內。瓦倫汀經常來智利，他在聖地牙哥有間公寓，只要想要就會來住。柔瑟也會去卡拉卡斯拜訪他，兩人為了管弦樂團的事，也會一起去歐洲。她學會利用安眠藥、麻醉劑和琴酒來克服搭機的恐懼。

維克多・達爾茂對於他們的友誼並不擔心，因為妻子的朋友是出櫃的同性戀，但他直覺她可能有個情人。每一次柔瑟從委內瑞拉回來，都像青春重現，她會帶回新的衣服、宮女香水或低調的珠寶，比如細鏈心形墜項鍊，那是柔瑟以往不會買給自己的東西，因為對她來說太過昂貴。維克多認為最明顯的是她重新點燃的熱情，似乎跟他重逢時，她總想練習從其他人身上學到的技巧，或只是想消除罪惡感。他跟柔瑟之間的關係非常寬鬆，如果說會吃醋就太可笑了，那寬鬆的程度就像他們只是同事而已。他發現正如他的母親說過：妒意比跳蚤咬還刺痛。柔瑟喜歡她扮演的妻子角色。當他們還身無分文，他還愛著奧菲莉雅・德索勒時，他沒問她，就以每個月分期付款的方式買下一對婚戒，然後要她戴上，直到他們終能離婚那天為止。根據兩人從一開始的協議，他們要彼此坦白，柔瑟應該要把情人的事告訴他，可是她主張有時善意地睜一隻眼閉一隻眼會比真話有用，維克多猜測如果她在日常瑣事這麼做，之於不忠當然也會。他們是出於方便結婚，但是在一起已經二十六年，他們愛著彼此，就像印度人平靜接受經過安排成親的婚姻。馬塞爾在許久以前已滿十八歲，那一次的生日，代表他們在一起的承諾已經結束，而繼續下去只是確認他們對彼此的喜愛，以及想要再維持婚姻一段時間，希望藉由延長再延長，他們永遠不會分開。

一年年過去，他們儘管個性不同，喜好和厭惡的事卻愈來愈像。他們沒什麼鬧不和的原因，更沒有吵架的理由，他們在重要的事上看法一致，也覺得與對方相處自在和愉悅，跟獨處其實沒兩樣。他們如此了解對方，行房反而像跳一支簡單的舞，兩個人都能滿意。這不是例行作息，否則她會感到乏味，維克多知道這一點，赤裸躺在床上的柔瑟，跟那個在舞台上高雅溫和的她不同，也跟在音樂學校嚴肅的老師不同。他們一起經歷了高低起伏，終於在年紀大了之後，過著平靜的人生，經濟和感情方面也無虞。他們兩個一起住，卡門在葛西特死了之後，搬到喬迪．莫里內的家，她的狗那時已經非常老，眼睛瞎了，耳朵也聾了，但是腦袋還非常清楚，馬塞爾跟兩個朋友合住一間公寓。他攻讀礦業工程，受雇於政府，在銅礦工業工作。他沒有繼承母親或祖父馬塞爾．路易斯．達爾茂的一丁點音樂才能，沒繼承父親英勇的性格，也半點不想跟維克多一樣從醫，或像祖母一樣從事教育，已經八十一歲的卡門還在一所學校教書。「馬塞爾，你真是個怪孩子！你怎麼會喜歡石頭呢？」卡門知道他選擇的職業時這麼問過他。「因為它們不會有意見也不會回話。」她的孫子回答。

維克多．達爾茂和奧菲莉雅．德索勒受挫的關係，化成一股沉默的怒氣，藏在他的內心好些年，直到他接受自己太沒良心，明知不是自由之身，肩上擔著對妻兒的責任，卻愛上一個處女，才終於不再耿耿於懷。那是多年以前的事。當時那段愛情留給他的灼人思念已經在記憶的灰暗地帶慢慢消失。他想自己不管如何都學到了教訓，儘管仍然不清楚深層的意義。這麼多年，他只有這一段外遇，因為他一直活在工作的壓力中——跟某個討人喜歡的護士的逢場作戲不算在內，而且機會不多，通常發生在醫院值班時，這種露水姻緣不會持續發展，因為沒有過去也不見未來，幾個小時後就忘得一乾二淨。他對柔瑟堅定的柔情是他人生的船錨。

一九四二年，維克多收到奧菲莉雅的訣別信後不久，他依然幻想能再挽回她，明知這是在受傷的心上頭撒鹽；柔瑟估計他需要徹底治療才能走出幻想，於是有一晚，她不請自來爬上他的床，一如幾年前跟他的弟弟吉耶的發展。那是她人生最重要的決定，因為她因此懷了馬塞爾。這一晚她想給維克多一個驚喜，卻發現他正在等她。他看見她半裸著身體，頭髮垂落，出現在房門口，並沒有特別吃驚，只是挪動身體，讓出床上的空位給她，像個丈夫般自然地擁她入懷。他們大半個夜都在撫摸彼此，熟悉對方的身體，動作笨拙，但是心情愉悅，兩人都知道他們窩在溫尼伯號的救生小艇裡的那幾次就想著這一刻，當他們低聲聊天，外頭還排著等待輪到他們享受魚水之歡的其他夫妻。他們把奧菲莉雅和吉耶拋到一旁，吉耶無所不在的幽魂伴著他們橫渡海洋，但是到了智利以後，已經隨著新的事物逐漸淡去，慢慢地沉澱在兩人心底的角落，不再出來打擾。從這一晚開始，他們終於睡在同一張床上。

維克多礙於自尊心，不願監視柔瑟，或說出他的猜疑。他沒將他的疑慮跟不斷折磨他的胃痛聯想在一起，他以為是潰瘍，但是診斷不出，只能喝大量的胃乳止痛。他對柔瑟的情感，不是對奧菲莉雅燃燒的那種瘋狂熱情，後來他花了一年才找到正確的名字。他為了迴避妒意，專注在治療病患的慢性病和課業。他時時刻刻吸收醫藥進步的新知，如驚人的、成功移植人類心臟的可能性。兩年前，有人將大猩猩的心臟移植到密西西比州一個垂死的病患身上，儘管僅僅活了九十分鐘，這個實驗使得醫學大舉提高了奇蹟發生的可能性。維克多·達爾茂跟數以千計的醫生一樣，渴望再創使用捐贈的人體器官的光榮事蹟。自從上輩子他將拉薩羅的心臟捧在手中那一刻，他就對這個器官感到著迷。

維克多把精力投注在上班和課業，其他時間則總是沉溺在憂鬱中。「兒子，你看來失魂落魄。」卡門對他說，這是在喬迪．莫里內家的一次週日家族聚餐。他們在這裡都講加泰隆尼亞語，可是只要馬塞爾也在場，卡門就會改說西班牙語，因為她二十七歲的孫子還是不願意講家族的語言。「爸爸，奶奶說的沒錯。你看起來一臉呆滯，怎麼了？」馬塞爾跟著說。「我想你的媽媽。」維克多衝動回答。這對他來說是吐露心聲。柔瑟在委內瑞拉舉辦另一系列的演唱會，維克多覺得次數愈來愈頻繁。他安靜下來思索剛說的話，之前都沒發現自己多麼愛她。他倆無所不談，卻因為難以解釋的困窘，從沒把愛化作言語表達出來。何必大聲說出感覺呢？以行動證明就夠了。如果他們還在一起，都是因為相愛，不需要在這麼簡單的事實上面打轉。

幾天過後，當他還在思索是否該給柔瑟一個驚喜，正式說出愛的宣言和獻上早該在多年前給的新婚戒指，她卻沒有事前通知突然返回聖地牙哥，於是維克多的計畫被迫延後。她看來神采飛揚，一如前幾次旅行回來，就是這種心滿意足的模樣喚起維克多的好奇，而且她這次穿了一條顯眼的紅黑格子迷你裙，那種廚房桌巾的花色，跟她的低調個性完全不搭。「妳不覺得這個年紀穿這條裙子太短了嗎？」維克多問她，反而把他經過細心計畫的美麗行動拋到一旁。「我四十八歲了，可是感覺只有二十歲。」她好心情地回答。

這是她第一次追隨流行的腳步；在此之前，她始終忠於自己的風格，甚少改變。維克多看了她挑釁的態度，決定讓一切維持原狀，不要冒險說出可能引來非常痛苦或引起變化的風險。

幾年過後，當一切都已不再重要，維克多・達爾茂才知道柔瑟的情人是他的老朋友埃托・伊巴拉。儘管他們的關係是偶然發展，只在柔瑟去委內瑞拉時見面，其他時間完全不聯繫，這段關係維繫了整整七年。一開始是她的第一場古典管弦樂團音樂會，那是當時在卡拉卡斯的文化盛事。埃托在報紙上看見柔瑟・布魯克拉的名字，心想若是那位在大撤退期間跟他一起翻越庇里牛斯山的孕婦，未免太過巧合，但是為了安心起見，他還是買了門票。管弦樂團是在中央大學的豪華大廳登台表演，配上知名美國雕塑家亞歷山大・考爾德的動態鑲板和世界級的頂尖音效設備。在那個寬廣的舞台上，柔瑟的身影十分嬌小，她指揮著音樂家，他們拿著有一些是觀眾從未見過的美麗樂器。埃托拿著望遠鏡，從後面仔細打量，唯一看清楚的是她頸部那個年輕時戴過的領結。當她轉過身來接受掌聲，他立刻認出她來，但是當他一出現在她的化妝間，她卻費了一番工夫才認出他，因為他不再是那個急躁、愛開玩笑的乾瘦年輕人。他成為一個富裕的企業家，舉止穩重，身上多了幾公斤的脂肪，頂上毛髮稀疏，留了濃密的八字鬍，但是晶亮的眼神一如當初。他娶了一個曾當過選美皇后的美麗女子，生了四個孩子，有了好幾個孫子，累積了大筆財富。過往他到委內瑞拉時，口袋僅有十五塊錢美金，是從幾個親戚那裡湊出來的，他從事自己熟悉的修理汽車工作，開了一間修車行，接著短時間內在其他城市開了多間分店；他從這一行又跨足針對車迷的古董車生意。這個國家很適合像埃托這樣具有遠見的冒險家。「這裡的機會就像芒果，多得從樹上掉下來。」他告訴柔瑟。

他們在一起的七年充滿感官激情，談情說愛卻點到為止。他們經常一整天關在旅館的房間裡，像青少年在床上嘗試禁果，他們嘻嘻哈哈，啜飲萊茵河的白葡萄酒，享用麵包夾乳酪，他們訝於彼此類似的文藝嗜好，共享無窮無盡的欲望，他們人生就只這麼一次嘗過這樣翻騰的情欲，以後再也不曾有過。他們決定將他們的交往封鎖在人生的一個隱蔽角落，不去破壞任何一方幸福的婚姻。埃托敬愛他美麗的妻子，一如柔瑟也敬愛著維克多。一開始，他們很驚訝會愛上彼此，差點就失去理智，但是他們認為如果想維持這樣致命的吸引力，唯一的方法是保密；他們不許現有的人生天翻地覆，傷害他們的家人。因此他們就這樣維持了快樂的七年，要不是埃托．伊巴拉後來發生腦溢血，癱瘓後需要妻子照顧，或許還會在一起更久。但是維克多完全被蒙在鼓裡，直到聽柔瑟提起這件事。

後來，維克多．達爾茂經常再見到聶魯達，有時在公共場合遠遠地看他，有時則是在薩爾瓦多．阿言德議員的屋裡，因為他會去那裡下棋。他也接受詩人的邀請，參加他在黑島上住處的聚會，那是一間用有機建材搭蓋的屋子，外觀像擱淺的船隻，出自一個瘋狂的女建築師之手，坐落在一處面海的山丘上。那是一個能激發靈感和創作的地點。「智利的海，壯闊的海，停泊著等待的駁船，猶如高塔的白色與黑色浪尖，耐心十足的沿岸漁夫，自然的海，波濤洶湧，無邊無際。」聶魯達跟第三任妻子瑪蒂爾達住在這裡，還有一堆他收集的各式各樣物品，從跳蚤市場來的滿布灰塵的瓶子，到沉船的船首像。他在這裡接待來自全世界的達官顯貴，他們來跟他打招呼或者送請帖，他也接待當地政治人物、知識分子、記者，尤其是他的朋友，其中幾個是溫尼伯號的難民。他是個名滿天下的人，作品被翻成各種存在的語言，連他的死對頭也不得不承認他的詩具有魔幻般的魅力。詩人是個喜歡美好生活的人，他最希望能不停寫作，為朋友做菜，不受打擾，但是，即便在遍布岩石的黑島上，都無法阻止各種人來到他家門前敲門，提醒他別忘記他將自己定義為替身處水深火熱民眾發聲的人。就這樣，有一天他的同袍求他為他們站出來競選總統。其實左派最理想的候選人是薩爾瓦多．阿言德，他曾三次參加總統選舉都鎩羽而歸，據說他被失敗烙印。因此，詩人放下他的筆記簿和綠色墨水鋼筆，乘坐汽車、巴士和火車跑遍全國，跟大眾聚首，為他們吟詩，一起隨聲附和的有工人、農夫、漁夫、鐵路工、礦工、學生和工匠。這為他素來好鬥的詩注入一股力量，也讓他明白自己不適合政治。他一退選就立刻支持薩爾瓦多．阿言德參選，後者在乘風破浪後已成功帶領人民團結黨，也就是左翼政黨聯盟。聶魯達替他站台。

於是，輪到阿言德搭火車從北到南參加總統造勢活動，民眾聚集在每一站稱頌他，聆聽他慷慨激昂的演講，或在被烈陽曬焦只有砂土和鹽巴的小村莊，或在雨水綿綿不斷的昏暗小村莊。維克多．達爾茂以醫生身分，正式陪同他幾次，但是其實是當他的棋友，這是阿言德在競選之餘唯一能放鬆的娛樂，因為火車沒有蒸汽輪船上的電影，也就是他能紓解緊張情緒的另一個方法。他充滿活力、意志堅定、睡眠極少，沒有人能跟上他的腳步，隨從必須輪班工作。維克多輪到的是深夜的幾個小時，當這位候選人精疲力竭，需要藉由一盤棋賽放空腦袋，清除人群的喧鬧和他自己的聲音，有時棋賽會持續到天色破曉，或者暫時擱置到隔天晚上。阿言德睡得不多，但是他會利用時間，隨時隨地坐下來打個十分鐘的盹，之後立刻恢復神清氣爽，像是剛淋浴完畢。他走起路來抬頭挺胸，總是蓄勢待發，嗓音洪亮，舌粲蓮花，他動作謹慎，思緒敏捷，絕不在重要的信念上有所妥協。他在漫長的政治生涯徹底認識了智利，彷彿這個國家是他的後院，從未失去他所相信能進行和平革命的信心，讓智利走向社會主義國家。他的一些支持者受到古巴革命影響，主張除非武裝鬥爭，否則不可能做到真正的革命，反而會走向美國的帝國主義，但是在他看來，革命不適合智利和智利憲法尊重的穩固的民主。他直到最後都相信，一切的問題在於表明、解釋、提出和行動，讓勞工階層站起來，掌握他們自己的命運。他是個公眾人物，言談舉止間帶點自負，他的政敵認為那是自命不凡，但他私底下是個個性單純和喜歡開玩笑的人。他言出必行，無法想像任何背叛行為，最後卻輸於背叛。

西班牙內戰爆發時，維克多．達爾茂非常年輕；他為共和政府作戰、工作，也因此走上流亡之途，他毫無疑問地全盤接受所屬黨派的意識型態。在智利，他必須遵守不碰政治的原則，這是政府對溫尼伯號難民的限制，而且不能為任何政黨而戰，但是跟薩爾瓦多．阿言德的友誼，讓他愈來愈清楚他的理念，如同當初內戰確立了他的感覺。維克多敬佩他在政治上的作為，也敬佩他的為人，只是略有保留。阿言德的資產階級習慣、高質感的服飾、獨一無二的物品，與他身為社會黨領袖的形象格格不入，這些物品是來自其他國家和拉丁美洲重要藝術家真心誠意的餽贈，包括畫作、雕刻、原始手稿、前哥倫比亞藝術品，後來所有東西都在他人生的最後一段日子被洗劫一空。他對稱讚的話語和美麗的女人沒有抵抗力，能在人群中一眼捕捉到美女的芳蹤，用他的個人魅力和權力的優勢吸引她們。維克多不喜歡他的這些缺點，曾跟柔瑟在私底下提過一次。「維克多，你也太小心眼！阿言德可不是甘地。」她回答。兩人都把票投給他，但都不認為他會當選。連阿言德對自己也沒信心，但是就在九月，他獲得的選票超過其他候選人。因為不是大幅度的票數差距，因此國會必須在兩個選票較高的候選人之間做出決定。全世界的目光都集中在智利，這一片在地圖上狹長的印漬挑戰了慣例。

支持在民主中進行社會主義烏托邦革命的人民沒等待國會的決定——他們大量湧上街頭，分享等待許久的勝利。一群又一群家族，從祖父母到兒孫輩都穿上最好的衣裳出來唱歌，他們欣喜若狂，但是沒任何失序舉動，像是遵守著某種神祕紀律。維克多、柔瑟和馬塞爾夾雜在人群中，揮舞著旗幟，高唱著「團結的人民將會所向無敵」。卡門沒陪他們去，她已經八十五歲，她說，僅剩的時光已經不適合用來沉迷像政治這麼無常的東西，她傾盡全力照顧喬迪．莫里內，他愈來愈老，毛病一堆，不想離開家。他本來一直年輕而精力充沛，直到失去了他的酒館。溫尼伯號曾是城內的地標，但隨著社區被剷倒，建起了高樓大廈，也跟著消失。喬迪認為那些高樓會在下一次地震中倒塌。卡門則相反，依然健康和活力十足。她的體型縮小，只剩皮包骨，頭頂髮量稀少，嘴巴永遠叼著一根菸。她勤奮、效率高、舉止拘謹嚴肅，但私底下十分感性，她扛起家務事，像是對待無助的孩子一般照顧喬迪，他倆準備好紅酒和塞拉諾火腿，從電視欣賞勝選的畫面。他們看見人群舉著布條和火把，現場洋溢喜悅和希望。「喬迪，我在西班牙經歷過一樣的場面。那是一九三六年，你不在那裡，但我告訴你，根本一模一樣。希望不要像那裡一樣，以悲劇收場。」這是卡門唯一的評語。

午夜過後，人群散去，街道開始清空，達爾茂夫婦遇見了菲力浦．德索勒，他穿戴駱駝毛外套和芥末色的絨面騎師帽，看上去是那樣顯眼。他們這群好友相擁在一起，維克多滿身大汗，嘶吼過的聲音沙啞，菲力浦則是完美無瑕，散發薰衣草香味，和一種薰陶了二十多年的漠然高雅。他一年去倫敦兩次，因此追隨當地的打扮；他很適合這種英國人的漠然。陪在他身邊的是歡娜・拿古切，達爾茂夫婦立刻認出她來，因為她跟那個搭電車來看馬塞爾的遙遠時代還是同個樣貌。

「你該不會投給阿言德吧！」柔瑟驚呼，她也抱了菲力浦和歡娜。

「妳怎麼會這麼想。我當然是投給基督教民主黨，雖然我並不信民主和基督教的美德，但是我可不能讓父親稱心如意。我是君主制擁護者。」

「君主制？老天！你不是你們宗族唯一的進步主義者？」維克多驚呼，他覺得有趣極了。

「那是年輕時的罪過。我們智利缺少像英國那樣的國王或王后，那邊可比這邊文明。」菲力浦嘲弄地說，他吸了一口沒點燃的菸斗，他總是帶在身邊，但只是當作造型用。

「那麼，你來到街頭做什麼？」

「來替平民百姓把把脈。歡娜第一次投票。婦女在二十年前就能投票，她剛投給了右派。我沒辦法說服她相信自己是勞工階層。」

「菲力浦少爺，我跟您父親投給同一個人。正如伊西德羅說的，這種平民站出來的戲碼，我們以前已經看過。」

「什麼時候？」柔瑟問她。

「她指的是佩德羅．阿奎爾．凱爾達的政府。」菲力浦解釋。

「歡娜，多謝那個總統，我們來到這裡。是他接納溫尼伯號難民，記得嗎？」維克多問她。

「年輕人，我該記的事加起來快八十年囉，但是我的記憶力還正常。」

菲力浦告訴他們，他的家人正躲在銀海街的屋子裡，等著馬克思主義分子入侵高級住宅區。他們對自己想像出來的恐怖活動毫不懷疑。伊西德羅．德索勒原本非常有把握保守主義分子即將獲勝，還籌畫了一個派對準備跟朋友和教友一起慶祝。那些廚師和服務生還在家裡，等待上天改變事情的發展方向，好讓他們倒香檳然後將牡蠣端上桌。歡娜則想看看街上發生的事實，她是好奇，不是出於對政治的熱情。

「我的父親宣布全家要移民布宜諾斯艾利斯，直到這個該死的國家恢復清醒，但是我的母親不想離開這裡。她不想把寶寶孤獨留在墓園。」菲力浦補充。

「那麼，奧菲莉雅呢？」柔瑟問，她猜維克多不敢提起她。

「她對選舉的激情無感。馬堤亞斯接受任命負責厄瓜多的協商，他是正式的外交官員，因此新政府不會趕走他。奧菲莉雅利用這個機會到畫家瓜亞薩明的畫室學畫。這位藝術家擅長大筆揮毫的狂野派表現主義。家裡的人都認為他的作品十分醜陋，但是我倒是收藏好幾幅。」

「他們的孩子呢？」

「都在美國念書。他們都會遠離這場發生在智利的政治大災難。」

「你會留下嗎？」

「暫時會。我想看看這個社會主義的實驗怎麼開始。」

「我衷心希望一切都會解決。」柔瑟說。

「你相信右派和美國人會放任不管？記住我說過的，這個國家即將掉進地獄。」菲力浦說。

歡樂的遊行在平靜中結束，到了第二天，當驚慌的民眾準備衝進銀行領錢購買機票，想在俄國入侵之前逃離國內，卻發現有人在打掃街道，一如任何一個平常的星期六，看不到任何衣衫襤褸的人拿著棍棒，走在街頭恐嚇正派人士，總之，事情不太急迫。他們預估當選是一件事，就任總統是另外一件事，而國會的決定還要兩個月才出爐，情勢可能扭轉成對他們有利。到處瀰漫緊張氣氛，阻止阿言德上任的計畫已經開始進行。在接下來幾個星期，一場由美國人支持的陰謀，藉著謀殺軍隊首長達到高潮，那是一位在國會令人尊重的少校，本不該把他捲入其中。這起命案得到跟預期相反的效果，沒激怒軍人叛變，卻引發大眾集體的憤怒，讓大多數智利人更堅守守法的傳統，許多人看不慣這種行凶的邪惡手段，那是來自「香蕉共和國」的產物，不是智利本土，正如報紙所說，這種差距無法拉近。最後國會確認薩爾瓦多．阿言德當選，他變成第一位藉由民主方式選出來的馬克思主義總統。和平革命的思想已經不再是瘋狂的點子。

從選舉到大權移轉，那幾個星期衝突不斷，維克多一直沒機會跟阿言德下棋，因為在這段日子，未來的總統關起門來開祕密政治會議，進行大大小小的談判，爭論政府黨派的權力額度，加上反對聲浪持續騷擾。阿言德杜絕所有美國政府的干預，而尼克森和季辛吉誓言阻止智利勝選後將進行的實驗，因為這可能像火藥般點燃拉丁美洲其他區域，甚至是歐洲，而當賄賂和威脅都行不通，他們開始利誘軍人。阿言德可能輕忽了他的國內敵人，但是他抱持一種超乎理性的信心，認為人民會保護他們的政府。據說他有一個能夠控制任何情勢的密招，而且能將事態扭轉成對自己有利，然而在接下來動盪不安的三年，他需要的不只是密招，更需要魔法和好運氣。到了隔年，當總統終於在詭譎多變的任期建立起一套作息，又開始重啟他的棋賽。

10 一九七〇至一九七三年

夜深人靜，我問自己：
智利將會走向何途？
我可憐的黑暗的祖國將會如何？
——聶魯達，《黑島的回憶》（*Memorial de Isla Negra*），〈失眠〉（Insomnio）

維克多和柔瑟的人生回到原先的軌道，各自忙著自己的事，他在醫院，她忙著教課、開音樂會和旅行，與此同時，這個國家被一陣驟變的強風吹得颯颯作響。大選的兩年前，有位外科醫生在瓦爾帕萊索的一間醫院，用他那雙黃金手替一個二十四歲的女性移植心臟。這項壯舉已在南非發生過一次，但仍是對自然法則的一項挑戰。維克多緊追病例的所有細節，每天在日曆上做紀錄，女病患一共存活一百三十三天。他再次夢見拉薩羅，那個內戰結束前不久，他在北方車站的月台上從鬼門關救回的小士兵。噩夢開始，拉薩羅靜止的心臟被擱在一個托盤上，後來又變成一個充滿光明的夢，那個小士兵走著，胸口開了一扇窗，心臟在裡頭健康地跳動，發出金色光芒，彷彿一幅耶穌聖心圖。

有一天，菲力浦·德索勒去醫院找維克多看病，因為他感覺胸口刺痛。他一向在私人診所看病，從未踏進任何公立醫院，但是朋友的名聲讓他願意冒險一試，離開高級住宅區，去到其他階層百姓所居住的貧困區。「你什麼時候會在恰當的地點看診？別嘮叨那套健康是所有人的權利而不是少數人的特權。我已經聽過了。」這是他見面的寒暄。他不習慣抽號碼牌，坐在金屬椅上等待輪到他。維克多替他檢查完畢後，露出微笑對他說，他的心臟很健康，刺痛是因為不安或焦躁引起。菲力浦穿回衣服時對他說，半個智利都在為政治感到不安和焦躁，但是他猜想社會主義吹噓的革命只是說說而已，支持它的黨派和想奪權的陰謀分子爭吵不休，政府則夾在中間動彈不得。

「菲力浦，如果真的失敗，不會只是你說的那樣而已，主要原因會是政府的敵手操作和華盛頓的干涉。」維克多回答。

「我跟你賭不會有什麼重大改變！」

「你錯了！已經出現改變了。阿言德花了整整四十年構思這個計畫，現在正加速火力推動。」

「計畫跟治理國家是兩回事。你會親眼看到這個國家的政治跟社會陷入混亂，經濟出現破產潮。那個人缺乏經驗和準備，他只會不停地開會討論，永遠無法就任何事達到共識。」菲力浦說。

「而反對黨只有一個目標，對吧？那就是不惜代價推翻政府。或許可能發生，因為他們擁有巨大的資源，而且沒有阻礙。」維克多回答，感覺怒氣升了上來。

阿言德在競選活動上曾宣布他將採行的措施：將銅礦工業國有化，把企業和銀行收為國家經營，徵收土地，這一切撼動了整個國家。剛開始幾個月，改革的確帶來不錯的效果，但是隨著失控印鈔，引爆嚴重的通貨膨脹，沒人知道昨天買麵包的價格今天會變成多少。正如菲力浦．德索勒的預言，政府黨派爭吵不休，他們為勞工做的事不如預期，產量呈自由落體下墜，反對黨火上加油，造成市場物資短缺。對於這件事，卡門是達爾茂一家抱怨最多的人。

「維克多，出門買菜根本是一場災難，永遠不會知道我能買到什麼。我廚藝差。負責燒菜煮飯的是喬迪，但是你知道他現在是個膽小又愛哭的老頭，根本不上街。我負責排隊用公定價格買營養不良的雞肉，為此丟下他一個人好幾個小時，但是只要我不在，他就會擔心受怕。我來到世界的盡頭，竟然又要排隊買香菸！」

「媽，您抽太多菸了。不要浪費時間買菸。」

「我沒浪費時間，我花錢請專業人士買菸。」

「什麼專業人士？」

「兒子，看來你是在黑市買菸。所謂專業人士就是一些沒事做的年輕人或退休的老先生，他們很樂意收一點錢幫忙排隊。」

「阿言德解釋過物資短缺的原因。我想您在電視上看過。」

「我從收音機聽過上百遍了。這是第一次人民有錢但是企業家不供應，因為他們寧願自我毀滅，來撒下不滿的種子，等等……你記得西班牙嗎？」

「當然記得，我記得很清楚，媽媽。我有人脈，我來看看是不是可以幫您買到東西。」

「什麼東西？」

「比方說，衛生紙，有個病人有時會帶幾卷當禮物送我。」

「老天！那可值錢了，維克多。」

「我也這麼聽說。」

「聽著，兒子，你有人脈能買到煉乳和油嗎？我可以用報紙擦屁股沒關係。還有幫我買香菸。」

消失的不只是食物。機器的零件、車子的輪胎、建築水泥、尿布、配方奶粉，和其他基本民生用品都不見蹤影；相反地，醬油、酸豆和指甲油卻供給過剩。當開始配給汽油，全國各個角落便冒出一輛輛腳踏車，在人行道上蛇行。但民眾還是相當樂觀。他們感覺政府代表自己，人人平等，每個人都是同伴，總統先生也包括在內。對於總是生活拮据或窮困的人來說，物資短缺、配給，和經常不安定的感覺，這些早就是家常便飯。維克多·哈拉的革命歌曲響遍大街小巷，即使是達爾茂家對政治無感的馬塞爾都能琅琅上口。牆壁上布滿塗鴉和海報，廣場上表演著戲劇，而書本用冰淇淋的價格印刷，為的是家家戶戶都能擁有自己的書房。

軍營裡鴉雀無聲，如果有人在策劃陰謀，也不會傳出去。天主教會不會正式干涉政治衝突；有些修士站在布道壇上挑動怒氣並散布仇恨，根本該送宗教裁判所審判，也有些神父和修女心向著政府，但並非受意識型態吸引，而是他們侍奉最有需要的人。右派的報紙以斗大的標題呼喊：智利人民！集結你們的仇恨！至於資產階級既是驚慌又是生氣，他們朝軍人丟擲玉米，希望激起他們群起叛變：「你們這群弱雞！膽小鬼！拿起你們的武器！」

「這裡會發生我們已經在西班牙經歷的事。」卡門像唱歌謠一樣不斷叨念。

「阿言德說這裡永遠不會發生兄弟鬩牆的戰爭，因為政府跟人民都會力阻。」維克多試著安慰她。

「你的這位同伴太過天真。兒子，智利已經分裂成幾個水火不容的派別。朋友之間爭吵不休，有些家庭因此對立，想法不同就無法溝通。我已經不再跟幾個老朋友見面，就是避免吵起來。」

「媽，太誇張了。」

但是連他也能嗅到空氣中的火藥味。某天晚上，馬塞爾聽完維克多・哈拉的一場演唱會，騎著單車回家途中，停下來觀看一群年輕人踩著階梯，在一面高牆上畫下鴿子和步槍。突然間，不知從哪裡冒出兩輛汽車，有兩個男人下車，他們拿著棍棒和鐵條，短短幾分鐘就把藝術家打到在地。馬塞爾還來不及反應，他們就爬上引擎還開著的汽車，瞬間逃逸無蹤。幾分鐘後，一支警察巡邏隊收到附近的居民通知而趕到，還有一輛救護車載走幾位情況不樂觀的年輕人。憲兵把馬塞爾帶到警局，要他以目擊證人說出證詞。凌晨三點，維克多到警局把他帶走，因為他太過難過，無法自行騎單車回家。

左派厭倦了持續等待革命和平進行，開始出現武裝抗爭運動，同時間另一個法西斯分子也因為不相信能達到和平共識，發起了運動。「如果要吵，我們就吵吧。」人們說。卡門為了掙脫喬迪過於甜膩的溫柔，外出幾個小時跟著群眾占領大街小巷，參加支持政府的遊行，以及其他一樣人數眾多的反對派遊行。她穿上運動鞋，帶著預防催淚瓦斯攻擊的檸檬和一條蘸醋的手帕，回到家時往往渾身溼透，被試著維持秩序的警察拿強力水柱噴溼。「全部亂成一團。」她說：「只要一簇火花就能引爆。」

伊西德羅．德索勒的莊園沒被徵收，可是農夫自行占為己用。他以為是暫時失去，因此氣憤地說，遲早會重建規矩和道德，他專注在拯救出口羊毛的生意，而且要趕在民眾吃掉他的動物之前。他雇用幾個熟知山區小路和捷徑的南部嚮導，把綿羊送到阿根廷的巴塔哥尼亞高原，一如其他牧場主人也把他們的牛群送走。他也按照他先前宣布的，把家人送到布宜諾斯艾利斯。他們大批離開，包括已經出嫁的女兒、女婿、孫子孫女以及保母，但是歡娜・拿古切留在銀海街看守主屋。勞拉則被強行帶走，他們向她保證，菲力浦會在她不在時送鮮花到雷奧納多的墳前，然後再用鎮靜劑和甜食將她迷昏，菲力浦是唯一留守的德索勒家人，他繼續經營他的律師事務所；其他兩名律師已經去烏拉圭的蒙特維多開設分公司。

在這段時間，菲力浦經常去古老的努諾亞區，探望達爾茂一家，在那裡沒有半個與他同樣階層的居民。他帶了兩瓶酒，一心想聊天。他跟以往的朋友相處已經不再那麼自在，跟少數幾個左派的朋友也合不來，他們不太喜歡他仿自英國人的陰鬱氣質和他模稜兩可的政治立場。憤怒分子俱樂部早在許久以前便已解散。他投入新生意：以便宜價格收購離鄉名門家族的古董和藝術品；很快地，家中已經沒有可以移動的空間。他利用眼下房產簡直是半買半送的機會，開始尋找另一間更大的屋子。他想起年輕時曾經批評父母房產過多，不禁自嘲。柔瑟問他，萬一他決定照自己經常掛在嘴邊的話搬到國外，會怎麼處理那些雜七雜八的物品，他回答會把東西放在一間倉庫，等到他回來為止，因為智利不是俄國也不是古巴，此刻震天響的智利革命只會是曇花一現。他看起來信心滿滿，維克多懷疑他的朋友可能暗地裡進行什麼重要計畫。為了慎重起見，維克多從不提他跟總統的棋賽。菲力浦喝完晚餐酒之後，接著喝威士忌，舌頭開始不聽話，狠批對人生和世界的不滿。他年輕時的那種理想主義和寬容心蕩然無存。他認同社會主義是比較平等的體制，但實施的結果會走向一個警察國家或者獨裁，如同發生在古巴的事實，在那裡，不贊同國家制度的人逃亡到邁阿密，或者被抓坐牢。菲力浦的貴族體質讓他對各種亂象作噁，所謂平等、革命的陳腔濫調、教條式的口號，粗野的行為、留長鬍子、醜陋的工藝風格——焦木家具和黃麻地毯、拖鞋、斗篷、種子項鍊和針織裙，總之，災難已經全面擴散。「我不懂為什麼要穿得跟乞丐一樣。」他爭論；以及為什麼要把這種東西叫「大眾文化」，根本跟文化一點關係也沒有，這是俄國現實主義的智利版，壁畫都是礦工高舉拳頭和切．格瓦拉的肖像，歌手傳誦他們單調的創作歌曲，真是可怕。「連馬普切人的傳統樂器和克丘亞人的蓋那笛都流行開來！」他也在右派的朋友之間痛批大人物守舊和心懷不軌，說他們停頓在過去，對於人民的要求充耳不聞，他們藉著民主、國家和叛徒，捍衛他們的特權。菲力浦變得令人難以忍受，慢慢受到孤立，此外單身的寂寞，更讓他集中火力怪罪一切。

維克多非常開心看見民眾衛生的改善，從小孩能每天喝一杯牛奶來降低營養不良的情形到蓋醫院，但是醫療資源依舊短缺，如抗生素、麻醉藥、針頭、注射筒、基本藥物，和能夠守護病患的人。好幾位醫師已經離開智利，他們害怕反對黨宣傳的俄國專制，而且因為醫學院宣布罷工，他的大多數同事都參與其中。他持續工作，工時變成兩倍。他站著睡著，連靈魂都累了，感覺自己像是重回內戰時期的生活。其他職業學校和雇主、企業家工會也相繼罷工。當卡車司機拒絕工作，這個國土細長的國家等於交通癱瘓；北部的漁獲和南部的蔬菜水果任憑腐爛，聖地牙哥卻缺少基本物資。阿言德嚴詞宣布這是美國介入的影響，他們資助卡車司機罷工，這也是右派的陰謀。學生加入製造混亂，他們盤據在大學的教室，拿沙包堵住學校門口。柔瑟跟學生改約在森林公園，以露天方式上理論課，如果有必要就撐傘；她跟平常一樣點名和打分數，只惋惜不能把三角鋼琴拖來這裡。民眾已經習慣穿著戰鬥服的憲兵出現，習慣抗議的標語牌、布條，還有燃燒的海報，報紙上滿是惟恐天下不亂的威脅和警告、此起彼落的怒吼聲，大家都在互相對抗。然而，大家一致同意將礦業國有化。

「該是時候了。」馬塞爾・達爾茂對他的祖母說：「銅礦是智利的財源，是國家的經濟命脈。」

「如果銅礦是智利的，為什麼還需要國有化？」

「奶奶，這背後一直有美國企業操縱。政府把礦脈奪回來，當作賠償，因為他們賺得太多，逃漏稅，積欠國家千百萬美金。」

「美國人不會開心的。馬塞爾，記住，他們會吵。」卡門說。

「美國人離開礦脈以後，國家會需要更多智利的工程師和地質學家。奶奶，我會很搶手。」

「我替你感到開心。他們會多付你一點嗎？」

「不知道。為什麼這麼問？」

「這樣你才有錢結婚呀，馬塞爾。我們這個家就四個人，如果你不努力，我就看不到曾孫了。你三十一歲了，該是安定下來的時候。」

「我已經安定下來了。」

「我沒看過你交女朋友，這不太正常。你從沒戀愛過嗎？或者你該不會……？嗯，你知道我指的是什麼。」

「奶奶，妳太口無遮攔了吧！」

「騎單車都會發生這種問題。因為壓迫睪丸，導致性無能跟不孕。」

「喔？」

「我是在美容院的一本雜誌上看到的。馬塞爾，你長得不醜。如果你把鬍子剃掉，剪短頭髮，簡直就跟多明金一模一樣。」

「那是誰？」

「鬥牛士呀。你也不笨，放機伶點。你會跟嚴規熙篤隱修會修士一樣聰明。」

卡門沒料到，國有化的其中一項後果是銅礦開採公司提供獎金，把他的孫子送去美國。她相信孫子如果走了，這輩子再也沒有機會見到他。馬塞爾前往科羅拉多州攻讀地質學，到了落磯山脈腳下一座建於淘金潮時期的城市。他把單車拆解帶走，因為那是依照他身高打造的尺寸，也帶走了維克多·哈拉的唱片。他離開後不久，智利的混亂惡化成摧毀國家的暴力。「我會寫信給妳。」這是他在機場對祖母說的最後一句話。

馬塞爾默默地學習英語，那股固執就如同拒絕講加泰隆尼亞語。短短幾個星期，他就融入了科羅拉多州的生活。他到的時候是一片金黃的初秋，幾個星期後卻已經開始鏟雪。

他加入了單車愛好者車隊，他們的訓練以穿越美國為目標，從西岸的太平洋到東岸的大西洋，他還加入登山團體。維克多無法到美國看他，因為每天面對著混亂、遊行、失業、罷工和繁重的工作，他抽不出時間旅行，柔瑟倒是去探望他兩次，回來告訴其他家人，她的兒子在美國開口講的英文恐怕比一輩子講的西班牙語還多。他刮掉了鬍子，把頭髮紮成小辮子垂在脖子後面。卡門說的沒錯，他像極了多明金。對馬塞爾來說，他遠離家人的緊盯，擺脫智利的衝突和動盪，在寧靜的大學裡接受知識薰陶，專注分析岩石性質的奧祕，這輩子第一次感到內心的自在。他在這裡不是難民的孩子，沒有人聽過西班牙內戰，只有少數人能在地圖上指出智利在哪裡，更不用說加泰隆尼亞。他在這個講著不同語言的世界開始結交朋友，不到幾個月，已經找到他第一個愛情，跟一個來自牙買加的年輕女孩同居在一間小公寓，女孩在這裡攻讀文學，也為報紙寫文章。柔瑟在第二次來探訪時認識了她，回到智利後告訴家人，這個女孩不但貌美，個性活潑，而且比馬塞爾聒噪。「卡門，您可以安心了，您的孫子終於活出人生。那個牙買加女孩教他跳他們國家加勒比海節奏的舞蹈。要是妳看到他像個非洲人隨著鼓聲和沙鈴聲扭腰擺臀，一定不會相信自己的眼睛。」

卡門擔心的事終於發生了，她沒機會再擁抱她的孫子、認識那個牙買加女孩，還有馬塞爾以後可能會交的女朋友，她也來不及看到延續達爾茂家族血脈的曾孫，因為她在滿八十七歲的那天破曉時分在睡夢中過世，而大家當時正為了慶生會在院子裡搭帳篷和擺桌子。前一天夜裡，她跟以往一樣因為長年抽菸咳個不停，但是健康狀況還不錯，而且也參加了生日慶祝的準備。喬迪．莫里內被百葉窗縫隙滲透進來的晨光叫醒，在床上等待烤麵包的香味，那是該穿拖鞋去吃早餐的時刻。他花了幾分鐘才發現卡門在他的身邊，一動也不動，跟大理石一樣冰冷。他牽起她的手，安靜下來，無聲地哭了，想著她竟然先離開，丟下他一個人，真是可怕的背叛。

柔瑟在下午一點發現卡門的狀況，當時她拿著蛋糕出現，開來的車子上裝滿了準備擺在桌子上的氣球，廚師跟他的助手還沒到。眼前沉靜而昏暗，百葉窗是拉上的，空氣凝結成一片，她正覺得奇怪，在大廳呼叫婆婆跟喬迪，然後到廚房找他們，再大膽地走到臥室去。之後，等到她終於反應過來，立刻拿起電話先打給在醫院上班的維克多，然後再打給正在布宜諾斯艾利斯某間旅館裡的馬塞爾，彼時他跟一群學生湊巧到阿根廷一遊。她通知他們奶奶已經過世，而喬迪下落不明。

卡門不只說過一次，如果她死在智利，希望能葬在西班牙，躺在丈夫和兒子吉耶的身邊，如果死在西班牙，希望能葬在智利，在其他家人身邊。為什麼呢？因為高興，她說完哈哈大笑。但是這不只是個玩笑，而是她對分割的愛，對分離，對遠離家人的生與死感到焦慮。隔天，馬塞爾飛回聖地牙哥。他們在卡門跟喬迪．莫里內生活了十九年的屋子裡替祖母守靈。沒舉辦任何宗教儀式，因為她最後一次踏進教堂還是個小女孩，甚至還沒愛上馬塞爾．路易斯．達爾茂；但是住在附近的兩位瑪利諾傳教會的神父不請自來，卡門曾拿喬迪從走私管道買到的伊比利火腿和曼徹格起司，交換從紐約寄來給他們的香菸。兩位神父彈吉他和唱歌，臨時辦起卡門應該會喜歡的喪禮，現場最悲不可抑的是馬塞爾，他跟祖母關係親近。他喝了兩杯皮斯可酒，坐下來想著來不及告訴她的事，害羞而沒對她展現的溫柔，拒絕跟她說加泰隆尼亞語，曾嘲笑她的廚藝不佳，沒有每封信都回覆，於是熱淚盈眶。他最了解魯莽和愛發號施令的祖母，自從他去了科羅拉多州之後，她每天都寫信給他，直到她過世的前一天。往後唯一能一直陪伴馬塞爾到天涯海角的，將會是那個用細繩綁起來的鞋盒，裡面保存著整整三百五十九封祖母的信。維克多在馬塞爾身邊坐下來，他安靜而悲傷，想著他的小家庭已經失去主要梁柱。這一晚夜深人靜時，他在房內與柔瑟獨處，告訴她這件事。「維克多，撐著這個家的梁柱一直是你。」她點醒他。鄰居、與卡門工作多年的同事、她昔日的學生、喬迪在溫尼伯號酒館認識的朋友，以及維克多和柔瑟的朋友，全都來參加守靈會。晚上八點，憲兵隊抵達，封鎖整個街區，他們騎著摩托車替三輛藍色的飛雅特汽車開路。其中一輛車內坐著前來向棋友致哀的總統先生。維克多在墓園買下一塊地準備埋葬母親，空間足以容納整個家族和喬迪，或許將來有機會，把父親的屍骨從西班牙帶來，都能葬在一起。這時，他明白從這一刻開始，他永遠屬於智利。「我們死的地方就是祖國。」卡門經常這麼說。

與此同時，警察在尋找喬迪．莫里內的下落。老先生沒有家人，他跟卡門認識的都是同一批朋友。沒有人看見他。達爾茂一家想著他或許迷路了，因為他有些輕微失智，不太可能走太遠，於是他們在社區的玻璃櫥窗張貼附上照片的尋人啟事，屋子也沒鎖門，讓他回來時可以進門。柔瑟相信他穿著睡衣和拖鞋出門，因為他所有的衣服跟鞋子都在衣櫥裡，但是不太確定。夏天來臨時，她終於得到答案，這時馬普丘河水位下降，他們終於找到卡在灌木叢中的老先生的骨骸。他身上的睡衣只剩碎片。整整一個月過後，當骨骸的身分終於確認，他們便交還給達爾茂一家，讓他們可以把他葬在卡門身邊。

除了各種問題叢生、通貨膨脹如野馬奔騰、報紙遍見災難消息，從投票率出奇高的議會選舉可以看出，政府失去民眾支持。顯而易見，要除掉阿言德，不只有經濟危機，還有節節攀升的民怨。

「醫生，右派正在儲備武器。」帶衛生紙給維克多的病患說：「我會知道，是因為在我工作的工廠現在有個用鐵門和鎖頭封緊的地窖。沒有人能進去。」

「那不能證明什麼。」

「您知道嗎？有幾個同事日夜輪流看守，以防發生搶劫。他們看過有人從卡車搬下來許多箱子。因為跟平常的貨物不一樣，他們決定調查，很有把握裡面裝的滿滿都是武器。醫生，這裡將會發生流血衝突，因為參加革命運動的年輕人也是武裝的。」

當天晚上，維克多把聽到的事告訴阿言德。他們下完一盤拖了好幾晚沒完成的棋賽。這棟由政府買下給總統居住的官邸是西班牙風格，有著拱型窗戶、瓦片屋頂，門口鑲著國徽的馬賽克磚畫，兩棵探出圍牆外的高大棕櫚樹。守衛都認識維克多，沒有人對他深夜到訪感到奇怪。他們在大廳裡，棋盤一直擺在這裡，四周圍繞著書本和藝術作品。阿言德聽著維克多的話，沒有太感驚訝，他已經聽說，但無法用合法手段派人夷平那間工廠，或任何也正在做同樣事情的公司。「維克多，別擔心，只要軍人忠於政府，就不用太害怕。我相信司令官是個有榮譽心的人。」他又說，大聲疾呼的左派極端分子也一樣危險，正在要求發動跟古巴一樣的革命；他們燒昏了頭，跟右派一樣嚴重地傷害了政府。

到了年末，他們在國家體育場向聶魯達獻上最高榮譽，而在同樣的地點，九個月後將擠滿囚犯和刑求者。這是詩人唯一參加的公開活動，幾個月前他才剛從年老的瑞典國王手中接下諾貝爾文學獎。他辭去駐法大使的職位，回到他心愛的黑島上的古怪屋子居住。他生病了，但依然在小書桌前筆耕不輟，窗外是波濤洶湧的大海，浪花拋上了他的窗戶化成泡沫。接下來幾個月，維克多來這裡探訪他幾次，有時是以朋友身分，有時是以醫生身分。他看見他穿戴印地安原住民的斗篷和扁帽，和藹可親，食欲旺盛，準備跟他的訪客分享淋上智利葡萄酒的火烤紅魚，聊一聊生活。他已經不再是那個寫歡樂頌歌，或是為了逗朋友開心而裝作愛開玩笑的人。源源不斷的邀請、獎項和來自世界各地讚嘆的信，像雨水淋下，可是他覺得心好沉重，替智利感到恐懼。他著手撰寫回憶錄，其中西班牙內戰和溫尼伯號占了好幾頁的篇幅。他憶起許多遭謀殺或失蹤的西班牙友人而激動不已。「我不想比佛朗哥早死。」他說。維克多肯定地對他說，他還會活很多年，他的病是慢性的，而且已經受到控制，但他也懷疑西班牙大元首可能長生不死，他已經鐵腕掌權三十三年。對維克多來說，他在西班牙的回憶愈來愈模糊。每一年的十二月三十一日午夜時分，他會舉杯慶祝新年到來，並希望再次回到他的國家，但這麼做只是因為傳統，根本不抱想像或者希望。他懷疑他誕生的那個西班牙，他認識的西班牙，他為之搏命的西班牙，已經不存在了。在這些年，那片土地在軍人和教士的控制下，應該已經變成一個讓他沒歸屬感的地方。

他跟聶魯達一樣，也為智利感到恐懼。據傳將有軍事政變，從兩年前開始流傳的消息甚囂塵上。總統依然相信軍隊，儘管他知道軍隊內部已經分裂。春初，反對派的暴力前所未見，已經到了無以復加的地步，軍人之間的不滿轉為挑釁的態度。司令官無法讓將領服從，只得辭去職位。他向總統解釋，他身為軍人的責任是卸下職位，避免破壞軍紀。他的行動只是枉然。幾天過後，一個清晨五點，可怕的軍事政變爆發，短短幾個小時逆轉現實世界，一切已經無法回到從前。

維克多那天提早出門去醫院，卻遇見載著士兵的坦克和成排的綠色卡車占領街道，直升機在低空震響，彷彿振翅飛翔的鳥兒帶來壞預兆，士兵穿戴作戰裝備，臉上畫著跟北美科曼奇人一樣的塗鴉，他們拿著槍托催趕這時在路上的幾個民眾。他馬上知道發生什麼事，於是掉頭回家，打電話給人在卡拉卡斯的柔瑟和在科羅拉多州的馬塞爾。他們都說要搭乘第一班有空位的飛機回智利，他卻勸他們等到風暴過去再說。他想聯絡總統和幾個認識的政治領導人，卻怎麼也聯絡不上。他沒有消息。電視台被叛軍占領，廣播電台也是，只有一台確認了他的猜測。這場美國大使館策畫的行動，精準而快速地讓全國噤聲。審查制度馬上開始實施。維克多決定待在醫院；他打包一套衣服，把牙刷也放進袋子，然後開著老舊的雪鐵龍沿著小巷離開，電池收音機在刺耳的沙沙聲中傳來總統的聲音，他控訴軍人叛變和法西斯黨政變，要人民保持冷靜待在工作崗位上，不要採取挑釁或破壞行動，他重申他會堅守本位捍衛合法的政府。「我正處在一場歷史性的過渡期，我願意為人民的忠誠犧牲性命。」維克多熱淚盈眶，無法再繼續開車，他停下來半晌，而戰鬥機就在他的頭頂呼嘯飛過；遠處竄出濃煙，雖然難以置信，但他知道他們在轟炸總統府。

四位將軍組成軍政府，支配了他們祖國的命運，他們穿著戰鬥服，兩側是國旗和國徽，軍歌在空中飄揚，他們一天上電視數次發表宣言。所有消息都遭到攔阻。據說薩爾瓦多·阿言德在起火的總統府內自殺，維克多跟多數人一樣都懷疑他是遭到殺害。這時他才明白事情的嚴重性。已經沒有退路。所有部長都遭囚禁，議會宣布無限期閉會，政黨停止活動，報紙的自由和公民權利遭取消，一切要等到新秩序建立。軍隊逮捕當初猶豫該不該參加政變的軍人，並槍斃許多人，不過這一切是後來才曝光，因為武裝部隊希望打造堅不可摧的形象。前司令官逃到阿根廷，以免慘遭昔日同袍毒手，可惜一年過後，他還是死於汽車炸彈攻擊，跟妻子一起被炸得粉身碎骨。奧古斯圖・皮諾契特將軍帶領軍政府，很快地轉化為獨裁的代表。鎮壓的時間短暫、迅速而徹底。他們宣布每一塊石頭都要清除，不論馬克思主義分子藏在哪裡，都要把他們拖出來，他們要不計代價剷除國家的共產主義癌症。高級住宅區的布爾喬亞階級拿出三年前存放的香檳，開始歡天喜地地慶祝，勞工階級卻人心惶惶。維克多九天沒回家，起先是實施七十二小時的宵禁，沒人能出門，之後醫院人手不足，中彈的傷患來到醫院，停屍間滿滿都是身分不明的屍體。他在咖啡廳果腹，坐在椅子上打盹兒，拿海綿清潔身體部分部位，只擠得出時間換一次衣服。他花好幾個小時才打通了國際電話。先從醫院打給柔瑟，要她無論如何都不要回來，等他的通知，然後要她把話傳給馬塞爾。他們關閉了大學，對認定有反抗嫌疑的學生開槍。他聽說新聞學院和其他學院的牆壁都被血洗。他無法告訴柔瑟音樂學校和她的學生的消息。醫生停工很快結束，他的同事紛紛神清氣爽地返回崗位；但一場人員肅清行動展開，安全部隊甚至把病患從病床拖下來。他們派一位上校接管醫院，配戴衝鋒槍的士兵監視入口、出口、走廊、大廳，甚至是外科手術室。他們逮捕幾位左派醫生，有些逃走了或失去聯絡，因此沒回到崗位，但是維克多繼續工作，他有一種能全身而退的瘋狂錯覺。

當他終於能回家洗澡和換衣服，卻發現這座城市已經改頭換面，乾淨整潔，漆成了一片白色。短短幾天，革命思潮的壁畫、高喊仇恨的標語牌、垃圾、大鬍子男人，和褲裝女人都消失無蹤；他在商店櫥窗看見之前只能在黑市買到的商品，但是顧客不多，因為價格上漲。武裝士兵和憲兵監控一切，同時街角也有坦克車，密實包住的卡車像是狼群呼嘯而過。放眼望去是完美無瑕的軍紀控制，和出於恐懼的和平表象。踏進家門那一刻，維克多跟剛好探出身的女子打招呼，他們是多年的鄰居。她沒回應，而是砰一聲關上窗戶。這對他來說本該是警訊，可是他只是聳聳肩膀，想著那個可憐的女人必定是因為近來發生的事而不知所措。他家裡跟政變那天匆忙離開時一樣，床鋪沒整理，衣服亂丟，廚房裡還堆著骯髒的盤子，和長出綠色黴斑的食物。他沒心情整理，仰躺在床上，睡了十四個小時。

就在這段日子，聶魯達告別了這個世界。軍事政變是他最深的恐懼，他抵擋不了，於是健康狀況急速惡化。當救護車載著他前往聖地牙哥的一間診所，軍隊強行闖進他在黑島上的住所，搜索他的文件，踐踏他收藏的酒、貝殼和海螺，尋找可能的武器和藏匿的游擊隊員。維克多到診所去探訪他，卻被衛兵搜身、採集指紋、照相，最後被病房門口看守的士兵攔下。他了解聶魯達的病況，一個月前還看到他氣色不錯，因此覺得他的死似乎有些蹊蹺。他不是唯一懷疑種種狀況的人：不久開始謠傳聶魯達是被毒死的。詩人入院的三天前，寫完了回憶錄的最後幾頁，他看到國家分裂和退縮，看到朋友薩爾瓦多．阿言德祕密下葬，送殯的人只有他的遺孀，感到無比沮喪……他寫下：「士兵再次背叛智利，從他們的機關槍射出的子彈，刺穿和撕裂那抹榮耀的身影。」他說得沒錯，軍人早已有反抗合法政府的紀錄，但是人民健忘，已經把他們過去的背叛從歷史上擦去。詩人的葬禮是唾棄政變者的第一個徵兆，但因為全世界的眼睛都盯著看，所以禁止不了。維克多無法離開醫院，他正在替一位重傷病患開刀。幾天後，他從送衛生紙的男人口中得知詳細狀況。

「醫生，葬禮人不多。您還記得在國家體育場頒獎給詩人的人潮嗎？嗯，我想，到墓園的人不過兩百人吧。」

「報紙刊登新聞時，已經太遲；知道他過世和舉辦葬禮的人並不多。」

「人們害怕。」

「聶魯達的許多朋友和仰慕者不是躲起來就是坐牢。告訴我葬禮的情形。」維克多要求他。

「我走在前面，怕得要命，因為到墓園的路上到處都有拿機關槍的士兵。棺木覆蓋著花朵。我們默默走著，接著有人大喊：『聶魯達同志！』我們回答：『願您永遠與我們同在！』」

「士兵有什麼動作嗎？」

「什麼也沒做！於是有個勇敢的傢伙大喊：『總統同志！』我們一起回答：『願您永遠與我們同在！』醫生，那真是感人的畫面。我們也大喊人民團結起來將會所向無敵，而士兵什麼也沒做，但是有幾個傢伙拍下幾張送葬隊伍的照片。天知道他們要那些照片做什麼。」

維克多對這一切感到懷疑；現實世界變得難以捉摸，充斥著視而不見、謊言和掩飾，人們可笑地讚頌「可敬的」祖國、勇敢的士兵和傳統道德。「同志」這個詞被刪去，沒有人敢說出口。有關集中營、就地正法的消息暗中傳遞開來，又有數以千計的人被逮捕、流放、失蹤、逃亡，還有刑求中心派狗強暴婦女。他問自己，這些刑求者和告密者之前都在哪裡？他從沒看過他們。他們默默準備和籌畫，然後突然冒出來，彷彿經過數年訓練。親法西斯的智利人一直蟄伏在地底下，等待著見光的那天。這是傲慢右派的勝利，是相信革命的人民的挫敗。他聽說伊西德羅・德索勒跟很多人一樣，在政變的幾天後攜家帶眷回國，準備討回他的特權和重掌事業，但是政治權力掌握在各個將軍手中，他們說他們正在重整馬克思主義對國家造成的混亂。沒有人敢想像這個獨裁將會持續多久，只有將軍們心知肚明。

結果女鄰居檢舉了維克多・達爾茂，不過兩年前她曾要求他透過跟總統的友誼，把她的兒子安插到憲兵隊；她曾接受他在她的心臟安裝兩個人工瓣膜，曾跟柔瑟交換糖跟白米，也曾一臉哀傷地參加卡門的守靈會。他們到醫院逮捕維克多。一共三個人，沒穿制服，沒表明身分，直接到外科手術室找人，但是他們還算有良心，肯等到手術結束。「醫生，跟我們來，這是個例行的行動。」他們用嚴肅的語氣對他說。到了街上，他們把他推進一輛黑色的汽車內，替他上手銬，蒙住他的眼睛。接著一個拳頭打向他的肚子。

直到兩天後，當他們終於從拷問中得到滿意答案，便把維克多．達爾茂拖出建築外面，拿掉眼罩，打開手銬，他終於能夠呼吸新鮮空氣，才知道自己在哪裡。他花了幾分鐘適應正午刺眼的陽光，並站穩腳步。他身處國立體育場。一個非常年輕的士兵拿了一條毯子給他，沒有任何敵意，扶著他慢慢走到他們指定的走廊。他吃力地走著，感覺經過毆打和電擊後全身都在發痛，他像船難者感到口渴，搞不清楚時間，也記不清楚事情發生的經過。他可能在刑求者的手裡一個星期，也可能只有幾個小時。他們問了他什麼？阿言德、下棋，Z計畫——Z計畫是什麼？他不知道。那些牢房裡還有其他人，巨大電風扇的噪音，以及令人毛骨悚然的慘叫、槍響。「他們槍斃了他們，他們槍斃了他們。」維克多低喃。

他們坐在頂層觀眾席，維克多看見數以千計的囚犯，士兵在一旁監視，他也曾經坐在這裡觀賞球賽或各種文藝活動，比如聶魯達的表演。當帶他來這裡的士兵離開，另一名囚犯靠近，帶他到一個座位，拿保溫瓶給他喝水。「不要擔心，同志，我想最糟糕的時刻已經過去。」維克多喝光水後，他幫忙讓他躺下來，把毯子捲起來墊在他的頭下面。「休息吧，看哪，這要熬很長一段時間。」他補充。他是個冶金工人，在政變的第二天遭到逮捕，來到體育場已經幾個星期。黃昏時，氣溫下降，維克多終於能坐起來，男子跟他解釋這裡的日常作息。

「不要引起注意。要保持安靜，不要說話，任何藉口都可能招來一頓槍托毒打。他們是野獸。」

「怎麼這麼多怨恨，這麼殘忍……我不懂……」維克多囁嚅。他嘴巴乾渴，話語塞在一起，堵住了喉嚨。

「我們只要有一把槍和接到命令，都可能變成野獸。」另一個靠過來的囚犯插嘴。

「同志，我就不會。」冶金工人否認，「我親眼看到那些士兵怎麼打殘維克多．哈拉的手。他們對他咆哮：『現在唱啊，混帳！』他們拿棍棒把他打到倒下，對他開槍。」

「重點是要有人知道你在哪裡。」另一個人說。「一旦你失蹤，他們才能追蹤你的下落。很多人失蹤之後就下落不明。你有結婚嗎？」

「有。」維克多點頭回答。

「給我你的地址或太太的電話。我的女兒可以通知她。她在體育場外面，跟其他人的家人在一起等消息。」

但是維克多沒給，他怕他只是個來這裡查探資料的告密者。

天主聖胡安醫院的一名護士目睹維克多被逮，已經打電話聯絡上在委內瑞拉的柔瑟，通知她發生的事。柔瑟立即打電話通知馬塞爾壞消息，並命令他不要離開原來的地方，因為從國外要比回智利更能設法提供幫助，但是她要立刻回去。她買好機票，在登機前去見瓦倫汀・桑切茲。「等我知道他們如何處置妳先生，我們會立刻去救他。」她的朋友保證。他給她一封信，讓她轉交給他們國家駐智利的大使，那是他從前還是外交官時的同事，在他家還有幾百名避難者，正在等待可以流亡的安全通行證；他們是少數庇護難民的大使館。已經有數百名智利人陸續抵達卡拉卡斯，很快地人數會達到幾千名。

十月底，柔瑟飛抵智利，一直到十一月才知道她的丈夫被帶往國立體育場，但是當委內瑞拉大使問起，那裡的人卻信誓旦旦說他沒待過那裡。這時，他們正在疏散囚犯，改送到全國各處的集中營。柔瑟花了好幾個星期找人，透過各種國際的友誼和人脈，向各個高官叩門，到教堂查詢失蹤者名單。到處都找不到他的名字。他像是人間蒸發。

維克多・達爾茂跟其他政治囚犯被卡車隊伍載到北部硝石營地，總共花了一天一夜，該營地早在十年前便已廢棄，最近改為監獄。從前這裡是硝石工人的住處，四周圍繞帶刺的鐵絲網，有著監哨高塔，他們第一批抵達的兩百人進了臨時改造的建築，由手持衝鋒槍的武裝士兵看守，還有一輛原地旋轉的坦克車，偶爾有空軍的飛機巡邏。司令官是憲兵隊的將官，他體型肥胖，講話是用喊的，身上的制服太過緊繃，總是汗流浹背。他是個自負的男人，心胸狹窄。他從擴音器宣布，犯罪或意圖犯罪的囚犯日子將會難過。他們一下卡車就被迫脫光衣服，站在沙漠的烈陽底下好幾個小時，沒有食物也沒有水，同時那名將官走過一個個囚犯面前，辱罵和踢打他們。他從一開始就採用嚴厲懲罰來攻破他們的士氣，他的下屬也群起效尤。維克多．達爾茂相信自己比其他囚犯還能忍受，畢竟他在濱海阿熱萊斯度過好幾個月，但那已經是很多年前的事，當時他是個年輕小夥子。再過不久他就要六十歲，但在被逮捕之前，他從未想過年紀。在北部的潘帕斯沙漠地區，白天高溫炎熱，夜晚天寒地凍，他真想累死算了。逃跑是癡人說夢，因為四周是一望無際的沙漠，只有綿延幾千公里的乾土、沙子、砂礫和風。他真正感覺自己是個老頭子。

11 一九七四至一九八三年

現在讓我來告訴你：
我的故土將屬於你，
我將征服它，
不只是獻給你，
也獻給所有人，
所有我的同胞。

——聶魯達，《船長的詩》，
〈在路上的信〉（La carta en el camino）

待在集中營十一個月，維克多．達爾茂並沒有像預期那樣死於疲乏，反而將身體和心智淬鍊得更加強壯。他一直是瘦削身材，但是在這裡瘦成精壯體型，皮膚在毒辣的陽光、鹽分和砂土的折磨下變得焦黑，五官變得立體，恍若一尊賈科梅蒂的鐵雕作品。那些荒謬的軍事操練，諸如在無情的太陽下的體操和賽跑，在結凍的黑夜裡靜止不動好幾個小時，種種毆打和懲戒，這一切沒有打倒他；或者被強迫做白工、羞辱和飢餓，也沒讓他投降。他專注在囚犯的角色，放棄去掌握人生的任何東西，把自己交給獄卒，他們掌控絕對的權力和免受懲罰的特權，他只能控制自己的情緒。他再次成為樺樹，在風雨中彎腰，但是不會斷裂。他已經在其他地方扮演過這個角色。他把自己關在回憶裡，保護自己免受獄卒的施虐，忍受他們的愚蠢，他有把握柔瑟正在默默找他，而且有一天肯定會成功。他想著馬塞爾。維克多在剛滿三十歲時沉默寡言，因為不想說話，此刻的他也不想講，因為沒有可以講的東西。同遭不幸的同伴都在守衛背後竊竊私語，他卻沉浸在無限的哀愁中，想著柔瑟和他們經歷過的一切，想著自己有多愛她，他也在內心不斷回想他熟知的史上最知名的幾場棋賽，訓練頭腦保持靈光，也想著跟總統下過的幾場棋賽。有一次，他夢想能拿這裡的浮石來雕成棋子，跟其他人下棋，不過在獄卒的緊盯下是不可能的。那些穿制服的傢伙來自勞工階層，都是貧苦人家，或許大多數人會贊同社會主義革命，但是他們帶著滿腔怨恨執行命令，彷彿囚犯過往的行為是對他們個人的攻擊。

每個星期，他們都會帶走一些人到其他集中營，或者處決他們，再用炸藥在沙漠裡將屍體炸飛，但是來的人比離開的人還多。維克多估計來自全國各地的囚犯已經超過一千五百人，不同年紀，來自各行各業，唯一的共通點是遭到通緝。他們是國家的敵人。有些人跟他一樣，不屬於任何黨派也未曾從事政治相關工作，來到這裡只是因為遭到報復檢舉，或者官僚體制的疏忽。

春天到了，囚犯害怕夏天的到來，到時集中營會在一天最熱的時刻變成人間煉獄，然而維克多．達爾茂迎來出其不意的翻轉。一天早晨，司令官對著集合在院子裡只穿著內褲和打赤腳的囚犯演說時心臟病發。他跪倒在地，躺在地上只剩下一口氣，附近的士兵來不及過來扶住他。沒有半個囚犯敢移動或吭聲。在維克多看來，眼前一幕就像慢動作的鏡頭，安靜地發生在另外一個空間，彷彿一場噩夢的部分情節。他看見兩名士兵試著扶起他，其他人跑去叫護理師，他沒考慮後果，像是夢遊般穿過一排排集合的囚犯。大家的注意力都放在地上的司令官，等他們注意到他，叫他停下腳步就地趴下，他已經走到隊伍前面。有個囚犯大喊：「他是醫生！」維克多繼續小跑步到前面，不出幾秒就來到不省人事的司令官旁，他跪在他的身邊，沒有人敢阻止。士兵往後退一步，讓出空間。他確認司令官已經沒呼吸，於是對著最近的一名士兵打手勢，指示他替病人鬆開衣服，與此同時維克多對他做口對口人工呼吸，雙手用力按壓胸腔。他知道救護站有一台手動電擊器，因為他們有時會用來救活遭受拷打的病患。幾分鐘過後，護理師跑了過來，手拿氧氣設備和電擊器的助手緊跟在後，他幫忙維克多手動刺激司令官的心臟。「叫直升機！馬上送他去醫院！」維克多一確定心跳恢復後立刻大喊。他們把病人送到救護站，維克多一直穩住他的心跳，直到那架隨時都停在營地另一側的直升機準備出發。最近的醫院要三十五分鐘的航程。他們命令維克多陪在病患身邊，給他一套制服，包括一件襯衫、一件褲子和一雙靴子。

那是一間外省醫院，雖然小但設備齊全，平常備有應付這種緊急狀況的資源，但只有兩名醫生。他們都聽過維克多．達爾茂醫生的名聲，於是必恭必敬地迎接他。他們告訴維克多，因為這段時間發生的一次可笑事件，外科主任和心臟科醫生都被捕下獄。維克多沒有時間多想那兩位醫生被帶去哪裡，因為他們顯然都不在他待的營區。他經常跟學生說，外科手術室是他工作幾十年的地方，心臟這個肌肉器官對他來說已經不再神祕；他認為神祕與否是客觀的。他在最短的時間給出所需的指示，接著洗手，替司令官做準備，在一名醫生協助下，開始進行他做過幾百次的手術。他確認雙手的記憶還在，能自己動起來。

維克多一整晚守在病人旁邊，並不覺得疲倦而是無比感動。在醫院裡，沒有武裝的士兵監視他，他們帶著欽佩看待他，送來牛排配馬鈴薯泥、一杯紅酒和冰淇淋甜點給他享用。他在這幾個小時又重回達爾茂醫生的身分，而非只是個號碼。他本來已經忘了被逮之前的生活。早上過半時刻，他的病患病況依然嚴重，不過已經穩定下來，而軍隊的心臟科醫生也從聖地牙哥飛來。他們下令將維克多送回集中營，但是他及時求助幫忙開刀的醫生跟柔瑟聯絡。這是冒險的舉動，因為對方應該是右派分子，不過他們一起工作的時間是互相尊重的。他有把握柔瑟已經返回智利找他，因為他也會為她這麼做。

新上任的司令官跟前任一樣殘忍成性，但是維克多只需要忍受他五天。這天早上點名時，他們把要帶走的囚犯分開來，其間大喊了他的名字。對囚犯來說，這是一天最悲慘的時刻，因為可能會被移送到某個刑求中心，其他更糟糕的集中營，或者處死。站著等待三個小時後，一群人被帶往一輛卡車。握有名單的士兵擋下維克多，沒讓他跟其他囚犯上車。「混帳，你留下。」他又等了一個小時，然後被帶到辦公室，司令官親口對他說他很走運，然後交給他一張紙。他能夠假釋出獄。「如果是我，我會開門請你自己走回家，狗娘養的共黨分子。可是我得帶你回醫院。」他對他說。

柔瑟跟一位委內瑞拉大使館官員已經在醫院等他。維克多抱住妻子，這漫長幾個月以來的惶惶不安和絕望還未散去，在這段時間他是那樣想著她，那份愛是從未對她啟齒的。「喔，柔瑟，我真愛妳，我真想妳。」他聞著她的髮香低喃。他們都淌下了淚水。

假釋麻煩的地方在於每天要向憲兵隊報到，然後在簿子上簽名。根據輪班的軍官心情，這個程序可能要花上許久時間。維克多簽完兩次後，決定到委內瑞拉大使館尋求庇護。幾天後他終於明白被逮捕意味著被判流放，他無法再回到醫院工作，朋友則避之惟恐不及，因為他隨時都可能再被逮捕。他戒慎恐懼，跟獨裁支持者那種挑釁和復仇的幸災樂禍心態，形成強烈對比。更別提那些真正不能見光的事。沒有人敢出聲抗議；工人遭到壓迫而失去權利，隨時都可能遭到開除，因此只要有薪水可領就感激不盡，因為門口還有一排失業的民眾在等待機會。這是企業家的天堂。是一個整齊、清潔、平靜的國家的官方版，看似通向繁榮。他想著他在獄中認識的人，他們的臉孔，他們被刑求、喪失生命、失蹤。人心業已改變，他費了一番力氣才認出這個國家，就是三十五年前那個用力擁抱和收容他和他愛如祖國的國家。

第二天，他告訴柔瑟他無法忍受獨裁。「我在西班牙不能忍受，在這裡也不可能忍受。柔瑟，我年紀大了，不想過著心驚膽戰的日子；但是第二次流亡跟留在智利承受這一切都同樣讓人難以忍受。」她回說這只是暫時的措施，軍政府很快就會結束，據說這是因為民主已在智利扎下牢固的傳統根基。到時候他們就能返回以往生活；但是她的說法遭到粉碎，不可否認佛朗哥在位三十多年，而皮諾契特打算仿效他。維克多躺在黑暗中，聆聽街道傳來的嘈雜聲，柔瑟蜷縮在他身邊，他一整夜輾轉難眠，思索著離開的可能性。凌晨三點，他感覺有輛汽車停在他家對面。這只意味著他們回來找他；夜間實施宵禁，能開上街頭的只有軍用車和安全警車。他不打算逃跑或躲藏，只是僵直不動，冷汗直流，胸腔迴盪著瘋狂的咚咚鼓聲。柔瑟從窗簾探看，第二輛黑色汽車停在第一輛旁邊。「維克多，快點穿上衣服。」她命令他。但這時她看見幾個男人不疾不徐地下車，不匆忙也沒喊叫，更沒帶武器。他們放鬆地抽菸、聊天，最後離去。維克多和柔瑟抱在一起發抖，在窗邊等待，直到天色漸亮，到了清晨五點宵禁結束。

柔瑟安排委內瑞拉大使以掛有外交車牌的汽車接走維克多。這段時間，大多數在各個大使館接受庇護的人都已前往收容他們的國家，安全監控也不再那麼嚴密。維克多躲在後車廂進入了大使館。一個月後，他拿到安全通行證，兩位委內瑞拉官員護送他到飛機的登機門，柔瑟就在這裡等他。他乾乾淨淨，刮掉鬍子，心情平靜。同個班機還有一位流亡者，他們在他坐好後拿掉他的手銬。這個人全身骯髒，披頭散髮，不停顫抖。維克多觀察著他，起飛一會後，他靠過去，花了一番工夫才讓對方相信他不是安全警察，得以開始交談。他發現這個男人前排的牙齒都不見，也斷了幾根手指。

「同志，我能幫點什麼忙嗎？我是醫生。」維克多對他說。

「他們會把飛機掉頭飛回去。然後再逮捕我……」他開始哭泣。

「冷靜下來，我們已經飛了一個小時，我保證我們不會再回聖地牙哥。這是直飛卡拉卡斯的班機，您到了那裡就安全了，會有人幫助您。您需要喝點東西，讓我去幫您拿。」

「能拿點吃的更好。」他說。

柔瑟曾在委內瑞拉跟古典管弦樂團舉辦音樂會，待了許久時間，她在當地有朋友，在這個生活規則跟智利迥然不同的社會來去自如。瓦倫汀・桑切茲將他介紹給幾個值得認識的人，替他打開文藝世界的大門。柔瑟跟埃托・伊巴拉的關係已在好幾年前結束，但他們還是朋友，她偶爾會去探訪他。中風後，他有半邊身體癱瘓，講話困難，不過腦袋依然清楚，對於開創賺錢生意的靈敏度也沒消失，目前生意已交由他的大兒子掌管。他家坐落在庫魯莫峰的最高處，能從上面俯瞰卡拉卡斯市容，他在家中種植蘭花，收集奇珍異禽，以及手工藝汽車。這裡是個世外桃源，幾棟屋子錯落在茂密的公園裡，由如同監獄一般高聳的圍牆和一支武裝警衛保護，他的兩個兒子都已婚，和幾個孫子住在這裡，埃托跟柔瑟說，妻子從未懷疑他跟她長期的關係，可是她不太相信，因為那些年一定曾經留下許多線索。她的結論是，選美皇后是個戰略高手，她接受丈夫是個花花公子的事實，決定視而不見，因為許多男人認為這是證明男性氣概的表現；她是合法元配，是他的子女的母親，是他唯一真正擁有的女人。自從他中風倒下後，她開始獨占他，比以前更加愛他，因為她發現了他過人的長處，那是她在他從前奔波忙碌的人生所不能欣賞的。他們以一種完美的和諧一起變老，兒孫滿堂。「看到沒，柔瑟，俗話說塞翁失馬焉知非福。自從坐在這張輪椅上，我比從前會走路的自己成為更好的丈夫、父親和祖父。妳可能不相信吧，我很幸福。」埃托在她一次探訪時說。柔瑟不想打亂朋友的平靜，因此不想跟他說，那些在親吻和白酒間度過的午後，對她來說是多麼重要的回憶。

他們都保證不會把過去的一段情告訴他們的另一半——何必傷害他們呢？但是柔瑟沒做到她的承諾。她把維克多從集中營救出來，安排他在大使館接受庇護的那兩天，他們像是剛認識一樣愛上彼此。這是個重要的發現。他們是如此想念對方，重逢那刻，他們看到的不是彼此的模樣，而是他們在溫尼伯號上的救生艇假裝歡愛時的樣子，那年輕而哀傷的自己，那些低聲交談和純潔的愛撫。她愛上了這個又高又結實的陌生人，他有著深色如木雕的五官，一雙溫柔的眼眸，身上散發衣服剛燙過的氣味，他能給她驚喜，說些傻話逗她，彷彿熟記她身體的地圖，帶給她喜悅，在夜裡哄她睡覺，讓她躺在他肩膀醒來，能說出她從不期望能聽到的話，好似受苦受難後，他褪掉了外在的防衛，露出感性的那一面。維克多愛上他從前帶著不倫罪惡感喜歡的女人。過去三十五年來，她一直是他的妻子，但最近重逢後的這段日子，他卸下套在她身上的過往重擔，不再以吉耶的遺孀或馬塞爾的母親的角色看待她，她變回青春洋溢的模樣。柔瑟已經五十幾歲，此刻看起來感性，神采飛揚，充滿源源不絕的精力，無所畏懼。她跟他都唾棄獨裁，但是並不懼怕。維克多回憶過往，發現除了搭飛機，她沒怕過任何東西，即使是在內戰的最後時期。此刻，她以同樣的心境面對流亡生活，沒有半句抱怨，不再回頭，目光看向未來。柔瑟是什麼做的？為什麼堅不可摧？他怎麼這麼幸運，能擁有她這麼多年？他怎麼這麼糊塗，沒從一開始就給她該有的愛？就像現在這樣愛她。他從未想像自己能在這把年紀，像個年輕小夥子戀愛，感覺欲望熾烈燃燒。他癡癡地凝視她，因為在她成熟女人的外表下，住著一個小女孩，保有那個在加泰隆尼亞山上看羊的模樣，天真而美好。他想要保護和照顧她，儘管在落難時刻，她往往比他更堅強。在重逢後幾天，他立刻把所有這一切和其他該說的都告訴了她，並決定在有生之年要繼續說下去。在這些告白和回憶的夜裡，他們一起分享美好、悲傷和祕密，她跟他聊從未告訴別人的關於埃托．伊巴拉的事。維克多聽了，感覺彷彿有顆子彈射穿胸口，奪去他的呼吸。而柔瑟保證那場冒險已經在多年前結束，多少給了他一點安慰。他當時總是懷疑她在差旅中與情人幽會，或許跟好幾個，但是當聽見她確認那是一段認真的長期關係，反而激起對往事的妒火，可能摧毀當前的幸福。柔瑟跟他說理，要他知道她沒從他身上剝奪任何東西給埃托，她對他的愛沒因此少一點，因為那段關係一直是她心中的另一個部分，並沒有跟她其餘的人生片段混在一起。「在那個時候，你跟我是好朋友，是親密朋友，是同伴，是夫妻，但是我們不像現在是愛人。如果我當時就跟你說，或許你不會那麼心煩，因為你不會認為那是背叛。總之，你也對我不忠呀。」維克多嚇一跳，因為他認為那些逢場作戲無足輕重，他幾乎已經忘光，沒想到她竟都知道。他接受她的反駁，沒有完全被說服，但是他花點時間咀嚼她的感受，直到了解困在過去嚇自己徒勞無益。「經歷過的，已成過去。」正如他的母親常掛在嘴邊的話。

委內瑞拉收容了維克多，也以同樣鎮定的寬容接受幾千位來自世界各地的移民，以及近來逃離智利獨裁政府、阿根廷和烏拉圭骯髒戰爭的難民，此外還有為了逃離貧困，在沒有允許的情況下擅自穿越邊界的哥倫比亞人。南美大陸遭到冷酷無情的軍政府統治，委內瑞拉是少數的民主淨土，是世界最富裕的國家，取之不竭的原油從地下冒出，這裡也是蘊藏其他礦脈的福地，擁有豐富的大自然景色，占據在地圖上優越的地理位置。由於自然資源太過豐富，沒有人忙著工作，來到這裡定居的人，多的是空間和機會。他們安居樂業，派對不斷，他們擁有絕對的自由，以及人人平等的深刻感受。永遠都有慶祝的理由，派對上有音樂、舞蹈和酒精，財富源源不絕，每個人都學會墮落。「妳別被騙，貧困依然很常見，特別是在外省。所有的政府都會忘記窮人；這會引起暴力，國家遲早會為此付出代價。」瓦倫汀・桑切茲警告柔瑟。維克多自簡樸的智利而來，在獨裁政府的統治下那裡人人謹慎、挑剔和壓抑，這般毫無紀律的歡樂，對他來說是一種衝擊。他認為人們膚淺，做事不認真，太過鋪張、浪費和炫富，一切轉瞬即逝。他抱怨以他的年紀難以適應，無法過那樣的生活，柔瑟反駁他的說法，認為他既能在六十歲像小夥子戀愛，融入這個美好的國家應該如同反掌折枝。「維克多，放輕鬆。這樣生氣於事無補。痛苦難以避免，但是可以選擇要不要受苦。」他身為醫生的威名遠播，幾個曾在智利讀書的外科醫生曾是他的學生；他不像其他流亡海外的專業人士，只能靠開計程車或當服務生度日，因為那些人的過去全部一筆勾銷，必須從頭開始。他得到資格認可，很快就可以在卡拉卡斯歷史最悠久的醫院執刀。他什麼都不缺，但是徹底感覺自己是外國人，一直等待何時可以回智利的消息。柔瑟順利地跟她的弦樂團開音樂會，而馬塞爾已經結束在科羅拉多州的博士學位，目前在委內瑞拉的石油公司工作。他們對生活都很滿意，但也想著智利，希望能夠回去。

維克多倒數著回家的日子，到了一九七五年十一月二十日，佛朗哥在苟延殘喘許久之後過世。這是多年來第一次，維克多想要回西班牙。「不論如何，大元首就是會死。」這是馬塞爾唯一的評論，對長輩的國家壓根不感興趣，他骨子裡就是個智利人。但是柔瑟決定陪在維克多身邊，因為任何分離，不管多麼短暫，他們都會感到不安，這是在挑戰命運，兩人可能因此而無法再相聚。宇宙自然法則就像物理系統的「熵」，一切導向混亂、破碎、分散，人們會失散，看看在大撤退期間有多少家庭妻離子散，感覺褪去顏色，遺忘就像薄霧籠罩人生。需要鋼鐵般的意志才能維持一切。「這是給難民的前兆。」柔瑟指出。「給情人的前兆。」維克多糾正她的說法。他們在電視上看到佛朗哥的葬禮，棺木從馬德里移送到烈士谷，一路由輕騎兵隊護送，大批民眾向大元首獻上敬意，婦女跪地哭泣，主教在教堂舉辦場面盛大的彌撒，政治人物和知名人士穿上嚴肅的喪服，除了智利獨裁者穿戴的是皇帝的斗篷，還有綿延無盡的武裝部隊遊行隊伍，詢問上蒼：西班牙在佛朗哥之後該何去何從？柔瑟說服維克多等一年再回去他們的國家。他們在這段時間，遠遠觀看由國王帶領國家走向自由，國王並沒有如預期般成為法西斯主義派的傀儡，而是以堅定的態度引領國家循著和平的腳步迎向民主，繞過橫亙中間的右派；這些人固執己見，不肯妥協，怕的是無法倚賴大元首後，將失去他們的特權。其他的西班牙人民吶喊著加速改革，藉由這不可避免的過程，還給西班牙在歐洲和二十世紀的地位。

隔年十一月，自大撤退那段日子以來的第一次，維克多和柔瑟踏上他們原生的土地。他們在馬德里短暫停留，那裡跟昔日一樣還是美麗的帝國首都。維克多讓柔瑟看看那些遭轟炸過後重建的社區和建築，帶著她去大學城參觀某些高牆上還留有的斑斑彈孔。他們一起去厄波羅河區域，那兒可能是吉耶倒下的地點，但是已經找不到那場吞噬最多人命的血腥戰役的痕跡。到了巴塞隆納，他們在拉巴爾區尋找達爾茂家族的老家。街道的名字改了，他們花了一番力氣比對。屋子還在原處，變得殘破不堪，勉強撐在原地。從外面看似乎是空屋，但他們敲下門，過了好一會兒再按了幾下門鈴，有個女孩打開門，她畫著濃黑眼線，穿一條骯髒的印度裙子，身上散發大麻和廣藿香的氣味，像是飄浮在另外一個空間。她看似不太了解眼前陌生男女的來意，最後她邀請他們進門。裡面有一群年輕人，剛剛取得這棟屋子，他們跟上嬉皮文化的腳步有點晚，因為在佛朗哥時代這是不被允許的。維克多和柔瑟看過一個個房間，感覺胃部緊縮一團。牆壁上的油漆斑駁脫落，地上躺著抽菸或打瞌睡的人，到處是垃圾，廁所和廚房骯髒不堪，房門和百葉窗搖搖欲墜，空氣瀰漫濃濃的油垢、密閉和大麻的氣味。「看到了沒，維克多，往日時光已經一去不復返。」離開時，柔瑟對維克多說。

他們不但認不出達爾茂的老屋，也認不得西班牙。法西斯主義實行四十年過後，已經留下深深的印記，不僅是在人們待人處世方面，也深入文化的每個層面。加泰隆尼亞曾是西班牙共和政府的最後堡壘，因此遭到征服者最嚴厲的報復與最殘忍的對待。他們訝異佛朗哥的陰影依然沉重。到處都有抱怨的聲音，不滿失業和通貨膨脹，不滿改革，對沒有改革的地方也有所不滿；不滿保守主義分子掌握權力，也不滿社會主義分子造成的混亂；有人支持加泰隆尼亞應該從西班牙分離出來，有人則是認為該合併。許多戰爭流亡者慢慢回來，大都已白髮蒼蒼，幻想破滅，而這裡已經沒有他們的位置。沒人記得他們。維克多到羅西南德酒館，同樣名字的酒館依然矗立在同樣的街腳，他喝了一杯啤酒紀念他的父親和他的骨牌朋友，也就是那些曾在父親葬禮上高歌的老先生。羅西南德酒館在這幾年重新裝潢，變得現代化，屋頂已不見垂掛的火腿，空氣中的酒臭味也消失無蹤，換上嶄新的壓克力桌子，也裝了電風扇。老闆告訴他，自從佛朗哥過世後，西班牙簡直下了地獄，只見一片混亂和野蠻，罷工、抗議、示威遊行、妓女和同性戀以及共黨分子，沒有人尊重家庭和祖國的價值，沒有人記得天主，國王是個混帳，都是大元首的錯，他不該任命國王當繼任者。

他們在恩典區租下一間小公寓，住了六個月，這段時間恍若永恆。當地人將離開祖國多年後的返鄉稱作「回流」，對維克多和柔瑟來說，回流跟一九三九年穿過法國邊界流亡一樣痛苦，但是他出於驕傲，而她則因為堅忍不拔，以致花了六個月才終於承認自己是這裡的陌生人。他們都沒找到工作，一方面是沒有適合他們年紀的工作，另一方面是沒有人脈。他們不認識半個人，只能靠著愛克服沮喪，因為他們像是在度蜜月的新婚夫妻，不覺得自己是老人、無所事事或者孤獨，他們早晨在城內散步，下午到電影院重複看電影，盡可能延伸他們的幻想，直到一個跟其他日子差不多的乏味星期日，他們再也無法繼續下去。當時他們在派崔索街一間店喝濃巧克力配手指餅乾暖暖筋骨，柔瑟一個衝動說出他們應該確定接下來幾年的計畫。「我已經受夠了這種當異鄉人的生活。我們回智利吧。我們是那裡的人。」維克多發出一聲深深的嘆息，俯身親吻她。「柔瑟，我保證只要可以，我們就回去。但是現在我們得回委內瑞拉。」

他們定居委內瑞拉，馬塞爾在這裡有工作也有朋友，而維克多要實現諾言，還要再等好幾年。智利移民區日漸擴大，除了流亡的政治人物，也有為工作機會而來的人。在他們住的洛斯帕洛斯格蘭德斯區，聽到的智利口音比委內瑞拉口音還多。大多數人在他們的社區過著與世隔絕的生活，舔舐著傷口，心繫智利，儘管大家口耳相傳令人振奮的消息，卻始終無法確定，情勢似乎沒有好轉。事實上，軍事獨裁依然屹立不搖。柔瑟向維克多提出唯一能健康老去的方式：他們應該活在當下，享受這個親切的國家所能給予他們的東西，感恩能擁有這麼好的容身地和工作，不要沉浸在過往。回智利的念想只能暫時擱下，這可能會發生在久遠的未來，但不要因此毀了現在。這個提議讓他們不再耽溺於鄉愁，能放寬心，活得更自在，這是委內瑞拉給的最好一課。七〇年代，維克多的改變比前半輩子加起來還多。他認為這是因為有愛情的支持，以及柔瑟不斷努力剔除他性格中的藝術家因子、鼓勵他，還有他口中的加勒比海繽紛生活的正面影響，這種放鬆的生活方式中和了他的嚴肅，即使不是永遠，也影響了好幾年。他學會跳騷沙舞和彈奏四弦吉他。

在這段期間，維克多．達爾茂與奧菲莉雅．德索勒再次見面，這些年來，他偶爾會聽到她的消息，但是從未見過她，因為他們分屬非常不同的社會階層，她人生大部分時間都跟著丈夫的工作遷居不同國家。此外，他刻意迴避她，怕的是那段年輕時挫敗的愛情還留下尚未燃燒完畢的餘燼，會打亂他的生活秩序和他跟柔瑟的關係。他一直不知道為什麼奧菲莉雅．德索勒會用短短的一封信，跟他斷得一乾二淨，而他無法把信中的任性女孩，跟那個逃出她的階層、跟他在破爛旅館中歡愛的女孩連結在一起。他黯然神傷，暗中咒罵，先是討厭她，認為這是她那個階層最要不得的缺點：衝動、自私、傲慢、迂腐；後來，他心中的厭惡慢慢消失，剩下美好的回憶——她是他認識最美麗的女人，她突如其來的笑聲，她的賣弄風騷。不過他很少思念奧菲莉雅，也從未想要探查她的消息。在智利，軍事獨裁還沒開始前，他還能聽到有關她的片斷生活，大都是來自菲力浦．德索勒口中，因為他們一年會見上幾次面，維持著維克多出於感恩的友誼。他在報紙上看過幾張她不太光彩的照片，而且是在社會版，不是在藝術版；她從事什麼工作，在智利沒人知道。「哎呀，國內其他天才的遭遇也差不多，如果是女人更糟糕。」柔瑟看了一本旅行時帶回的雜誌後說，那本來自邁阿密的雜誌在中間四張彩色頁面刊登奧菲莉雅的畫作。維克多仔細檢視報導兩張女畫家的照片。奧菲莉雅的眼睛跟以前一樣，可是其他部分都改變了；可能是鏡頭無法忠實呈現。

柔瑟回家時，帶給他奧菲莉雅．德索勒即將舉辦最新畫作展覽的消息，地點在卡拉卡斯的雅典娜藝術中心。「你有發現她用娘家的姓嗎？」柔瑟說。維克多說這沒什麼好奇怪，智利女人經常這樣，而且馬堤亞斯．艾茲奇雷已經過世好幾年；如果奧菲莉雅在他活著時沒使用夫姓，守寡之後又怎麼會用呢？「好吧，隨便。我們去參加開幕吧。」她說。

他當下立刻拒絕，但最後抗拒不了好奇心。展覽的畫只有幾幅，但是一共開了三個廳，每幅尺寸都有一扇門那麼大。奧菲莉雅師從瓜亞薩明，深受這位偉大的厄瓜多畫家的影響，風格與他類似：豪邁的筆觸、暗系的線條和抽象的人物，但是並未繼承他傳遞的人道精神，也沒有揭露人類的殘酷或剝削，或當代的歷史和政治衝突。只是一些感性的畫面，有些顯而易見，如擁抱的情侶，或許手臂是扭曲的或力道過於粗暴，或者縱欲或甘受折磨的女人。維克多凝視著畫作，一頭霧水，他無法把畫作跟他認識的女畫家本人連結起來。

他記憶中的奧菲莉雅芳華正茂，那個備受嬌寵、天真和衝動的女孩曾愛過他，彼時她畫筆勾勒的是風景和花束的水彩畫。從那之後，他只知道她嫁給外交官，先是他的妻子，後來當了他的遺孀；她是個傳統的女人，滿足於她的命運。但是這幾幅畫透露出畫家熱烈的性格，對於情色的想像力令人驚嘆，就像他在他們歡愛的破敗旅館窺見的熱情，蟄伏在她的心底奄奄一息，唯一的出口是她的畫筆和畫布。

最後一幅畫單獨掛在藝廊的一面牆上，他看了之後深受衝擊。那是一幅黑白畫，畫中的男人赤裸身體，手裡拿著一把步槍。維克多停下來打量畫作幾分鐘，他感覺內心混亂，卻不知所以然。他往前看了一下牆上的標題：**民兵，一九七三年**。「這幅畫是非賣品。」他的身邊響起一個聲音。是奧菲莉雅，跟他的回憶以及看過的少數照片中的模樣不同，她年華老去，也褪了色。

「這是這個系列的第一幅畫，對我來說畫下一個階段的句點，所以我不會出售。」

「這是智利發生軍事政變那一年。」維克多說。

「跟智利沒關係。我在那一年解放自己，成為藝術家。」

到這一刻為止，她的視線都沒停駐在維克多身上，她只對著畫作敘述。當她轉過頭繼續說話，並沒有認出他來。從他們在一起那一刻算起，已經過了四十多年，她吃虧的是在這段時間從沒機會看過他的照片。維克多伸出手自我介紹。奧菲莉雅花了幾秒在記憶裡搜尋這個名字，同時發出一聲不自覺的驚呼，維克多確認了她本來真的沒認出他是誰。這件事讓他的心一沉，他並沒有在她心裡留下任何足跡。他邀她喝杯咖啡，然後去找柔瑟。當維克多凝視她們，發現歲月對待她們的方式如此不同。奧菲莉雅過往美麗、空靈、富有和優雅，照理說比較能對抗歲月的碾壓，然而她此刻看上去比柔瑟衰老。她灰白的髮絲像是燒焦，雙手經過摧殘，因為工作關係而駝背，她穿著一襲寬鬆的磚紅亞麻長袍遮掩多出的體重，手上拿著一個瓜地馬拉的雜色大布包，腳踩一雙方濟會修士的涼鞋。她依然美麗。那雙藍色眼眸跟二十歲一樣發亮，經過陽光過度烤曬的古銅色臉孔刻畫著皺紋。柔瑟從不是虛榮的女人，不曾因外貌受到注意，如今她染了白髮，塗上唇彩，仔細保養那雙鋼琴師的手、姿態和體重；她穿著一條黑褲子和一件白上衣，展現一如既往的簡單高雅。她向奧菲莉雅熱情打過招呼，為自己不能陪他們表示道歉，因為她得匆匆趕去參加一個管弦樂團的排演。維克多向她投去詢問的眼神，猜到她想留下他跟奧菲莉雅獨處，突然害怕了起來。

維克多和奧菲莉雅坐在雅典娜藝術中心庭院的一張桌子旁，四周圍繞著現代主義的雕像和熱帶植物，聊聊四十年來比較重要的一些事，但隻字不提當年攪亂他們的激情。維克多不敢碰觸那個話題，更不能求她給個遲來的解釋，他認為這樣很丟臉。她也沒說，因為她這輩子唯一的男人是馬堤亞斯・艾茲奇雷。相較之下，她跟維克多那段脫軌的激情，那次短暫的冒險，只是小孩的遊戲，如果不是那個在智利鄉間墓園的小墳塚，或許已經被忘掉。她也沒告訴維克多這件事，因為這是她只跟丈夫分享的祕密。她按照維生德・烏爾比納神父的指令，扛起自己犯的錯，沒有張揚。

他們像好朋友敘舊許久。奧菲莉雅告訴他，她生了兩個孩子，跟馬堤亞斯・艾茲奇雷過了三十三年幸福快樂的日子，她的丈夫愛她，一如當初追求她一樣始終沒變。他的愛是如此深刻而專注，連他們的孩子都感到自己像是多餘的。

「他沒變多少，一直是個沉著、寬容的男人，對我保持無條件的忠誠；他的美德歷久彌堅。我盡可能幫助他的事業。外交生涯並不容易。我們每兩、三年就要換一個國家，不得不搬家，離開朋友，到其他地方從頭開始。對孩子們來說也不容易。最困難的是社交生活，我實在不適合出席雞尾酒會和漫長的餐宴。」

「妳能繼續作畫？」

「我努力維持，但只是半弔子。總是有其他比較重要或緊急的事得做。當我的孩子上大學後，我告訴馬堤亞斯，我要從母親跟妻子的角色退休，全心全意投入畫畫。他認為這是公平的。他還我自由，不再要求我陪他出席社交場合；我實在不願意這麼做。」

「他真是個特別的男人。」

「可惜你不認識他。」

「我看過他一次。那是一九三九年在溫尼伯號上面，他替我在文件上蓋下入境章。我從沒忘記他。奧菲莉雅，你的馬堤亞斯是個完美的人。」

「真高興他完全屬於我。他還為了欣賞我的畫去上課，因為他一點都不懂藝術，他也贊助我們第一場展覽。六年前，該死的心肌梗塞奪走了他，到現在我每天晚上還會哭著睡覺，因為他不在我的身邊。」奧菲莉雅突如其來的感性告白，讓維克多紅了臉。

她還說，從那時起，她完全放下所有會干擾她的志向的事物。她住在離聖地牙哥兩百公里遠的一塊土地旁，過著像農夫的生活；她種果樹、飼養長耳侏儒山羊當寵物販售，其餘除了作畫還是作畫。她會到巴西和阿根廷探望兒子和女兒，辦展覽，或者一個月去看一次母親，此外，都待在工作室寸步不離。

「你知道我爸爸過世了吧？」

「知道，消息刊在報紙上。這裡可以看到智利的報紙，雖然是過期的，但總會到。他在皮諾契特的政府擔任要職。」

「那只有一開始。他在一九七五年過世。後來我媽終於能放鬆自己。我爸是個暴君。」

她告訴他，勞拉夫人不再那麼強迫自己禱告和投入慈善工作，她把時間花在打紙牌，和跟一個能與陰間靈魂溝通的神祕老人團體研究招魂術。她就這樣跟她心愛的寶寶雷奧納多保持聯絡。維生德．烏爾比納神父假裝沒看見這個玷污德索勒家族的罪過，因為她行事謹慎，把這件事告訴他；她知道教會把召喚亡魂判定是一種邪惡的儀式。

奧菲莉雅提起神父時，語氣充滿嘲諷。她說烏爾比納神父高齡八十多歲，依然能言善辯，他擁護獨裁政府的各種措施，認為那全是為了保護西方基督文化，對抗邪惡的馬克思主義。而由於神父過度地維護刑求和就地正法，曾創立宗座代牧區保護通緝犯和追查失蹤者下落的紅衣主教，不得不出聲呼喚他回歸正途。神父馬不停蹄地解救靈魂，尤其是他在高級住宅區的信徒，現在他還擔任德索勒家族的導師，地位從他們的大家長過世後更舉足輕重。勞拉夫人、女兒和女婿、孫子和曾孫都仰賴他的智慧，來確認各種大小決定。

「我討厭他，所以躲過他的勢力，他是個可怕的男人，而且我幾乎不在智利。菲力浦也逃過一劫，因為他是家族裡最聰明的人，大半輩子都待在英國。」

「他現在好嗎？」

「他忍受了阿言德的政府三年，他相信時間不會太久，結果證實沒錯。但他也無法忍受繼任的軍政府思想，因為他認為那會持續到永恆。你知道他喜歡所有關於英國的東西。他討厭智利虛偽和假裝聖潔的環境。他經常去探訪我媽，負責管理家帳，因為他得代替我爸的角色。」

「妳不是還有一個哥哥？那個測量颱風和颶風的？」

「他定居在夏威夷，只回智利一次，目的是要拿到我爸過世後屬於他的那份遺產。你還記得我們的女管家嗎？那個非常喜歡你兒子的歡娜。不知道她幾歲了，不過她還是我們的女管家，照顧我媽，我媽已經九十幾歲，神智不清了。我們家族很多腦筋不正常的人。嗯，我已經告訴你關於我們家的事。現在說說你吧。」

維克多花五分鐘跟她簡短敘述，很快地帶過他坐牢的那年，沒多加著墨那段悲慘的時光，因為他認為聊那段日子不好，他猜奧菲莉雅也不想聽。或許她猜到什麼，但也不曾提問，只說馬堤亞斯是個政治理念很保守的人，但是在實行社會主義的那三年擔任外交官時，從未質疑他的工作；反而覺得代表軍政府很丟臉，因為惡名傳遍全世界。她又說她對政治從不感興趣，心之所向是藝術，以及在智利過著平靜的日子，不看報紙，享受樹木和動物作伴。不管獨裁政府在不在，她的人生都不會改變。

他們道別時，互相保證會再聯繫，只是他們知道這純屬客套話。維克多感覺鬆一口氣：當人體驗夠了，重疊的圓圈也就消失。他跟奧菲莉雅重疊的圓圈就在雅典娜藝術中心的咖啡館結束，沒有留下任何痕跡。他們的火花早在許久以前便已熄滅。他確定自己不喜歡她的人，也無法欣賞她的作品；唯一讓人忘不了的是那雙眼眸奇異的天藍色彩。柔瑟在家等他，她顯得有些不安，但是看了他一眼就笑了出來。她的丈夫一下年輕好幾歲。維克多告訴她德索勒家族的消息，而像是下結論一般，他說奧菲莉雅散發一股凋謝的梔子花香。他想柔瑟是刻意安排這場幻滅的相逢，所以帶他去看展覽，丟下他一個人跟舊愛相處。他的妻子下了一步險棋；他也可能沒有對奧菲莉雅幻滅，再次墜入愛河，但是柔瑟顯然一點也不擔心這個可能性。「我們的差異在於，她認為我理所當然如此，我卻想著她可能跟別人走。」他心想。

12 一九八三至一九九一年

此刻我住的國家
地表恍若秋季葡萄光滑的皮……

——聶魯達，《無果的地理》（*Geografía infructuosa*），〈國家〉（País）

只有星期日，達爾茂夫婦會把報紙從頭到尾看一遍，而就在這一天《環球日報》報導，智利剛剛公布一張清單，一千八百名流亡者獲准返鄉。柔瑟前往智利大使館查看清單，單子就貼在窗戶上，她在上面找到維克多．達爾茂的名字。她的腳下彷彿裂開一個大洞。他們等待這一刻等了九年，當真的到來，卻一點都不開心，因為這意味著他們得放棄一切，包括馬塞爾，返回一個他們無法忍受壓迫所以出走的國家。她問自己，如果那裡一切如舊，回去有什麼意義？但是這天晚上，她跟維克多討論時，他說他們如果不趕快回去，這輩子就不可能回去了。「我們從頭開始好幾次了，可以再來一次。我已經六十九歲，我想在智利安息。」他的腦海迴盪著聶魯達的詩：**我怎麼能離得那麼遠？離我過去的所愛，離我現在的所愛。**馬塞爾同意他的說法，自告奮勇先回去，不到一個星期人已經在聖地牙哥。他打電話給他們，說國家看似現代化和繁榮，但是挖開表面可以看到許多弊病。貧富差距懸殊。四分之三的財富掌握在二十個家族的手裡。中產階級靠借貸度日，多數人過著貧困的生活，少數人富得流油，窮苦的人口和玻璃摩天大廈以及高牆圍繞的宅第形成強烈對比，有人享有福祉和安全，有人苦於失業和壓迫。前幾年的經濟奇蹟來自給予資本家絕對自由和剝奪勞工的基本權利，如今已經像泡沫漲破。他告訴他們，從環境的氛圍能感覺局勢即將改變，人們比較沒那麼恐懼，街上出現反政府的大規模抗議遊行，他相信獨裁可能自行垮台，是該回去的時刻了。他還說他一回去，馬上在剛畢業時工作的銅礦開採公司拿到職缺，也沒盤問他的政治思想；他們只看他的美國博士學位和工作經驗。「爸媽，我要留在這裡。我是智利人。」這是最主要的理由，他們也是，儘管在外生活許久，他們是智利人，而且說什麼也不要跟兒子分離。不到三個月，達爾茂一家變賣他們的家產，告別了朋友和同事。瓦倫汀．桑切茲跟她說，她應該抬頭挺胸，以勝利之姿返鄉，因為她不像她的丈夫，既沒在黑名單內，也不是安全機構盯梢的對象。她可以帶著整支古典管弦樂團回去，在公園、教堂和學校，舉辦一系列音樂會。她想知道誰會贊助相關活動，他回答這是委內瑞拉人民送給智利人民的禮物。委內瑞拉的文化活動預算充裕，如此一來智利沒人敢阻止這種活動；否則這會是國際等級的羞辱。於是就這麼進行。

返鄉對維克多要比對柔瑟來說困難許多。他放棄在卡拉卡斯的工作，經濟狀況可能會變得不穩定，因為在智利，流亡者得接受不被信任的目光。許多左派分子責怪他們離開，而不是留下來對抗政府，右派則控訴他們是馬克思主義和恐怖主義分子，說他們是因為犯錯被驅逐。

當他出現在曾經工作快三十年的天主聖胡安醫院，迎接他的是護士和醫生的眼淚與擁抱，其中幾位在第一時間逃過政治肅清的醫生還記得他，當時有數百位擁抱進步主義思想的醫生遭到停職、逮捕或謀殺。院長是一名軍人，他特別跟他打招呼，邀他進辦公室一談。

「我知道您救了歐索里歐司令官一命。依您當時的遭遇，那是個十分值得贊許的行為。」他說。

「您的意思是淪為集中營囚犯的時候嗎？我是醫生，我會醫治所有需要我的人，不管當時是什麼樣的環境和條件。司令官還好嗎？」

「他已經退役很久，但是身體健康。」

「我在這間醫院工作很多年，我希望能夠回來。」維克多說。

「我理解，可是您應該考慮您的年紀……」

「我還沒七十歲。我兩個星期前還在卡拉卡斯的瓦爾卡斯醫院帶領心臟科。」

「不幸的是，任何公立醫院都沒辦法雇用您，因為您曾是政治犯，又有流亡紀錄；您在程序上得停止行醫，等到新命令下來。」

「也就是說，我不能在智利工作？」

「我真的很抱歉。這不是由我決定。我勸您到私人診所找工作。」院長說，然後緊握他的手向他道別。

軍政府認為公立機構應該私營化；健康不是一種權利，而是一種可以買賣的消費品。那些年，所有能私營的機構都已經私營化，從電力公司到航空公司，私人診所如雨後春筍般冒出來，提供更精緻的設備跟資源，給負擔得起的民眾。離開這麼多年，維克多的專業權威依然屹立不搖，他很快就在聖地牙哥一間最負盛名的診所找到工作，薪水遠高於公立醫院。菲力浦．德索勒經常回智利，一次回鄉時，他來到診所看他。自從上次一別後，已經過了許多年，他們從不是親密的朋友，也沒多少共同點，但是他們懷著真摯的情感擁抱在一起。

「維克多，我聽說你回來了。我真開心。這個國家需要像你這樣價值的人才回流。」

「你也回來智利了嗎？」維克多問。

「這裡沒有人需要我。我住在倫敦。看不出來嗎？」

「看得出來。你就像英國貴族呢。」

「我為了家人問題不得不常常回來，不過我受不了他們，除了養育我的歡娜．拿古切，但是人無法選擇自己的親戚。」

他們在公園的一張長凳坐下來，面前有座現代設計的噴泉，像鯨魚噴水一樣噴出水柱。他們聊著雙方家庭的近況。於是維克多知道沒有人買下奧菲莉雅避居鄉野的畫作，勞拉．德索勒得了失智症，坐輪椅度日，菲力浦的妹妹們變成讓人難以忍受的闊太太。

「維克多，我的妹婿們在這些年發了橫財。我的父親瞧不起他們。他說我妹妹嫁的都是衣冠楚楚的蠢蛋。如果他看得到他的女婿們現在意氣風發的模樣，一定會收回他的話。」

「這是個從事貿易和黑市交易的天堂。」維克多說。

「如果是在合法的前提下，賺錢並不是罪過。維克多，那你呢？你好嗎？」

「我正在努力融入這裡，和理解這裡發生的事。智利已經面目全非。」

「你應該要知道現在好多了。軍事起義把這個國家從阿言德製造的混亂和馬克思主義獨裁中解救出來。」

「菲力浦，但這是用鐵腕的右派獨裁來阻止那場想像出來的獨裁。」

「維克多，聽好了，把你的意見放在心裡就好。這種想法在這裡不受歡迎。你不能否認我們的日子比較好過，國家比較繁榮。」

「付出的社會成本很高。你住在國外，你知道這裡的種種暴行不會在檯面上公開。」

「別跟我來那套人權的老生常談，老兄，聽了很煩哪。」菲力浦打斷他的話。「那是一些沒知識的民兵的說法。沒人能因為一些意外控訴政府或皮諾契特總統。重要的是國泰民安，經濟穩定。我們一直是個懶散的國家，現在人們不得不振作起來工作。自由市場機制有利競爭和增加財富。」

「這不是自由市場，因為勞工不得不屈從，最基本的權利都被取消。你以為能在民主體制中採行這套制度？」

「這是受保護的專制民主。」

「菲力浦，你變了好多。」

「你怎麼這麼說？」

「我記得以前的你心胸比較開放，是個反傳統者，有一點厚臉皮，喜好批評、嘲諷，反對一切，散發耀眼的光芒。」

「維克多，我在某些方面還是沒變。可是人老了就得確定下來。我一直擁護君主制。」菲力浦露出微笑。「總之，我的朋友，小心你的想法。」

「我會小心的，菲力浦，但是我不會提防朋友。」

為了減輕買賣醫藥的罪惡感，維克多在聖地牙哥一座貧困村莊的小診所當義工，這類村莊隨著鄉村和半個世紀前硝石礦場移入人口的出現而日漸增加。在維克多服務的擁擠村莊裡住著大約六千人。他在那裡能了解最窮苦居民的壓抑、不滿和勇氣。病患住在厚紙板和木板搭蓋的小屋，裡面是泥土地面，沒有自來水、電力或廁所，夏天塵土飛揚，冬天泥濘滿地，與垃圾、流浪狗和蒼蠅為伍，大多數人沒工作，只能在垃圾堆翻找塑膠、玻璃和紙張變賣，白天則從事任何能找到的粗活、走私或者偷竊，賺取最低所得苟延殘喘。政府擬了解決問題的計畫，但是一延再延，只好暫時先蓋起高聳的圍牆，擋去不忍卒睹的畫面，怕的是毀壞市容。

「最令人印象深刻的是婦女。」維克多告訴柔瑟，「她們比男人更堅毅、願意犧牲和強悍，她們要在同個屋簷下養育子女，收容親戚的小孩。她們要容忍像過客的男人酗酒、施暴和遺棄，但是她們不屈服。」

「至少有人幫助她們吧？」

「有，教堂，特別是福音派、慈善機構和義工，柔瑟，但是我擔心的是小孩。他們在自生自滅中長大，時常餓著肚子睡覺，可以的話會去上學，但並不一定會去，等到他們長成青少年，唯一的前途不是混幫派、染上毒品，就是流浪街頭。」

沒錯。維克多跟兩個護士和其他輪班的理想主義醫生到那個社區服務的第三天，他就重拾年輕時的熱情。他揪著心回到家，腦中塞滿悲情的故事，累得像狗一樣，但是迫不及待想再回那間診所。他的人生再次有了明確的目標，一如當初內戰時期，他在這個世界的角色再清楚不過了。

「柔瑟，妳看居民是怎麼分工合作的。有能力的人會捐獻食物，在露天地方用公用的大鍋生火煮飯，希望給每個人一盤熱騰騰的食物，儘管有時不是大家都分得到。」

「維克多，現在我不知道你的薪水會花在哪裡了。」

「柔瑟，除了食物，診所也欠缺基本所需。」

他向柔瑟解釋，村民會維持秩序，以免引來警察介入，因為警察通常以武器鎮壓。對他們來說，安定下來，擁有自己的屋子和一塊地，是不可能達到的夢想。起先他們只是侵占土地，奮力抵抗驅逐。「侵占」是從幾個人開始，他們偷偷到來，後來愈來愈多人跟上，隊伍默默湧現，猶如抵擋不住的潮水，他們用拖車和推車載著少許家當，肩膀掛著行囊，拖著僅有的家用品，如紙板或毛毯，後背背著孩子，狗兒跟在後面，等到政府察覺時，已經有數千個人落腳，準備捍衛他們的家園。這種大膽的行為簡直是自殺，因為維持秩序的武力可能開著坦克進入，榴散彈漫天飛舞，一點也不會客氣。

「鄰近地區只要有任何領導人對此提出抗議或意圖接管，這些村民說不定就會人間消失，再出現時可能就是躺在營地入口的一具屍體，作為對他人的警告。歌手維克多．哈拉布滿四十多個彈孔的屍體也曾被棄置在那裡。這是我聽說的。」

診所處理急診、燒傷、骨折、遭利刃或玻璃瓶刺傷的腎臟傷口，還有家暴，總之，對他來說都是挑戰，但是只要他一出現，就能給許多村民安全感。他們把病況嚴重的傷患送到較近的醫院，因為沒救護車，經常是他開車載去。他們事先禁止任何人劫掠他，否則開車到那裡實在不明智，車子可能遭解體，零件被賣到市場，但是其中一位領導人，一位年紀尚輕的祖母，個性強悍，她警告村民，尤其是迷途的青少年，誰敢碰醫生的車，下場不會太好看。有這句警告就夠了。維克多沒遇上麻煩。最後，達爾茂一家靠著存款和柔瑟賺的錢過活，因為維克多在私人診所領取的薪水全數投入購買村莊診所的必需品。柔瑟看見他這麼心滿意足，決定加入他的行列。她從瓦倫汀．桑切茲那兒募得採買器具的贊助，對方從委內瑞拉寄給她一張豐厚的支票和一批物品，她跟丈夫同一天去村莊教授音樂。她發現這件事比在床上歡愛更能凝聚他們，但是她沒告訴他。她把報告和照片寄給瓦倫汀．

桑切茲。「我們預計一年內要成立兒童合唱團和青少年管弦樂團。你得親眼來看看這些成果。但是我們目前需要的是一套好的錄音設備和音箱，才能舉辦露天音樂會。」她解釋，她知道他的朋友會解決這個問題，替她找到更多資金。

維克多對奧菲莉雅描述的田園生活有些嫉妒並心生嚮往，於是他說服柔瑟搬到市郊。聖地牙哥的交通是一場惡噩夢，民眾行色匆匆，心情糟糕透頂。此外，天亮時經常籠罩一層毒霧。他們找到中意的住處：一棟鄉村小屋，麥稈屋頂，以石頭和木質搭蓋，建築師別出心裁，把小屋隱身在鄉村景色中。這棟小屋在三十年前落成，當地的道路只是一條盤踞在峭壁間供騾子行走的蜿蜒小徑，但是首都慢慢擴張，來到了山麓，他們買下這裡時，土地是包括果園在內的。大眾交通工具沒有經過這裡，郵件也無法寄達，但是他們能在大自然的深沉靜謐中睡得香甜，然後在鳥鳴中醒來。週間時間，他們清晨五點起床，出門工作，天黑了才回家，可是在這棟小屋相處的時光，能讓他們打起精神面對種種不便。白天小屋空無一人，頭兩年屋內遭小偷十一次，都是些微不足道的損失，沒有必要報警。失竊的東西像是花園裡的水管和母雞，廚房器具，一台電池收音機，一個鬧鐘，和其他小東西。後來電視跟接下來兩台新買的也跟著消失：這時他們決定放棄這台機器。反正電視上也沒什麼有趣的東西。他們原本考慮把門保持開著，以免有人打破窗戶闖入，但馬塞爾帶了兩隻從市政府的動物收容所救出來的大狗給他們，牠們會吠叫，不過個性溫馴，還有一隻比較小但是會咬人。問題終於得到解決。

維克多把馬塞爾日常生活和工作場所來往的人稱為靠血緣關係的「特權者」，因為缺乏比較準確的分類，而且跟他在營區的病患比起來確實如此。馬塞爾覺得這個稱呼很刺耳，他認為不能把他的朋友都囊括在內，但是也覺得沒必要跟父母爭吵這種無意義的東西。「老爸老媽，您們思想落伍了。您們還活在七〇年代。更新一下腦袋吧。」他每天打電話給他們，星期日來探訪，參加維克多特意舉辦的烤肉派對，每次身邊帶的都是不同的女人，但是類型差不多：非常苗條、長直髮、憂鬱氣質，幾乎都是素食者，跟當初那個點燃他愛情、熱情洋溢的牙買加女孩完全不同。他的父親無法分辨這個星期日跟前幾個星期的女孩有什麼不同，還沒記住名字，兒子已經換了另一個看起來差不多的女孩。抵達後，馬塞爾會在維克多耳邊叮嚀他不要提流亡或他在村莊的診所，因為他剛剛認識女孩，不確定她是否有任何政治傾向。「馬塞爾，一看就知道她對歷史一無所知，對現在也一樣。你的世代缺乏理想主義。」維克多回答。最後他們父子關在儲藏室內低聲爭執，柔瑟則試著幫女訪客找點有趣的東西。等到他們和好之後，馬塞爾會開始烤血淋淋的肉，維克多則是幫直髮女孩煮菠菜。他們的鄰居梅倩和她的丈夫拉米諾經常加入，帶來一籃果菜園採收的新鮮蔬菜和兩罐手工製作的果醬。柔瑟說，拉米諾很健康，但隨時會死；事實確實如此：他後來被喝醉的司機撞死。維克多問妻子她到底是怎麼知道的，她回答，她在他眼底看到死亡的預兆。「等我過世後，你要娶梅倩，知道了嗎？」他們參加那個可憐男人的守靈會時，柔瑟悄聲對維克多說。維克多點點頭，但有把握柔瑟會活得比他還要長壽。

維克多和柔瑟在營地當志工三年，贏取了村民的信任，後來政府下令把村子遷到首都外圍的其他地點，遠離資產階級的社區。聖地牙哥是世界上人口劃分最嚴格的城市之一，在上層社會居住的社區，連一個窮人都看不到。憲兵隊帶著士兵出現，拿著武器強行驅逐人們，開軍用卡車載走他們，沿途還有制服警察騎摩托車護送，將他們送到不同的臨時社區。這些社區面貌都一樣，街道沒有鋪設路面，一排排屋子彷彿儲存盒，塵土漫天飛揚。不是只有這個村子被拆遷。最高紀錄是遷移將近一萬五千人，卻沒有半個城內居民知道。窮人隱形、消失。政府配給每個家庭一間簡單的木板屋，裡面有一個多用途的房間，浴室和廚房，比起他們原居住地的茅屋要體面得多，可是一個社區就這樣活生生被拆散。居民各分東西，失去了根，孤獨無依，脆弱不堪；每個人都得自立自強。

掃除行動以迅雷不及掩耳的速度精確完成，第二天，當維克多和柔瑟跟往常一樣前去工作，只見壓路機正在清空營地，準備蓋起公寓大樓，他們才發現這件事。他們花了一個星期找到幾個被趕走的團體，但是同一天下午，安全警察提醒他們已經被盯梢，只要聯絡村民，都是一種挑釁行為。對維克多來說這是惡意的打擊。他還不想退休，仍在私人診所負責較為棘手的病例，可是不管是他鍾愛的外科手術，還是賺到的錢，都不能彌補失去社區病患的事實。

一九八七年，獨裁政府遭受內憂外患，在內有人民的怒吼，在外有國家名聲的塗地，於是取消宵禁，稍微放鬆實施整整十四年的報禁，允許成立政黨，並准許剩下的流亡人士回國。在野黨要求自由選舉，政府的回答是舉辦公投來決定皮諾契特是否再續任八年。維克多從未參加政黨，卻也因政治受盡苦果，於是他決定光明正大地玩遊戲，乾脆辭掉診所工作，加入在野黨；他眼前的任務艱巨，要動員全國公投來打倒軍政府。當同樣的一批安全警察又出現在他家，跟先前一樣命令他，維克多毫不客氣地把他們趕出去。他們沒有逼他戴上頭套和手銬帶走，只是威脅他，語氣不那麼可信，接著就離開了。「他們會回來的。」柔瑟生氣地說。只是過了好幾天，然後好幾個星期，她的預言都沒有成真。這讓他們發覺在智利有一些事改變了，而這是馬塞爾在四年前的猜測：獨裁政府的盔甲開始崩裂。

在國際間關注的目光和全世界的新聞媒體面前，公投和平完成，過程令人訝異。每個人都參與投票，連坐在輪椅上的老人、生產陣痛中的產婦，和躺在擔架上的病人都沒棄權。就在這天結束時，彷彿嘲笑在權者失策，獨裁政權在它的土地上被自己的法律打敗。皮諾契特多年來坐擁最高權力，享有完全豁免權，面對血淋淋的結果，竟飛揚跋扈，無視現實，當晚再提發動另一次政變以保住總統寶位，但是過去支持他的美國情報員和他親自選出的將軍，並沒有隨他起舞。他無法置信，直到最後一刻才承認自己的失敗。幾個月過後，他交權讓位，國家開始轉向有條件限制的民主。但是他仍帶領武裝部隊，讓整個國家如坐針氈。從那場政變算起，已經過了十七年。

回到民主體制之後，維克多．達爾茂放棄私人診所的工作，全心全意在天主聖胡安醫院奉獻，回到被逮捕之前的工作崗位上。新上任的院長是維克多昔日在醫學院的學生，他絕口不提以老師的年紀，早該退休享受老年生活。維克多是在一個四月的星期一穿著白袍上任，手上提著歷經四十年歲月洗禮的破舊手提箱，他在大廳遇見醫生、護士和行政人員，他們準備了氣球和一個淌下糖漿的大蛋糕，替他舉辦之前無法給他的歡迎會。「喔，天哪，我老了。」他熱淚盈眶地想。他許多年沒掉過淚。幾個被驅逐出醫院的人也返回工作崗位，不過沒有大陣仗迎接，不要引起注意是謹慎作法；全國都是這樣默不作聲，假裝剛剛發生的史實已經遭到埋葬與遺忘，以免挑起軍方的敏感神經，但是達爾茂醫生留給同事的印象是對人寬容和能力過人，待下屬親切，他們知道能夠隨時找他。甚至跟他思想型態相左的對手都敬重他，因此沒人揭發他。維克多把自己坐牢和被迫流亡歸咎給那個女鄰居，她明明知道他跟薩爾瓦多．阿言德的交情，卻心存怨恨。很快地，他接到醫學院邀請他授課的電話，衛生部長也打電話，提供他擔任副祕書長的工作機會。他接受了第一個職缺，婉拒第二個，因為條件之一是必須加入政府的其中一個政黨；他知道自己永遠都不會是政治動物。

他感覺自己年輕了二十歲，走起路來春風滿面。他在智利蒙受羞辱和放逐，在國外居住多年，一夕之間命運翻轉：他是達爾茂教授、心臟科主任，是全國最受敬重的專家，拿起手術刀完成其他人甚至不敢挑戰的事蹟，他是座談會講者，連敵人都來跟他詢問，而且不只一次，他開刀的對象包括兩個還當權的高階軍官，一個在獨裁時期擬定壓迫政策最引共憤的戰略家。這些人為了保命，都夾著尾巴來找他看診；正如柔瑟所說，恐懼會讓人把羞恥拋到腦後。他迎來大好時機，站在事業的巔峰，他有一種不可思議的感覺，彷彿自己扮演著改造這個國家的力量；暗影褪去，自由的曙光出現，他甚至參與了光明璀璨的黎明。他在工作上翻身，過去他在職業生涯是個保守的人，如今他第一次尋求大眾目光，利用機會在公開場合展示自己。「小心點，維克多，你被勝利沖昏頭。記住人生道路上會有許多轉折。」柔瑟警告他。她說這句話時，想著維克多變得志得意滿。她擔心地在旁觀察，注意到他的語調做作，氣勢跋扈，他總是談自己，這是以前從未見過的，他的意見獨斷，行色匆忙，而且毫無耐心，甚至對她也一樣。她要他注意，他卻回答他扛了太多責任，不想在家跟她爭執。柔瑟看著他在醫學院的咖啡廳吃午餐，身邊圍繞著青年學子，他們懷抱尊重的心聆聽他說話，她看不慣他這樣享受他們的敬畏，特別是女學生，她們懷著莫名的敬佩，為他平凡的言論喝采。她認識維克多相當深，她對這種意外遲來的虛榮心感到驚訝，同時對丈夫感到難過；她發現一個虛榮的老頭對奉承是多麼無力招架，但萬萬沒想到竟是她讓維克多放下傲氣，使得生活再現轉折。

十三個月後，柔瑟懷疑一陣帶來厄運的風刮起，慢慢地將她吹倒，但是她相信應該是上了年紀的徵兆，或者是想太多，因為她的丈夫看不出她有什麼不對勁。維克多汲汲營營，疏忽了跟柔瑟的關係，儘管他們還是在一起，她還是他最好的朋友，到了七十三歲依然美麗和充滿魅力。他也認識她相當深。維克多認為她體重減輕，膚色變黃，噁心想吐，並沒什麼大礙，只是小毛病。當柔瑟想看醫生，已經又過了一個月，除了之前的不舒服外，她總是在天亮時燒得發抖。她感到有些不好意思，不想在丈夫面前抱怨，因此去找他的同事看病。過了幾天，她拿到檢查結果，帶著癌末的壞消息回到家。她得跟維克多說上兩遍，才能讓他從驚嚇中反應過來。

這個診斷結果帶給兩人的生活突如其來的轉變，因為他們真正想要的是充分利用她剩下的時間，增加兩人相處的時光。維克多的虛榮心像是被針一戳，從高聳的峰點掉到生病的地獄。他向醫院告假，時間不定，也放棄教課，把時間全部用來陪柔瑟。「維克多，我們趁著還辦得到的時候好好過日子。或許打不贏對抗癌症的戰爭，但是總能贏得幾次小戰役。」維克多帶著她旅行，像新婚夫妻般到了南邊的一座湖，碧綠的湖面映照著森林、瀑布、山巒和三座火山白雪皚皚的峰頂。他們住在一間鄉村小屋，遠離一切，享受大自然美妙的風景和絕對的寧靜，他們回憶過去的每個階段，從她還是個愛著吉耶的乾瘦女孩，到現在成為維克多眼中的絕世美女。她堅持下水游泳，彷彿冰冷的湖水能將她從內到外洗滌乾淨，讓她淨化，恢復健康。她也想去踏青，但是力氣不夠，無法走太遠，只能一手拄著手杖，一手勾著丈夫的手慢慢散步。她明顯地愈來愈消瘦。

維克多花了一輩子跟痛苦和死亡搏鬥，他十分熟悉人在病入膏肓時，脾氣會變得暴躁，猶如火山爆發，他在醫學院這麼教導學生：病人會否認自己的厄運，氣憤自己生病，跟命運討價還價，希望延長生命，陷入絕望，最後，最好的狀況是面對現實。柔瑟卻完全沒有這些行為，她從一開始就心平氣和、愉快地享受人生終場。她拒絕接受梅倩和其他好心朋友建議的另類療程，不考慮順勢療法、亞馬遜的草藥、江湖郎中或者驅魔儀式。「我要死了，那又怎麼樣？每個人都會死。」她利用身體舒服的時間聽音樂、彈鋼琴和閱讀詩集，貓咪就躺在她的裙子上。這隻小動物是梅倩送他們的禮物，外表看似帝王貓，卻總是帶點野性、冷漠和孤僻，牠會叼著血淋淋的老鼠屍體回來，當作祭品放在主人的床上。這隻貓似乎察覺到不對勁，從夜晚到早上這段時間變得溫順和愛撒嬌，寸步不離柔瑟。

起先，維克多忙著研究各種既有和其他在實驗階段的療法，他閱讀報告，鑽研每種藥物，過濾和記住統計數值，捨棄比較悲觀的數字，抓住任何一絲希望。他想起那個在北方車站的小士兵拉薩羅，他想活下去，所以從瀕死的邊緣回到人世。他相信，如果能替柔瑟的情緒和免疫系統注射這種渴望活下去的熱情，她就能戰勝癌症。「柔瑟，妳很強壯，一直以來都是如此，妳從不生病，妳會克服困難，這種病未必就是絕症。」他把這句話當真言掛在嘴邊，不過無法把這種沒有根據的樂觀感染給她，以一個醫生而言，他或許會讓病患喪氣。柔瑟在體力允許的情況下答應他的要求。她只為他接受化療和放射治療，她相信這只是拖長過程，病況終究會一天比一天嚴重。她憑著出生開始就成為印記的刻苦耐勞，不吭一聲地忍受可怕的藥物；她的髮絲掉落，連睫毛也脫落，她變得如此瘦弱，維克多可以輕而易舉地抱起她。他把她從床鋪抱到扶手椅上，再抱她到廁所，抱她到花園欣賞吊鐘海棠叢，和蹦蹦跳跳捉弄狗兒的野兔，老狗已經沒力氣去追逐牠們。她失去胃口，但是努力吞下幾口他看食譜書煮出來的食物。到最後，她只吞得下焦糖布丁，那是以往每個星期日卡門會做給馬塞爾吃的點心。「維克多，我走了以後，希望你出於尊重能哭一兩天就好，記得安慰可憐的馬塞爾，還有回去醫院工作和到學校教書，但是要謙卑一點，因為你之前太讓人受不了。」柔瑟叮嚀他。

這棟石頭麥稈小屋是他們到最後的避風港。他們在這裡度過六年的幸福時光，到最近日日夜夜的每一分鐘都如此珍貴，更是對這棟小屋感激涕零。他們買下時，小屋已殘破不堪，必要的修繕都無限期拉長：如換掉鬆脫的百葉窗，整修粉色瓷磚浴室和生鏽的水管，修理關不上和打不開的門；他們必須清除屋頂上老鼠築窩的半腐爛麥稈，徹底清掃蜘蛛網、青苔、飛蛾和滿布灰塵的壁毯。但是他們完全無視雜務。這棟小屋將他們緊緊包覆，保護他們不受無謂的事物打擾，遠離他人的好奇和憐憫。他們唯一持續來訪的客人是兒子。馬塞爾每隔一陣子就會提著購物袋來到，有給狗、貓和鸚鵡的飼料，每次鸚鵡看到他都會熱情大叫：「哈囉！帥哥！」他還帶了錄給母親的古典樂，讓他們打發時間的錄影帶，以及報紙雜誌，不過他們兩人都不閱讀，因為外面的世界讓他們心情沉重。馬塞爾總是小心翼翼，他在門口脫掉鞋子，以免發出聲響，但是他一出現，高大的身影和刻意裝出的喜悅立刻占滿整個空間。只要一天沒出現，他的父母就會想他，人來了，他們就會開心得不得了。他們的鄰居梅倩也會悄悄過來，在門廊上留下食品，問他們是否需要什麼。她只待一會兒，因為她了解達爾茂夫婦最期盼的是跟客人道別，好好把握兩人相處的珍貴時光。

有一天，當他們一起坐在門廊的藤椅上，貓蜷曲在他們膝上，狗趴在腳邊，放眼望去是金黃的丘陵和傍晚時刻依舊蔚藍的天空，柔瑟要求丈夫放手讓她走，因為她身心俱疲。「不論如何，都不要帶我去醫院，我想牽著你的手，死在我們的床上。」維克多終究還是失敗了，他得接受自己無能為力的事實。他救不了她，但無法想像沒有她的生活。他驚恐地發覺，他們攜手走過的半個世紀猶如野馬奔馳一去不回。那些歲月到哪裡去了？失去了她的未來，像是出現在他的噩夢裡的巨大房間，一片空蕩蕩，沒有門窗。他夢見自己逃離戰亂、鮮血和支離破碎的屍體，他在黑夜裡跑啊跑，突然間來到這個密閉的房間，他隔絕了一切，與自己獨處。他感覺到熱情和精力一瀉而空，過去幾個月他還自認打敗了年紀。身旁的妻子似乎也在短短幾分鐘內衰老許多。而剛剛她在他眼中還是當年的模樣，那抹她不在時會浮現在他腦海的倩影，那個抱著新生兒的二十二歲年輕女孩，那個沒來得及愛他就嫁給他，到後來卻變成世界上最愛他的夥伴。他跟著她經歷的一切都如此值得。眼看死亡的陰影逼近，他沸騰的愛變得難以忍受，燒出一片傷。他想搖醒她，想對她大喊不要走，他們還有幾年時間要傾注全部的愛給彼此，要每天形影不離：「拜託，拜託，柔瑟，不要丟下我。」然而，他沒說出口，因為他得假裝沒看見死神出現在花園，耐心十足地等待他的妻子。

一陣冷風吹拂，維克多拿起兩條毛毯將柔瑟裹緊，只露出她的鼻子。她伸出骨瘦如柴的手，似乎卯足全力緊緊抓著他的手，「維克多，我不怕死。我很開心，想知道死後有什麼。你也不該害怕，因為我會永遠跟你在一起，在此生和來世。這是我們的因緣。」維克多像個孩子哭了出來，那嗚咽聲是如此無助。柔瑟任憑他哭，直到眼淚乾涸，慢慢屈服於她在幾個月前就已經接受的現實。「柔瑟，我不會再讓妳受苦。」這是維克多唯一能對她說出口的話。她蜷曲在他的臂彎，一如每天晚上的舉動，她讓維克多輕輕搖她，哄她入睡。天色已經暗下。維克多把貓放下，抱起柔瑟，帶她到床上，他動作十分小心，以免吵醒她。她輕如羽毛。狗兒跟在他們的後面。

13 故事說到這裡，一九九四年

然而，
這是我的夢扎根的地方，
這是我們愛的燦爛陽光……

——聶魯達，《航行與返鄉》，〈返鄉〉

柔瑟死後三年，維克多・達爾茂滿八十歲，住在一九八三年回智利後跟柔瑟同住的山丘小屋。這棟小屋猶如晚年的王后，搖搖欲墜，破爛不堪，但氣質依然高貴。維克多打從孩提起就是個寂寞的孩子，妻子過世後的日子比想像還要沉重。眾人即使不知道關於他們夫妻遙遠過往的細節，也了解他有過一段最美好的婚姻，妻子離去後，他無法如妻子所願，盡快適應沒有她的日子。「等我過世後，你要趕快結婚，因為你會需要有人照顧你，以防你老了又失智。梅倩不錯。」她戴著氧氣罩呼吸時，向他下了最後通牒。維克多雖然寂寞，卻喜歡空蕩蕩的屋子，彷佛空間往四面八方延伸，以及屋內的靜謐、雜亂、密閉氣味、冰冷和透風，妻子過往總是跟屋頂的老鼠拚命搏鬥。強風怒吼了一整天，玻璃覆蓋一層冰霜，想用壁爐裡的火抵抗這個下雨和冰雹的冬天簡直可笑。他覺得失去配偶的感覺很奇妙，畢竟共度了一段長達半個世紀的婚姻；他是這麼思念柔瑟，有時她的離去轉為一種切膚之痛。他不想要跟老年投降。年紀漸大會讓一個人混淆熟悉的事實，他會感覺身體改變，環境改變，失去了主控權，最後只能仰賴他人的慈悲，但是他希望能在走到那步之前死去。問題在於帶著尊嚴快速死去有時並不容易。他的心臟很健康，不太可能遇到心肌梗塞。這是他每年健康檢查時，醫生對他說的話，這句話總是讓維克多無可避免地想起，他捧著那個小兵拉薩羅的心臟，一切彷佛歷歷在目。他沒跟兒子說他對即將到來的未來的恐懼。至於比較遠的未來屆時再說了。

「爸爸，你可能隨時會發生意外。要是我在外旅行，你卻跌倒或心臟病發，你可能倒在這裡好幾天都沒人幫忙。那你該怎麼辦？」

「馬塞爾，就是等死啊，乞求不要有人出現搶救奄奄一息的我。你不用擔心我的動物。我替牠們準備了夠吃幾天的食物和水。」

「如果你生病了，誰要照顧你？」

「這是你媽擔心的。我們再看看吧。我老歸老，但老當益壯。你的慢性病比我還多呢。」

沒錯。他的兒子五十五歲，卻已經壞過膝關節，摔斷過好幾根肋骨，鎖骨的同樣部位斷過兩次。「這都是你做太多運動。」維克多指出。「維持身材是好事，但是誰會想要跑得沒人追得上，和騎自行車橫越大陸？你應該結婚，這樣就能花少一點時間騎車，少一點藉口，婚姻很適合男人，雖然對女人來說並非如此。」然而，兒子並不打算聽從他的苦勸結婚。維克多對自己的健康很放心。他發展出一套保持健康的理論，最好的方法是忽視身體和心智的警訊，讓自己保持忙碌。「應該設一個目標。」他說。身體一年年衰老是不可避免的；他的骨頭應該已經跟牙齒一樣變黃，器官磨損，大腦神經慢慢地枯死，但是這些都不在視線所及之處。外表看起來還過得去，如果擁有一口完好的牙齒，有誰會在乎肝臟的外觀？他試著忽視皮膚突然浮現的瘀青，愈來愈難以跟著狗爬上山丘，還有難以扣上襯衫的不爭事實，他雙眼疲累，聽力變差，雙手顫抖，不得不從外科醫生的崗位退休，因為無法再繼續開刀。他沒有因此空閒下來，持續在天主聖胡安醫院看病，也到大學教課，不過已經不備課；他擁有六十年的從醫經驗已經足夠，其中包括戰爭時，也就是最艱困時刻的經驗。他的肩膀完好，身體硬朗，還有頭髮；他覺得一天比一天更難彎腰屈膝，為了平衡跛腳，不得不抬頭挺胸，保持身軀跟長矛一樣筆直。

他小心翼翼，避免大聲抱怨獨居的日子難熬，不想兒子煩惱。馬塞爾母性堅強，太愛操心。他想像妻子前去一個恆星的空間，或許所有亡魂都是到那裡去，而他正在等待他的時機，帶著好奇而非恐懼，追隨她而去。在那兒，他會跟他的弟弟吉耶，他的父母，喬迪·莫里內，和許多戰死在前線的朋友相聚。他是個不可知論的理性主義者，經過科學訓練的錘鍊，因此這種理論缺乏論據，但是能充當一種安慰。柔瑟不只一次半是嚴肅半是威脅地警告他，他永遠休想擺脫她，因為他們這輩子和來生注定命運牽絆在一起。她說，他們前生未必是夫妻，或許是母子或者兄弟，這解釋了他們之間無條件付出的情感。維克多對這種跟同一個人無限輪迴糾纏的說法感到緊張，雖然輪迴是必然的，而且跟柔瑟要比跟其他人還要好。無論如何，這種可能性只是一種蘊含詩意的猜測，因為他不相信命運也不相信轉世，他認為命運只是電視劇的情節，而轉世以數學來看是不可能發生的。他的妻子傾向於支持來自遠方的靈修，比如西藏，在她看來，數學無法解釋現實世界的多度空間，但是維克多認為那是一種騙子的論點。

他一想到再婚就頭皮發麻，只要動物的陪伴就夠了。他並不自言自語，而會跟狗、鸚鵡和貓說話。母雞不算，因為牠們沒有名字，而且隨性來來去去，把雞蛋藏起來。晚上回到家後，他會把一天發生的細節告訴牠們，牠們會回應他偶爾的感性，或者聆聽他閉上眼睛細數屋內的物品或花園裡的動植物。這是他練習注意力跟專注力的辦法，就像其他老人會玩拼圖一樣。在漫長的午後，當他有時間回憶，他會重溫一生寥寥可數的幾次戀情。第一段是伊麗莎白·艾登本茲，他是在遙遠的一九三六年認識她的。一想到她，他又看見她一身白衣的甜美模樣，彷彿杏仁蛋糕。在當時他曾經承諾，當所有戰爭結束，殘磚碎瓦不再增加，砲灰覆蓋在地面，他就要去找她，但是事情的發展不如人意。戰爭結束後，他在天涯海角，已經結婚還有個兒子。他在很久以後努力找過她，僅是出於好奇，他查到伊麗莎白住在瑞士的一個小村莊，替花草澆水，遠離人們對她的英雄事蹟的稱許。當維克多知道她住在哪裡之後，曾寄過一封信給她，但是從未收到回信。現在他恢復單身，或許到了該再次提筆的時候。這是個沒有風險的舉動，因為他們不可能再相見，瑞士和智利距離上千光年遠。他的第二段戀情是奧菲莉雅．德索勒，他寧願不去想起那段很快就燃燒殆盡的交往。其他的戀情並不多。與其說是戀情，倒不如說只是擦出火花，但是他常常想起，將她們美化，隔離在其他痛苦的回憶之外。他唯一的永遠是柔瑟。

有一天，他準備慶祝生日，跟動物分享他在這個日子總會準備的食物，用以紀念他的童年和年輕時最美妙的時光。他的母親卡門廚藝不精，她的專長是教書，整個星期都非常忙碌。每逢星期日或節慶日，她也不會踏進廚房一步，因為她會去哥德區的大教堂前面跳薩達納舞，之後再跟朋友去酒館小酌一杯紅酒。維克多、他的弟弟吉耶和他的父親每天晚餐都吃麵包配番茄、沙丁魚和牛奶咖啡，但是母親偶爾會心血來潮晨起，煮好她唯一會煮的傳統菜餚給大家驚喜，也就是常見的墨魚飯，那香氣永遠留在維克多的記憶中，和慶祝連結在一起。

維克多想紀念那個感性的回憶，他在生日前一天上中央市場買魚高湯和新鮮墨魚——「你到死還是加泰隆尼亞魂。」柔瑟曾這麼說，她從不幫忙煮這道慶祝用的晚餐菜餚，但有時會在客廳彈奏鋼琴，或坐在廚房的矮凳上讀聶魯達的詩給他聽，可能是一首帶有海味的頌詩，比如：「在智利風雨交加的海裡，住著粉色的康吉鰻，那是肉質白皙的巨大鰻鱺……」維克多再三讓她看，菜裡沒有康吉鰻，不是那條貴族桌上的國王，只有無產階級煮湯用的可憐的魚頭和魚尾巴，卻是徒勞無功。也有時候，當維克多用橄欖油炒洋蔥和辣椒，他加入切塊的剝皮墨魚、大蒜，一點番茄丁和米飯，最後倒進熱騰騰的高湯和墨魚的墨汁，再撒上新鮮的月桂葉；她則用加泰隆尼亞語講悄悄話，磨磨他的母語，因為東飄西蕩，用不到的語言已慢慢生鏽。

米飯要用平底鍋慢火烹煮；他通常準備兩份材料，接下來整個星期都吃同一道菜。在維克多吃著小碟的鯷魚和西班牙油漬橄欖等待時，那傳奇的香味就開始飄散屋內，侵入他的靈魂深處，最後盤據每個角落。他的兒子挑釁他，說這是資本主義的好處。維克多喜歡國產品，支持本地工業，但是碰到油漬橄欖和鯷魚時，他不得不向理想主義投降。等晚餐備妥，放在冰箱裡準備跟柔瑟一起慶祝的一瓶粉紅酒也已經冰涼。他鋪上亞麻桌巾，用溫室採來的半打玫瑰和蠟燭裝飾餐桌。她一向沒耐心，往往在離準備好還有一大段時間就開酒，但現在他覺得等待就很滿足。冰箱裡也有焦糖布丁。他沒那麼愛甜點，焦糖布丁會蛀蝕狗的牙齒。當他聽見電話聲響起，嚇了一大跳。

「爸爸，生日快樂。你在做什麼？」

「回憶和懊悔。」

「懊悔什麼？」

「懊悔沒犯下的罪過。」

「還做了什麼？」

「煮飯，兒子。你在哪裡？」

「祕魯。在開會。」

「又開會？你成天開會。」

「你又在煮永遠的那道菜？」

「對。屋子現在聞起來就像在巴塞隆納。」

「我想你邀請了梅倩？」

「嗯……」

梅倩……梅倩，他的兒子把他跟這位可愛的女鄰居硬配在一起，希望用終極手段解決他老後獨居的問題。維克多承認這位活潑大方的女士的確深具魅力，相較之下，他比較遲鈍。梅倩的態度開放正面，是那種大臀部的豐滿體型，她照顧自己的菜園，一直保持年輕心態。然而，他比較自閉，衰老得很快。馬塞爾愛她的母親，維克多懷疑他到現在還會偷偷哭泣，但是兒子相信父親如果沒有妻子照顧，會變成可憐兮兮的乞丐。維克多想引開他的注意，於是跟他說，他打算跟年輕時認識的一位護士聯絡，但是馬塞爾是那種專注一件事就緊抓不放的人。梅倩住在三百公尺外，他們之間有一排隔著兩塊地的楊樹，但是維克多把她當作唯一的鄰居，幾乎不跟其他鄰居打招呼，因為其他人控訴他之所以流亡是因為共產黨員的身分，還有他在窮人診所工作。他一向避開其他人，只要有同事跟病患就心滿意足，但是無法避開梅倩。馬塞爾說她是個理想的伴：上了年紀，守寡，有兒孫，沒有明顯的不良嗜好，她比他年輕八歲，個性開朗，喜歡嘗鮮；此外，她喜歡動物。

「爸爸，你跟我保證過。你欠那位太太很多人情。」

「她把貓給我，是因為每次都來我家找貓，實在太累人。我不懂，你為什麼會認為一個正常的女人會注意像我這樣跛腳、孤僻和穿衣品味差的老頭子，除非她因為低潮緣故，若是這樣，我為什麼要喜歡她？」

「你別裝傻。」

那個完美的女人也會烤餅乾和種番茄，她總是小心翼翼帶東西過來，放入掛在門口鉤子上的一個吊籃裡面。她不會在意他忘記說謝謝。這位太太鍥而不捨的熱情令人起疑。她總是定時送些不常見的菜餚，比如櫛瓜冷湯或肉桂水蜜桃燉雞肉，看在達爾茂醫生眼裡，這些食物就像用來賄賂的貢品。他謹慎萬分，跟她保持一定距離；維克多打算默默享受安靜的晚年。

「爸爸，你一個人過生日，我很替你感到難過。」

「有人陪伴啊。你的母親。」

電話另一頭安靜下來，過了好一陣子，維克多不得不解釋他神智清楚，跟往生親人共進晚餐的確就像耶誕夜去參加午夜彌撒，一種一年一次的象徵式儀式。不是什麼怪力亂神，只是享受片刻回憶，舉杯祝福可愛的妻子，她竟然能忍受了他幾十載。

「爸，晚安。早一點睡，那邊應該很冷。」

「兒子，你好好地狂歡一下，記得天亮後要睡。你需要睡眠。」

晚上七點過後不久，天色暗下，冬天的氣溫陡降好幾度。在巴塞隆納，沒有人會在九點前吃墨魚飯，在智利習慣也差不多。七點吃晚飯是老人做的事。維克多坐在最喜愛的扶手沙發上等待，他喜歡身體窩在老舊沙發上的感覺，聞著壁爐燃燒的山楂木頭香，輕啟享受餐點前的喜悅，然後拿一本正在閱讀的書和一小杯不加冰塊或其他放鬆的香料的皮斯可酒，他喜歡這種單純，這是他在一天將盡時唯一能享受的烈酒，因為他認為寂寞很容易使人喝酒成癮。平底鍋傳來的誘人香味，但是他努力忍耐，想等到適當的時刻。

突然間，充滿威脅意味的狗叫齊聲響起，這個時間牠們通常都在附近繞圈散步，天黑後才回來。「一定是什麼狐狸。」維克多心想，但他隨即聽到花園裡傳來一輛汽車的聲音，轟隆隆作響：老天，是梅倩。平常狗兒都會異常興奮地跑出去迎接，但這次牠們繼續吠叫。當他聽到喇叭聲時十分不解，因為他的鄰居從不按喇叭，除非她需要人幫忙搬下什麼可怕的禮物，像是烤乳豬或者她的藝術作品。梅倩的雕塑作品小有名聲，都是些豐滿的裸女，有些非常重，體積就跟烤乳豬一樣龐大。維克多在屋內角落擺設好幾尊，診療間也有一尊，用來嚇唬病患，或是幫助放鬆他們第一次看病的緊張情緒。

他有些吃力地站起來，嘴巴念念有詞，接著走近窗邊，雙手扠腰，這是他身體最脆弱的部位。因為跛腳，他的背部無力，右腳也不得不承受較多重量。他的脊椎裝了四根螺栓，保持正確姿勢的確能減輕問題，但是沒徹底解決。這也是另一個繼續單身的好理由：可以自由自在講話、咒罵和抱怨，不怕有人聽見他絕不會在公開場合講出的不快。他是個驕傲的人。妻子和兒子經常指控他這一點，但是決心不要完全暴露自己並非驕傲，而是虛榮，一種能對抗衰老的神奇祕訣。光是抬頭挺胸走路和掩飾疲憊是不夠的，他還得小心其他年紀暴露的症狀：貪婪、猜忌、壞脾氣、不滿和壞習慣，譬如不再每天刮鬍子，叨念同一件事，只談自己、病痛或錢。

他從門口的兩盞黃燈，看見停在門前的是一輛小貨車。聽見第二聲喇叭，他猜想車主可能怕狗，於是從門邊吹一聲口哨。狗兒心有不甘，但是低聲嗥叫，乖乖地退下。

「您是誰？」維克多大聲問。

「您的女兒。達爾茂醫生，拜託，請把狗綁好。」

這個女人沒等維克多邀她入內。她急忙走過他的面前，替他處理狗，但是一副驚恐萬分的模樣。兩隻大狗靠得很近嗅聞她，比較小的那隻似乎很生氣，齜牙咧嘴，發出低吼。維克多一臉驚訝，跟著她的動作，幫她脫掉大外套，放在走廊的長凳上。她像淋溼的動物甩動身體，講著外頭下的傾盆大雨，接著對他伸出手。

「晚安，醫生，我是英格莉．施納克。我可以進來嗎？」

「我想，您已經進來了。」

維克多就著客廳昏暗的燈光，加上壁爐裡的火光，細細打量這位不速之客。她穿著褪色的牛仔褲，腳踩男人的靴子，一件白色高領羊毛衫。她沒戴首飾，看起來也沒化妝。她不是他乍看之下以為的年輕女孩，而是個眼角已經長出紋路的女人，她給人這種錯覺是因為身材苗條，有一頭長直髮，而且動作靈活。他感覺她似曾相識。

「抱歉，就這樣突然不請自來。我住得很遠，在南方，我不熟聖地牙哥的街道，所以在半途迷路。我沒想到會這麼晚才來到這裡。」

「還好。我能幫您什麼忙？」

「嗯，這是什麼令人食指大動的香味？」

維克多．達爾茂本來打算把這位陌生人掃地出門，因為她晚上抵達，還膽敢不經邀請闖入他家，不過好奇心勝過了怒氣。

「墨魚飯。」

「我看您正準備吃飯。是我打擾了，我可以明天找個比較恰當的時間過來。您在等客人吧？」

「我想，這個客人是您。您說您叫什麼名字？」

「英格莉．施納克。您不認識我，可是我對您瞭若指掌。我找了您一段時間。」

「要來杯粉紅酒嗎？」

「我各種葡萄酒都喜歡。恐怕您也得邀我吃點飯吧；我從早餐到現在都沒吃東西。您夠吃嗎？」

「夠分給整個附近的鄰居吃。已經煮好了。我們到餐桌旁，請您告訴我，像您這樣美麗的小女孩為什麼要找我？」

「我說過，我是您的女兒。我不是什麼小女孩，我已經五十二歲了，而且……」

「我只有一個兒子叫馬塞爾。」維克多打斷她的話。

「醫生，請相信我說的句句屬實，我不是來打擾您，只是想認識您。」

「英格莉，讓我們輕鬆一點。看來，這場談話會很久。」

「我有很多問題。可以從您的人生開始嗎？之後如果您想聽，我再說我的人生……」

隔天天亮後不久，維克多打電話叫醒馬塞爾。「兒子，我們家突然多了成員。你有一個妹妹，一個妹夫和三個外甥和外甥女。你的妹妹叫英格莉，雖然她其實不算是你真正的妹妹。她會留下來跟我住幾天，因為我們有很多事要聊。」在維克多跟馬塞爾講電話時，這個前一天闖入他家的女訪客正躺在客廳那張搖搖欲墜的沙發上睡覺。她沒換衣服，身上蓋著毛毯。對他這個老是失眠的人來說，徹夜長談並無大礙，到了凌晨反而相當清醒，這是自從柔瑟過世以來的第一次。相反地，這位女訪客倒是精疲力竭，她花了十個小時聽維克多的故事和道出她的故事。她跟維克多說，她的母親是奧菲莉雅．德索勒，根據她的了解，他是她的父親。她花了幾個月調查他，要不是某個老婦人良心不安，她應該這輩子都不會知道這件事。

就這樣，維克多在過了超過半個世紀後，才知道當初奧菲莉雅在他們熱戀的那段時間懷孕，因此從他的生命消失，她的熱情轉為怨恨，沒有任何合理的解釋就跟他分手。「我想她覺得自己踏錯一步，被綁住和失去未來。至少，這是她給我的解釋。」英格莉對他說，接著開始敘述她出生的情況。

因為奧菲莉雅不肯乖乖合作，維生德．烏爾比納神父決定主導送養一事。唯一參與這個計畫的只有勞拉・德索勒，而她承諾永遠都不會洩漏祕密：這是一個必要的善意謊言，已透過懺悔而被原諒，也得到上天的同意。一個叫歐琳達・拿南赫的產婆負責執行所有神父的指示，讓奧菲莉雅在產前持續昏睡，她在生產前後完全被下藥昏迷，趕在修道院內出現疑問聲之前，由外婆幫忙帶走寶寶。幾天後，當奧菲莉雅清醒過來，聽到自己生了個兒子，而且呱呱墮地後沒幾分鐘就死去。「其實那是女兒，就是我。」英格莉告訴維克多。他們為了保險起見，對產婦說是個男嬰，給她錯誤的線索，阻斷她在未來可能心生懷疑，希望找到女兒的可能性。勞拉夫人使出詭計欺騙女兒，百依百順接受了這起陰謀，包括墓園的假墳塚，裡面埋了小小的空棺木，上面插了一支十字架。這不是她的錯。烏爾比納神父，這位智者，這位天主的僕人，比她更懂得操弄這一切。

接下來幾年，看見奧菲莉雅婚姻美滿，生了兩個健康的孩子，行為端莊，過著平靜的日子，勞拉夫人就把她所有的迷惘埋在記憶的最深處。一開始，烏爾比納神父告訴她，小女嬰交由一對住在南方的夫妻領養，他們是天主教徒，是認識的人，這是他唯一能透露的。後來她鼓起勇氣再多查探一些消息，神父嚴厲地提醒她，她應該當作外孫已經死去；儘管這個孩子有血緣關係，卻永遠不屬於她的家族，天主已經把她交給其他對父母。領養小女嬰的夫婦都是德國後裔，他們高大，魁梧，金髮藍眼，住在一座美麗的河畔城市，綠蔭扶疏，細雨綿綿，距離聖地牙哥超過八百公里遠，但是外婆並不知道這些。當時施納克夫婦已經放棄生孩子的希望，接受了神父交給他們的剛出生的小女嬰。一年過後，這位太太懷孕了。接下來幾年他們生了兩個長相跟他們一樣是條頓民族的男孩，相較之下，英格莉體型嬌小，有著深色的頭髮和眼珠，就像是被植錯基因一樣。「我從小就覺得與眾不同，可是我的父母相當愛我，從未說過我是個養女。甚至到了現在，每當我提起領養的事，也就是整個家族都知道的事，我的媽媽還會傷心落淚呢。」英格莉跟維克多解釋。

維克多看著睡在沙發上的她，恣意打量。像是換了個人，跟幾個小時前聊天的模樣不同；她睡著的模樣就像年輕時的奧菲莉雅，有著同樣細緻的五官，兩頰可愛的酒窩，彎彎的柳眉，前額的美人尖，以及一身應該是在夏天曬出來的明亮金黃膚色。她只差一對藍色眼眸，就幾乎跟親生母親一模一樣。她出現在他家時，維克多覺得她似曾相識，但沒意識到她酷似奧菲莉雅。趁她放鬆時，他得以看出那相似的外表，還有她們迥異的個性。英格莉完全沒有他愛過的那個奧菲莉雅年輕時的嬌氣；她熱情、嚴肅又正經，是出身外省的女人，來自保守的宗教環境，人生沒有高低起伏，直到這一刻，她得知自己的出身，來尋找她的父親。他心想，英格莉也不太像他，不管是他又高又瘦的身材，還是鷹鉤鼻、粗硬的頭髮、嚴肅的表情，或者內向的性格。她是個溫順的女人；他心想她應該深具母性光輝，樂意付出。他試著想像自己跟柔瑟會生出怎樣的女兒，並惋惜不曾擁有。一開始他們不認為彼此是真正結婚，只是因為圖個方便而同意暫時在一起，當他們發現兩人的感情濃得化不開，已經過了二十年，想生孩子卻為時已晚。他猜奧菲莉雅應該跟他一樣相當吃驚；她一定沒想到遲暮之年會冒出一個女兒。此外，英格莉替他們添了三個孫子孫女。英格莉的丈夫也是德國後裔，跟她的養父母一樣，也跟南方某些省的許多人一樣，十九世紀時，德國人根據一條選擇性移民法在那幾個省殖民，原本的想法是占據土地，純白人血統的移民把他們的工作紀律和精神傳給智利人，因為後者以懶散聲名遠播。英格莉給他看了她孩子的照片，是一個年輕男人和兩個北歐女神外貌的女孩，維克多看不出他們是他的後代。

「英格莉的兒子已經結婚，太太懷孕了。再過不久，我就要當曾祖父啦。」他在電話上對馬塞爾說。

「我是英格莉的孩子的舅舅。那我是寶寶的什麼人呢？」

「我想你是舅公。」

「太可怕了！我好像是個老人。我忍不住想起奶奶。你記得她多希望我能給她添曾孫嗎？真可憐，她已經有曾孫，卻來不及知道就過世。她有三個孫女跟曾孫！」

「馬塞爾，我們得去看看我們另一個種族的親戚。他們是右派，支持皮諾契特，全是德國人，所以我們在他們面前說話要小心。」

「爸爸，重要的是我們是一家人。我們不會為了政治立場吵架。」

「我也得跟英格莉和孫子保持聯絡。這就像樹上突然掉下蘋果。真複雜，或許之前一個人過平靜的生活還比較好。」

「爸爸，別說蠢話。我好奇死了，我想認識我妹妹，雖然不是親手足。」

維克多估計，如果全家團圓，肯定免不了會跟奧菲莉雅見面。他想這不是壞主意，他老早就放下對她的思念，但還是覺得好奇，想再見她，修正十一年前他在雅典娜藝術中心咖啡館對她留下的壞印象。或許他該給自己一個機會感謝她，讓他雖然沒能在西班牙扎根，卻在智利牢牢地落地生根。他感覺這真是諷刺，自己竟然這樣與德索勒家族結下親戚關係，他們可是堅決反對溫尼伯號的西班牙移民呢。奧菲莉雅給了他一個重要的禮物，為他開啟未來，因為他除了馬塞爾，是個只有動物作伴的老頭子，此刻卻有好幾個智利後代。而馬塞爾認為自己不真正屬於任何地方。她在他生命中的地位遠比他想像的重要。他從沒真正了解她，因為她比他以為的還要難懂，而且飽受困擾。他想著她怪異的畫作，他以為奧菲莉雅結婚是選擇傳統的生活、婚姻帶來的安定，和在社會上的地位，結果其實是要放逐自己，捨去靈魂重要的一面，或許她在步入暮年和活在寂寞中之後，重拾了一部分。但就在這時，他想起她談過她的亡夫馬堤亞斯·艾茲奇雷，他猜或許她的離去不是懶惰或膚淺，而是為了一段不平凡的愛。

一年前，英格莉·施納克收到一封陌生人的信，對方宣稱是她的母親。她並不意外，她知道自己跟家人長得不太一樣。首先，她跟自己的養父母談這件事，最後他們終於承認事實，決定迎接奧菲莉雅和菲力浦·德索勒來訪，他們帶著一個守重孝打扮的老婦人一起來，她叫歡娜·拿古切。他們三個立刻確認英格莉就是奧菲莉雅失散的女兒，她們長得實在太相似。從那之後，奧菲莉雅來看過她的女兒三次，但是英格莉一直冷漠以待，當她是個遠房親戚，因為她唯一的母親是海葛·施納克；這個手指頭沾染顏料和愛抱怨的女訪客只是個陌生人。英格莉知道她們長得像，她怕缺點會遺傳，老了之後跟奧菲莉雅一樣顧影自憐。她拼湊自己誕生的故事，直到她們第三次見面，她才知道父親的名字。奧菲莉雅把這個男人放逐到她的過去，避談那段時期。她原本一直遵照烏爾比納神父的要求保持沉默，甚至不再提起躺在鄉間墓園墳塚裡死去的兒子，反覆刪去那段她少不更事時的意外插曲。她埋葬丈夫時，曾經短暫憶起，想完成兩人剛結婚時一起決定的事，那就是有一天要讓那個孩子跟他們安息在聖地牙哥的天主教墓園。這是一個遷移骸骨的機會，但是她的哥哥菲力浦說服她別這麼做，否則得向她的兩個孩子和其他家人解釋。

勞拉·德索勒的健康惡化時，奧菲莉雅已經獨居許多年，在鄉間的屋子作畫，同時她的長子在巴西蓋水庫，女兒在布宜諾斯艾利斯的博物館工作。勞拉夫人就快滿百歲，但已經失智許久。歡娜·拿古切帶領兩名刻苦耐勞的女僕，夜以繼日輪流照顧她，歡娜跟女主人差不多年紀，但看起來起碼年輕十五歲。她一生都奉獻在照顧這個家，只要勞拉夫人需要，她打算一直繼續下去；她的工作是照顧她直到嚥下最後一口氣。她的女主人臥病在床，穿著法國進口的絲質睡袍，躺在羽毛枕和繡花亞麻床單之間，四周圍繞她的丈夫不考慮價格就買來送她的精美物品。伊西德羅·德索勒去世後，勞拉夫人掙脫了這個專制男人套在她身上的婚姻枷鎖，終於能自由去做許久以來自己想做的事，直到老化後變得無能，無法在招魂會跟她的寶寶雷奧納多的魂魄溝通。她慢慢地失智，在屋裡迷路，當看見鏡中的自己，會大驚小怪問這個在她的浴室裡的醜陋老太婆是誰，為什麼每天都來打擾她。之後，她無法下床，雙腿因為關節炎變形，再也支撐不了身體。她關在房間裡，從哭泣到後來不斷昏睡，她流露難以解釋的驚慌和恐懼，呼喚著她的寶寶，醫生試著用藥物減輕她的憂鬱卻徒勞無功。當她垂死掙扎之際，全家人都以為她是受失去小兒子雷奧納多而痛苦不堪，這個許久以前的悲劇卻恍若剛剛才發生。

菲力浦・德索勒自父親死後，變成家族之主，他從倫敦趕回處理這個家務，付清帳單和分發家產。據說他跟惡魔打了契約，因為他看起來絲毫不曾衰老，種種攻擊，讓他預言自己會疑病症纏身。他有上千種小毛病，每個星期都會發現新的一種，甚至連頭髮都會痛，但是比起人生其他的不公平實在微不足道。他活脫脫是個從英式喜劇裡走出來的紳士，穿著背心，戴著領結，一臉不耐煩。他把自己保養得宜的外表歸功於倫敦的霧氣、蘇格蘭威士忌，和插在菸斗上面的荷蘭香菸。他提著手提箱，裡面放著準備賣掉銀海街自宅的文件。屋子坐落在首都的心臟地帶，價值很大一筆財富；他必須等到母親過世再完成手續。勞拉夫人已經萎縮成輕飄飄的皮囊，可是她繼續輕喚著寶寶，直到嚥下最後一口氣，生前什麼藥物或禱告，都無法帶給她平靜。歡娜．拿古切替她闔上嘴巴和眼睛。替她禱告聖母經，然後退到她的腳邊，疲態盡露。到了隔天早上九點，家裡正在準備守靈會和一場豪華的喪禮，靈柩停在大廳裡，四周裝飾著花冠、祈禱蠟燭、罩布和黑色緞帶，菲力浦聚集手足，通知他們大宅已經出售。之後他叫歡娜到書房，告訴她同樣的消息。

「這間屋子會夷平，之後要蓋公寓，但是歡娜，妳不會少拿任何東西。告訴我妳想住在哪裡，想過什麼生活。」

「菲力浦少爺，您希望聽到我怎麼說呢？我無親無故，沒有朋友也沒認識的人。我看我成了個包袱。您要安排我到某個養老所，對吧？」

「歡娜，有好幾間非常不錯的養老中心，如果妳不喜歡，我不會勉強。妳想跟奧菲莉雅一起住，還是跟我的其他妹妹？」

「我在一年內就會死，到哪裡都一樣。死就是死，就這樣。最後都是安息。」

「我可憐的母親可不是這麼想……」

「勞拉夫人太過自責，所以她怕死。」

「老天，歡娜！我的母親有什麼好自責的！」

「因為這樣她才以淚洗面。」

「她失智，不斷思念她的雷奧納多。」菲力浦說。

「雷奧納多？」

「對，寶寶。」

「才不是，菲力浦少爺，她連寶寶都忘了。她哭的人是奧菲莉雅的寶寶。」

「歡娜，我不懂。」

「您還記得她單身時曾經懷孕？結果那個寶寶沒死，不是他們說的那樣。」

「但是我看過墳墓！」

「那是空墳。出生的是個女嬰。後來被那個女人帶走，我不記得她叫什麼，就是那個產婆。這是勞拉告訴我的，所以她哭，是因為她聽從烏爾比納神父的話，搶走奧菲莉雅的女兒。她這輩子都把這場騙局藏在心裡，那就像是腐爛的傷口。」

菲力浦直覺荒謬，把這個令人毛骨悚然的故事歸咎於母親神智不清，或者歡娜年事已高，因為把這件事告訴奧菲莉雅太過殘酷，實在沒有必要，但是歡娜已經向勞拉保證要找到當年的小女嬰，好讓她死後能上天堂，否則她會困在煉獄，而對於臨終者的承諾是相當神聖的。於是他明白要歡娜封嘴不可能，他得趕在奧菲莉雅和家族其他成員知道之前，負責處理這件事。他跟歡娜保證會去調查，並讓她知道情況進展。「菲力浦少爺，從神父問起吧。我跟您一起去。」他甩不掉她。他們之間累積八十年的默契，以及肯定她能讀透自己的心思，逼得他不得不採取行動。

這時，維生德．烏爾比納神父已經從工作崗位退休，他住在一個修士安老之家，由修女照顧。要找到他排定見面很容易；他的神智清楚，記得他昔日的信徒，特別是德索勒一家。他接待菲力浦跟歡娜，為他無法親自替勞拉夫人舉行臨終聖禮道歉，因為當時接受腸胃手術，花了許多時間才康復。菲力浦開門見山跟他重複一遍歡娜告訴他的事。他依照律師經驗，準備了一連串嚴厲的問題，讓神父進退不得，逼迫他吐實，但是沒派上用場。

「我做了對您們家族最好的安排。我向來非常小心選擇養父母。他們一定是虔誠的天主教徒。」烏爾比納說。

「您的意思是奧菲莉雅不是個特例？」

「有很多像奧菲莉雅這樣的姑娘，但是沒人像她那麼頑固。總之，您們家族答應放棄那個孩子。不然他們還能怎麼做？」

「也就是說，您不用騙她們就能偷走剛生下的寶寶？」

「菲力浦，我不容許你這樣羞辱我！她們是來自好家庭的女孩。我的責任是保護她們，避免引起醜聞。」

「真正的醜聞是您打著教堂名號犯罪，正確說來，是犯下很多起罪。這可以判坐牢的。依照您的年紀，可以不用承擔後果，但是我請求您說出奧菲莉雅孩子的下落。我會追查到底。」

維生德・烏爾比納沒有留下出養的孩子以及他們養父母的紀錄。他親自負責整個收養過程；產婆歐琳達・拿南赫只負責接生，而且她早已去世。這時，歡娜・拿古切插話說，勞拉夫人說過孩子是讓南方的一對德國夫婦收養。烏爾比納神父有一次說溜嘴，她從沒忘掉這件事。

「妳說，德國夫婦嗎？那應該是來自瓦爾迪維亞。」神父囁嚅。

他不記得那家人的姓名，但是他確信孩子是到了體面的家庭，衣食不缺；他們的經濟寬裕。菲力浦從這句話，推敲出每個經手的人應該都有拿到錢；簡而言之，神父販賣嬰孩。於是他放棄再挖任何消息，轉而追蹤當時教會透過維生德・烏爾比納收到的捐款。要查帳款可能很難，但並非不可能，他得雇用適當人選。他猜想凡是錢流過的地方必留下痕跡，果然沒錯。等了八個月，終於拿到他要的線索。這段期間，他待在倫敦，歡娜·拿古切則透過寫明信片遠距離提醒他的責任，督促此事，信上往往只有兩行字，文法和拼字都嚴重錯誤，她可是拚了命寫信，再偷偷寄出，因為她答應保密，直到菲力浦解決為止。他不停告訴她要有耐心，但是她沒辦法這麼輕鬆，因為她在這個世界的壽命已經進入倒數，在嚥下最後一口氣之前，她必須找到那個失散的孩子，把勞拉夫人從煉獄救出來。菲力浦問她怎麼知道自己的死期，她僅僅回答她在廚房的月曆上把日期用紅筆圈起來。她目前住在奧菲莉雅家，有生以來第一次閒閒無事，正在著手準備自己的喪禮。

一個十二月的星期五，菲力浦終於收到有關維生德·烏爾比納神父在一九四二年收到的捐款報告。其中唯一引起他注意的是華特和海葛·施納克夫婦，他們擁有一間家具工廠，根據他的調查員指出，男主人事業一帆風順，在南部的幾座城市都設有分公司，交由兒子和女婿負責。正如烏爾比納所言，那是一戶有錢人家。他該回智利的時刻到了，這次要和奧菲莉雅面對面。

菲力浦找到妹妹時，她正在工作室混合顏料，那是一間儲藏室，裡面冷颼颼，空氣瀰漫著松節油和蜘蛛網的氣味，她胖了許多，蓬頭垢面，頂著一頭髒兮兮的白髮，因為背痛，身上穿了一件矯正背心。歡娜穿戴大衣、手套和羊毛扁帽，坐在一角，模樣一如以往。「完全看不出來妳就要死了。」菲力浦跟她打招呼，並在她的額頭印下一吻。他小心翼翼地挑選好最富憐憫氣息的字眼，告訴妹妹她有個女兒，但是這般拐彎抹角只是多此一舉，因為她只回以淡淡的好奇，彷彿這是別人的八卦。「我想妳會想認識她。」菲力浦說。她對大哥說，她要再多等一點時間，因為她手上有個壁畫的案子，正忙得不可開交。歡娜插嘴說，若是這樣由她出馬，因為她要親眼看到那個孩子才能安息。最後他們三個一起去。

歡娜．拿古切只見到英格莉一次。光這一次，她已經感到平靜，她跟以往一樣，在每晚的兩次禱告間與勞拉夫人溝通，跟她說她的孫女已經找到，她已經贖罪，可以上天堂。她在月曆上的壽命還剩二十四天。她躺上床鋪，四周圍繞著她的床頭聖人和心愛的人的照片，全都是德索勒家族的人，她準備好以絕食結束生命。她不再吃喝，偶爾舔一舔冰塊滋潤乾裂的嘴唇。她就這樣無牽掛無痛苦，提早在預定的死期前幾天離開人世。「她太匆促。」菲力浦說，他哀痛不已，感到孤獨寂寞。歡娜已經買下一個普通的松木棺材，直立放在她的房間一角，但是菲力浦沒使用，而是換成銅鉚釘核桃木棺材，舉辦了唱彌撒儀式，葬在德索勒家族的陵墓，就在他父母的身邊。

到了第三天，暴雨總算遠去，太陽露臉挑釁冬天，而扮演衛兵保護達爾茂家的楊樹在晨曦中煥然一新。遠方山脈上的白雪映照著晴朗天空的紫紅。兩隻大狗終於能甩去悶了許久的昏沉，在溼答答的花園嗅聞，在爛泥堆裡恣意打滾，但是那隻小狗，以狗的年紀來算已經跟主人一樣高齡，則是趴在壁爐旁邊。英格莉．施納克跟維克多同住幾天，不全是因為暴雨，她早已習慣南部省份的多雨，而是她希望利用這個初次相會，多點時間認識彼此。她小心翼翼計畫了幾個月，而且堅持丈夫跟孩子不要陪她一起來。「這是我應該一個人做的事，您明白，是嗎？我費了好一番力氣，因為這是我第一次一個人旅行，而且我不知道該怎麼跟您相處。」她對維克多說。她跟母親無法消弭相隔五十年的差距，但是跟維克多不同，她跟父親輕易地變成朋友，他了解她對親愛的養父華特．施納克的感情，遠遠勝過對維克多的感情。「維克多，您非常老了，我隨時都可能失去您。」她對他說。

英格莉和維克多發現他倆都會藉著彈吉他來尋求安慰，他們支持同樣的足球隊，讀一樣的間諜小說，都能背誦聶魯達的幾首詩，她背的是情詩，他則是血淚詩。他們不只這些相似處，也同樣有著憂鬱的傾向，他藉著工作來麻痺，她則是服用抗憂鬱藥物和尋求家庭給予的穩固安全感。維克多哀嘆這個特質竟然會遺傳，而女兒沒繼承奧菲莉雅的藝術氣息和藍色眼眸。「我沮喪時，只有溫柔的愛能幫助我。」英格莉說，接著她解釋自己從不缺乏親情，她是父母偏愛的孩子，是兩個弟弟寵愛的姊姊，她嫁給一個蜜色頭髮的魁梧巨漢，他能一手舉起她，給她像大狗一樣平靜的愛。維克多則說，他也擁有柔瑟給予的溫柔愛情，幫他抵抗暗藏的悲傷，而這種悲傷恍若惡劣敵人，有時夾帶著醜陋的回憶向他襲來。沒有柔瑟，他頓失方向，內心的火已經熄滅，剩下哀傷的灰燼，從三年前開始纏上他不放。維克多非常訝異自己竟然能以如此破碎的語調說出內心話，因為他在馬塞爾面前，從未提過這種胸口彷彿挖空一個窟窿的冰冷感覺。他感覺自己的靈魂慢慢蜷縮起來。他陷入了老人的躁鬱，沉溺在冷清的寂靜中，在喪妻的孤獨裡。慢慢地，他不再跟少數朋友來往，不再找尋下棋和彈吉他的同伴，終止了星期日辦烤肉聚會的習慣。他繼續工作，因此不得不接觸病患和學生，但是他保持一定距離，彷彿隔著螢幕看他們。在委內瑞拉工作的那幾年，他以為已經完全克服他的嚴肅，那是他年輕時性格的主要特徵，彷彿他在替世界的痛苦、暴力和醜惡披麻帶孝。到了委內瑞拉，在那個綠意盎然和炎熱的國家，他愛著柔瑟，克服了習慣沉溺在悲傷裡的傾向，因為正如她經常說的，那不是披上尊嚴的披風，而是在鄙視人生。但是惡毒的嚴肅再次找上他；沒有柔瑟，他感覺自己逐漸枯萎。他只對馬塞爾和豢養的動物流露情感。

「英格莉，悲傷與我為敵，逐漸攻城略地。照這樣看來，我在世上剩下的歲月將變成隱士。」

「維克多，這樣簡直是行屍走肉。學學我。不要等敵人到跟前才想要自衛，要面對它。我花了好幾年學會這種治療法。」

「妳為什麼會感到悲傷呢？」

「我的先生也問過同樣的問題。我不知道，維克多，我猜根本沒有原因，是性格的問題。」

「性格很難改。以我來說已經太晚，我只能接受自己這種模樣。我八十歲了，就在妳來到我家那天。英格莉，這是個回憶的年紀。是個檢視這一生的年紀。」他回答。

「很抱歉我就這樣闖進您的生活，但是能請您告訴我您在檢視時發現了什麼？」

「我的人生是一連串的飄泊，在這個世界上東飄西蕩。我是外國人，卻不知不覺深深扎根……我的靈魂也像是無根的浮萍。但是我認為現在思考這些已經沒用；我應該要在更早之前就好好省思。」

「維克多，我想沒有人會在年輕時檢視自己的人生。我的雙親年過九十，卻都還沒有這種想法。他們就是活著，一天過一天，這樣而已，過得很開心。」

「英格莉，等到老年再來檢視只是徒增傷悲，因為已經沒有時間修正事情。」

「過去無法改變，但或許可以刪除不好的回憶……」

「聽著，英格莉，決定命運的重大事情，幾乎都不是我們能夠控制。以我為例，我目睹年輕時命運被內戰烙印，之後是軍事政變、集中營和流亡。這容不得我選擇，只是發生在我身上。」

「但是有些事是您的選擇。比方說從醫。」

「沒錯，我從中得到莫大滿足。您知道我最感謝的是什麼？是愛。在我身上留下最深烙印的是愛。我非常幸運有了柔瑟。她永遠是我人生的愛。因為她，我有了馬塞爾。對我來說，當父親也非常重要，讓我得以對於人生百態保持信心，若是沒有馬塞爾，一切將化為灰燼。英格莉，我看過太多殘酷的事，了解人類的能耐。我也愛妳的母親，儘管那份愛猶如曇花一現。」

「為什麼？發生了什麼事？」

「那是另一個時代的事。在這半個世紀，智利跟這個世界改變迅速。奧菲莉雅跟我之間在社會地位和經濟上相差懸殊。」

「如果您們那麼相愛，應該可以冒險……」

「她曾經邀我一起私奔到熱帶國家，在棕櫚樹下過我們的愛情生活。想像一下！妳能想像嗎！當時的奧菲莉雅是多麼熱情、冒險犯難，但是當時我已經娶了柔瑟，我無法給她什麼，我知道她如果跟我私奔，一定不到一個星期就後悔。是我太膽小嗎？我問過自己很多次這個問題。我想我不夠敏感，沒考慮過跟奧菲莉雅的關係會帶來什麼後果，因而不自覺深深地傷害了她。我從不知道她懷孕，她也從不知道自己生了個女兒，而且活了下來。如果我們知道的話，或許故事會不一樣。但是英格莉，我們不能回到過去。總之，妳是愛情的結晶，這一點無庸置疑。」

「維克多，八十歲是個完美的年紀。您已經可以放下責任，去做自己想做的事。」

「比方說呢？」維克多微笑問。

「譬如冒險，換作我，我會想去非洲狩獵旅行。這是我多年來的夢想，等有一天我說服我的丈夫，我們會一起去。您可以再談一次戀愛。這對您來說並無損失，而且能添加生活的樂趣，不是嗎？」

維克多似乎聽見柔瑟在人生最後時光說的話，她提醒他，我們人類是群聚性動物，我們擅長付出與接受，而不是忍受孤獨。因此她堅持要維克多不要甘於獨居，甚至鼓勵他挑個女朋友。他突然想起梅倩，內心柔情萬千，這位心胸開闊的鄰居送貓給他，拿菜園採收的番茄和野菜給他，這個嬌小的女人懂得雕塑體型豐滿的仙子。他決定等女兒離開後，要把剩下的墨魚飯和焦糖布丁送去給梅倩吃。他心想，他的人生再次揚起風帆。這一次將直到人生盡頭。

謝辭

童年時，我在祖父的家第一次聽說希望之船溫尼伯號。許多年過後，當我在委內瑞拉再次聽見這個令人懷念的船名，是從維克多．培伊（Víctor Pey）的口中，當時我們兩個都流亡在外。當年我還不是作家，也從未想像會成為作家，但是那艘船的故事和上面的難民，深深地留在我的記憶裡。直到四十年後，我才得以在不久前說出故事。

這是一本小說，但是歷史事件和人物都是真實的。裡面的角色是虛構，靈感來自我所認識的人。我不需要發揮太多想像力，因為從一開始我就著手耗費心力的研究，一如我在著筆每一本書都重複同樣的過程，我找到了多如牛毛的資料。這本小說彷彿自行寫成一本書，彷彿有人對著我口述。因此，我要誠心誠意感謝：

維克多．培伊，他活到高齡一百零二歲，我跟他保持密切的書信往返，精雕細琢故事細節，還有阿圖雒・西隆（Arturo Jirón）醫生，我流亡的朋友。

巴布羅・聶魯達（Pablo Neruda），感謝他把西班牙難民帶到智利，和他總是一路相隨的詩。

我的兒子尼可拉斯・夫里亞斯（Nicolás Frías），他當了第一個讀者，很快地讀過一遍，和我的弟弟胡安・阿言德（Juan Allende），他幫忙我逐頁修改手稿好幾次，以及研究這個故事發展的時空背景，從一九三六年到一九九四年。

我的編輯喬安娜・卡斯提由（Johanna Castillo）和努莉亞・特伊（Nuria Tey）。

我的研究員莎拉・希勒斯海姆（Sarah Hillesheim）。

我的經紀人路易斯・米格爾・帕洛馬雷斯（Luís Miquel Palomares）、葛洛莉雅・古列雷茲（Gloria Gutiérrez）和瑪莉貝爾・路格（Maribel Luque）。

阿方索・波拉多（Alfonso Bolado），他帶著溫柔心仔細修改我的手稿，因為他已經退休，而他逼我再多多加油。

赫黑・曼薩尼亞（Jorge Manzanilla），他是個嚴厲的讀者（他自我評價瀟灑），訂正我的筆誤，因為在英語世界生活四十年，我犯了可怕的文法和其他種錯誤。

亞當・霍奇查爾德（Adam Hochschild），感謝他絕妙的創作《我們心中的西班牙》（*Spain in Our Hearts*），和其他五十位作家，他們的作品幫了我的歷史研究。

伊莎貝・阿言德年表

一九四二年 一九四二年八月二日生於祕魯利馬，父親是當時的駐祕魯外交官，堂叔（即她父親的堂兄弟）於一九七〇至一九七三年間是智利總統薩爾瓦多・阿言德。

一九五三年—一九五七年 父親離開後，母親改嫁，全家先後搬至玻利維亞以及黎巴嫩的貝魯特，阿言德分別在美國私立學校與英國私立學校就學。

一九五八年 隨家人回到智利，這段期間阿言德在家自學，她的閱讀範圍十分廣泛，特別喜愛莎士比亞的作品。

一九五九年—一九六五年 在聖地亞哥、布魯塞爾和歐洲其他地方的聯合國糧食及農業組織工作。在智利期間，她還短暫地接下英語愛情小說的翻譯工作。後來因未經授權更改女主角的對話、改變《灰姑娘》的結局，以使女主角變得更加獨立而遭到開除。

一九六二年 與第一任丈夫米格爾・弗里亞斯結婚，隔年生下女兒寶拉。

一九六七年　阿言德的文學事業展開，於智利的女性雜誌《寶拉》擔任編輯助理，其後曾任兒童雜誌編輯。她並於這段期間發表了兒童讀物與文集。

一九七〇年—一九七四年　在智利的電視節目製作部門工作，曾以記者身分採訪詩人聶魯達。一九七三年，劇作《大使》（*El Embajador*）在聖地牙哥演出。

一九七三年　智利發生政變，阿言德因收到死亡威脅，逃亡至委內瑞拉，並在那裡居住了十三年。在委內瑞拉期間，她曾任國家報（*El Nacional*）的自由撰稿人，也曾擔任當地學校的行政人員。

一九八二年　出版小說《精靈之屋》，收錄寫給年邁祖父的信。儘管該書起初遭到多家出版社拒絕，後來由Buenos Aires出版社發行成為暢銷書，並翻譯為多國語言，讀者自此將她與魔幻寫實大師馬奎斯相提並論。

一九八七年　離婚後，與一名美籍律師兼作家結婚，帶著兩個小孩隨他定居美國，並於二〇〇三年取得美國籍。

一九九五年　一九九一年，女兒寶拉因藥物治療失誤導致嚴重的腦損傷，隔年去世。三年後，《寶拉》（*Paula*）出版，其中記錄了阿言德在聖地牙哥度過的童年和委內瑞拉流亡歲月的回憶。同時該作品也是寫給女兒的一封信。

一九九六年	再次回到智利，兒子尼古拉斯出生。阿言德同年底創立了伊莎貝・阿言德基金會，以紀念女兒寶拉。該基金會致力於維護與加強婦女和兒童的權益。
一九九八年	出版結合食物、性愛與個人回憶的非小說《春膳》，是當代食膳、情色書寫的代表作。
二〇〇二年	出版第一部成長小說《怪獸之城》（*La ciudad de las bestias*）。
二〇〇七年	《拉丁領袖雜誌》譽為「文學傳奇」，並稱她為世界上第三大最具影響力的拉丁裔領袖。
二〇〇八年	出版回憶錄《我們的歲月總和》（*La suma de los días*）。同年名列BBC百大女性名單。
二〇一〇年	獲得智利國家文學獎，並出版以紐奧良為背景的小說《海底之島》（*La Isla Bajo el Mar*）。
二〇一四年	美國總統歐巴馬授予該年度「總統自由勳章」。
二〇一五年	以「愛」與「老」為主題，出版小說《阿爾瑪與日本情人》。
二〇一九年	出版小說《往智利的難民船》，投注了對難民議題、異國生存、文化根系的關懷。
二〇二二年	出版小說《紫羅蘭》（*Violeta*），講述一名拉丁女性的生活以及她如何見證了二十世紀的各種動盪。《紐約時報》讚譽這部作品記錄了女性主義者在國家和家庭的雙重壓制中覺醒。

Litterateur11

往智利的難民船

Largo pétalo de mar

•原著書名：Largo pétalo de mar•作者：伊莎貝・阿言德（Isabel Allende）•翻譯：葉淑吟•封面設計：聶永真•校對：呂佳真•責任編輯：李培瑜•主編：徐凡•國際版權：吳玲緯•行銷：闕志勳、吳宇軒•業務：李再星、李振東、陳美燕•總編輯：巫維珍•編輯總監：劉麗真•總經理：陳逸瑛•發行人：凃玉雲•出版社：麥田出版／城邦文化事業股份有限公司／104473台北市中山區民生東路二段141號5樓／電話：(02) 25007696／傳真：(02) 25001966、發行：英屬蓋曼群島商家庭傳媒股份有限公司城邦分公司／台北市中山區民生東路二段141號11樓／書虫客戶服務專線：(02) 25007718；25007719／24小時傳真服務：(02) 25001990；25001991／讀者服務信箱：service@readingclub.com.tw／劃撥帳號：19863813／戶名：書虫股份有限公司•香港發行所：城邦（香港）出版集團有限公司／香港灣仔駱克道193號東超商業中心1樓／電話：(852) 25086231／傳真：(852) 25789337•馬新發行所／城邦（馬新）出版集團【Cite(M) Sdn. Bhd.】／41-3, Jalan Radin Anum, Bandar Baru Sri Petaling, 57000 Kuala Lumpur, Malaysia.／電話：+603-9056-3833／傳真：+603-9057-6622／讀者服務信箱：services@cite.my•印刷：前進彩藝有限公司•2023年6月初版一刷•定價520元

國家圖書館出版品預行編目資料

往智利的難民船／伊莎貝・阿言德（Isabel Allende）著；葉淑吟譯. -- 初版. -- 臺北市：麥田出版，城邦文化事業股份有限公司出版：英屬蓋曼群島商家庭傳媒股份有限公司城邦分公司發行, 2023.6
面；　公分
譯自：Largo pétalo de mar
ISBN 978-626-310-430-3（平裝）
EISBN 978-626-310-455-6（EPUB）
878.57　　112003348

城邦讀書花園
www.cite.com.tw